이 금 조

〈바람의 딸〉, 〈청랑〉 출간.

cover designed by m·
0173404527@ nate.com

바람의
딸

바람의 딸

지은이_이금조 | 초판 1쇄 인쇄_2008년 12월 10일 | 초판 4쇄 발행_2015년 7월 10일 | 발행처_도서출판 청어람 | 발행인_서경석 | 주소_경기도 부천시 원미구 심곡2동 163-2 서경B/D 2F | 등록_1999년 5월 31일(제1081-1-89호) | 문의전화_032)656-4452 | 팩스_032)656-4453 | http://www.chungeoram.com | 전자우편_chungeoram@chungeoram.com | 어람번호_5-0217 | 파본은 구입하신 서점에서 교환하여 드립니다. 저자와 협의하여 인지를 붙이지 않습니다. 이 책은 도서출판 청어람과 저작자의 계약에 의해 출판된 것이므로, 무단 전재 및 유포·공유를 금합니다. 책값은 표지에 있습니다.

ISBN 978-89-251-1580-1 03810

바람의
딸

이금조 지음

도서출판
청어람

목차

序章

천한(天漢) 3년 계미년(癸未) 3월(기원전 98년).

한 늙은 여인이 초라한 나무 침상 위에서 마지막 숨을 몰아쉬고
있었다.

이틀 전 그녀는 눈이 막 녹기 시작한 산비탈에서 발을 헛디뎌 치
명적인 낙상을 하고 말았다. 여인은 자신의 천명이 다했음을 느끼
고 있었다. 예순다섯 해를 살아온 그녀의 노구는 다시 회복되기에
는 너무 쇠약했던 것이다.

"할머니."

자신을 부르는 안타까운 목소리에 노파는 손녀에게 시선을 주었
다. 소녀는 침상 맡에 무릎을 꿇고 앉아 하나뿐인 혈육의 손을 꼭

붙잡고 있었다. 이제 한창 여인으로 피어나기 시작한 소녀를 보니 고향을 등지고 처음 이곳으로 왔을 때의 자기 딸을 보는 듯했다. 그러나 지금 딸은 이곳에 없다. 제 어미를 그대로 빼닮은 손녀만이 이 깊디깊은 산속에서 열여덟 해 동안 노파의 곁을 지켰을 뿐이었다. 소녀는 십수 년 전 당시 딸아이보다 더 세속의 때가 묻지 않았고 사람들과의 삶에 대해 아는 것이 아무것도 없었다. 저 아이의 부모라도 살아 있었다면 내 저승 가는 길이 이리 근심스럽지는 않을 텐데…….

소녀의 부모는 이곳으로 온 후 네 번째 봄을 맞기도 전에, 이름을 알 수 없는 병마가 덮쳐 오자 다른 일족과 함께 세상을 떴다. 변변한 약조차 갖추지 못했던 그들은 제대로 손 한 번 못 써본 채 일족의 마지막 핏줄인 어린아이만 남기고 명을 달리했던 것이다.

이십여 년 전 일족의 우두머리로서 사명을 지키기 위해 고향을 떠나오는 선택을 했던 노파는, 이제 다시금 중대한 결정을 내려야 할 시점에 이르렀다.

"아리야……. 네게 아직 해줘야 할 말이 너무 많은데…… 시간이 허락지 않는구나……."

어리고 한없이 착하기만 한 이 아이를 홀로 두고 가야 하다니…….

"돌아가시지 마세요, 할머니……."

소녀의 눈에 눈물이 가득 고였다. 아직 어린 손녀에게 지우기엔 너무나도 무거운 책임들이었다. 그러나 이 아이는 마지막 혈족, 도리가 없었다.

"산을 내려가거라 ·."

노파는 목구멍에서 버거운 숨을 끌어냈다. 그간 세상이 얼마나 바뀌었을지, 어떤 일이 소녀 앞에 펼쳐질는지는 알 수 없었다. 그저 하늘의 뜻에 맡길밖에…….

"넌…… 혈족을 이어야 해……. 후손을…… 쿨룩…….."

검붉은 피가 섞인 기침이 터져 나왔다. 그녀는 자신에게 허락된 시간이 얼마 남지 않았음을 알았다.

"후손을…… 가져야 한다…….."

사내라곤 본 적조차 없는 이 아이. 무슨 얘기를 해주어야 할지조차 막막했으나 이미 그녀의 기력은 거의 다 소진되었다. 그리고 더욱 중요한 또 하나의 당부가 남아 있었다. 이것만은 평소에도 늘 가르치던 것이어서 한결 안심이 되었다.

"보물을…… 지켜야…… 한다……. 누구에게도…… 절대…… 알…… 려져선…… 안……."

내 어린 손녀. 널 천지간에 홀로 두고 떠나야 하는 이 할미의 맘이 찢어질 것 같구나. 어둡고 깊은 물속에 빠져드는 것처럼 서서히 의식이 멀어졌다.

"할머니? 할머니! 날 혼자 두지 말아요!"

손녀의 울음 섞인 절규를 들으며 노파는 눈을 감았다.

一章

4월.

어두운 방 안은 침상 위에서 한창 정사를 벌이는 남녀의 신음 소
리로 가득 찼다. 격렬한 움직임으로 엉겨 붙는 두 개의 몸뚱어리
아래서 침상이 끼끽거리는 힘겨운 소리를 냈다. 사내가 거칠게 여
인의 몸속으로 파고들수록 여인은 자지러질 듯이 비명을 내뱉었
다. 여인이 그의 몸을 할퀴며 재촉하자 사내는 교성을 질러대는 그
녀의 몸 안에 마지막으로 깊게 질러 넣은 후 축 늘어졌다. 두 사람
은 땀으로 젖은 몸을 서로 부둥켜안고 헐떡이는 호흡을 진정시키
느라 한참을 그렇게 있었다.

"숙 나리, 안에 계신지요?"

닫힌 방문 너머 나이 지긋한 노인의 음성이 그를 찾았다. 제길, 저 목소리는 그의 관할구역 중 하나인 창전리의 늙은 부로(연장자를 이르는 말)가 분명했다. 자신의 아래 누워 있던 풍만한 몸뚱이가 불청객의 음성에 놀라 움찔거리자 숙순은 짜증이 났다.

"무슨 일이냐."

"밤이 늦은 줄은 아오나 긴급한 일로 부득이하게 찾아뵈었습니다."

"내일 하면 안 되겠는가."

"잠시만 들어가 뵙고 말씀드리겠습니다."

숙순은 창으로 들어온 달빛에 허연 속살을 드러내며 어느새 일어나 앉은 여인의 몸을 아쉬운 듯 바라보다 이내 물러가라는 손짓을 했다.

"잠시 기다려라."

여인이 일어나 다급히 옷을 챙기는 동안 숙순도 검은색 심의(남녀 공용의 긴 저고리처럼 생긴 중국 한나라의 복식)와 상(치마)을 찾아 입고 허리띠를 맸다. 방의 구석에 난 또 다른 문으로 비밀스레 여인을 내보낸 후 그는 부싯돌을 찾아 등잔불을 밝혔다.

"들어와도 좋다."

방문을 열고 들어선 두막해는 방 안 가득 떠도는 정사의 흔적에 이마를 찌푸렸다. 방금 전까지 이곳에 여인이 있었음이 분명했다.

한(漢)나라가 이 땅을 점령한 지 십 년. 그들은 조선족의 미풍을 해치고 숙순 같은 한족 관리들을 파견하여 물자를 수탈했으며, 백성들의 허리가 휠 정도로 무거운 세금을 매겼다. 예전 조선의 백성들은 문을 달지 않아도 서로 도적질하는 일이 없을 만큼 서로를 믿고 의지했었다. 그러나 지금은 인심이 각박해진 것은 물론 서로를 의심하기 일쑤였고, 점차 유부녀들의 정숙함조차 사라져 가고 있었다.

월진향(越津鄕)의 유질(하급관리)인 이 한족 사내는 수시로 마을의 부녀자들을 자신의 집으로 끌어들였다. 또 어느 집 처자 하나를 싸구려 장신구 몇 개로 후렸겠지. 사내의 기름진 얼굴과 아랫배를 바라보며 두막해는 역겨움을 감추려 노력했다.

"무슨 일인가. 밤늦게 이리 날 찾아온 데는 분명 중요한 사안이 있어서겠지?"

잔뜩 비틀린 숙순의 말투로 미루어 자신의 밤을 망친 데 대해 단단히 앙심을 품고 있는 듯했다.

"저녁나절에 마을 입구에 낯선 처자가 나타났습니다. 이곳엔 아무런 연고도 없고 어디서 왔느냐고 물었더니 천산(千山) 쪽만 가리키더이다. 그 처자의 복색이 이상하고 행동거지도 예사 사람 같지 않았습니다. 게다가 그 처자가 하는 말이⋯⋯."

두막해는 말끝을 흐렸다. 숙순도 그의 말에 수긍이 갔다. 천산은 이곳에서 곧장 동쪽으로 보이는 산으로, 기암괴석과 험준한 봉우리로 가득 차 그 근방에 인가라고는 없었다.

"그 여인은 지금 어디 있는가?"

"밖에 기다리고 있습니다."

"나가보지."

숙순은 앞장서 방문을 열었다. 보름의 밝은 달빛으로 인해 중정에 서 있는 두 사람의 인영이 뚜렷이 보였다. 한 사람은 그도 익히 알고 있는 두막해의 아들 아도인 듯했고, 또 한 사람은 호리호리한 몸집으로 보아 여인이었다.

"이리 가까이 데려오너라."

아도가 여인에게 앞쪽으로 가라고 이르는 소리가 들렸다. 열려진 방문으로 새어나오는 불빛에 다가온 여인의 전신이 드러나자 숙순의 입이 떡 벌어졌다.

그 평생 이토록 청아한 미인은 보지 못했다. 아무런 장신구 없이 가운데 가르마를 탄 여인의 긴 머리는 엉덩이께까지 늘어뜨려졌고, 흠집 하나 없이 깨끗한 얼굴에 그린 듯 자리한 눈썹과 그 아래 검은 두 눈동자는 새까만 우물처럼 깊었다. 작지만 오뚝한 콧날과 짙은 도홧빛을 띤 도톰한 입술은 가히 절색이라 일컬을 만했다.

멍하니 여인을 바라보던 그는 두막해의 헛기침 소리에 정신을 차렸다.

그제야 여인의 목 아래로 시선을 준 숙순은 그녀의 옷차림이 예사롭지 않다는 것을 깨달았다. 여인은 목의 깃이 둥근 포(두루마기) 아래, 엉덩이 길이의 왼쪽 여밈 유(저고리)와 통이 좁은 상(치마)을 입고 있었다. 아직까지도 많은 동이족 여인들이 한나라의 심의보다 그녀처럼 전통의 복식을 고수하고 있기는 했으나 이 여인의 옷가지들은 웬만한 신분의 한족 귀족조차 입기 어려운 최상급의 비단인 흰색 금(錦)으로 만들어져 있었다. 금은 일개 동이족 여인이 구할 수 있는 천이 아니었다.

숙순은 목소리를 가다듬었다.

"에, 그대는 어디 사람인가?"

"천산이라 불리는 곳에서 왔어요."

맑고 조용한 음성이었다. 동이족의 말을 쓰는 것으로 보아 동이족인 것은 분명했다.

"그쪽엔 어떤 민가도 없다는 걸 그대도 알고, 나도 알고 있는데, 본관을 놀리는 것인가?"

"하지만 전 그곳에서 살아요."

"그곳은 산세가 험해 태고부터 사람이 살기 어려운 곳이거늘…… 내 십 년 전부터 이곳을 다스리는 중책을 맡고 있으니 내 앞에서 거짓을 고하면 무사치 못할 것이다."

자신의 지위를 높여 말하는 숙순의 거만한 태도에 두막해가 고개를 내저었다. 일개 하급 관리에 불과했지만 그의 거만함과 탐욕스러움은 도를 넘어선 지 오래였다.

여인이 답답하다는 듯 바라보자 숙순의 이마에 그려진 주름이 더욱 깊어졌다. 진지하게 그를 바라보는 맑은 눈동자가 거짓말을 하는 것 같지는 않았다. 그곳에 언제부터 사람이 살았지? 그동안 코앞에 두고도 그 사실을 몰랐다는 데 대해 숙순은 몹시 불쾌했다. 여인의 차림새로 보아 꽤 있는 집안의 처자인 듯했는데 그동안 받지 못한 조세와 그의 뒷주머니를 두둑하게 해주었을 뇌물들을 생각하니 입맛이 썼다. 게다가 무언가 아까부터 그의 신경을 거슬리는 점이 있었는데 그것이 정확하게 무엇인지 알 수 없었다.

중정에는 바람이 꽤 세게 불고 있었다. 여인의 뒤쪽에 서 있는 아도의 유(저고리) 자락은 바람에 펄럭이는데 그 여인의 옷은 미동도 없이 고요히 내려뜨려져 있었다.

눈을 질끈 감았다 다시 뜬 숙순은 여인을 노려보았다. 분명했다. 바닥의 흙먼지를 모조리 쓸어버릴 듯 거칠게 몰아치는 바람이 여인의 주위만은 비켜 나갔다. 마치 그녀를 보호하기라도 하듯. 이게 대체 어떻게 된 일이지? 저 여인이 요사스런 술법이라도 쓰는 것일까. 그러나 여인의 얼굴에 사악한 기운이라고는 조금도 없었다. 오히려 하강한 선녀처럼 신비로움만이 감돌았다. 그런데 어찌 바람을 움직일 수 있단 말인가.

가만, 천산에서 왔다고? 순간 숙순의 머릿속을 스치고 가는 게 있었다.

십 년 전 한족이 이 땅을 차지하고 지금의 진번군 태수가 갓 부임했을 당시, 첫 시찰을 나와 이 제해현까지 온 적이 있었다. 당시 태수는 군사들을 풀어 열흘간 천산을 샅샅이 뒤졌다. 그는 천산에 사람이 사는 흔적을 찾고 있었다. 들리는 풍문에는 천산에 신비한 힘을 가진 사람들이 숨어 있는데 태수가 찾는 것이 그들이라고 했다.

숙순은 입 안에 침이 고이는 것을 느꼈다. 이 예사롭지 않은 여인은 어쩌면 커다란 가치가 있을지 몰랐다. 조그만 시골구석 향의 유질에 불과한 자신의 인생을 바꿔줄 만한 천재일우의 기회가 되어줄 수도 있었다.

"이 여인에 대해 조사할 것이 있으니 당분간 감금하겠다."

"허나, 나리. 아무 죄도 없는 저 처자를 옥에 가두는 것은……."

두막해가 난처해하며 말했다. 향의 책임자인 그에게 보고해야 하는 사항이기에 데려오기는 했지만 여인에게 해를 끼치는 것은 원치 않았다.

"수상한 자가 분명하니 향민(鄕民)의 안전을 위해 격리하는 것뿐이다. 지금 나의 결정에 불복하겠다는 것인가?"

날카로운 시선으로 노려보자 두막해의 말이 수그러들었다. 숙순의 부름에 병사 하나가 허겁지겁 달려왔다.

"옥사로 데려가라."

"예, 나리."

굽실거린 중년의 병사는 허리춤에서 단단한 밧줄을 꺼내 들었
다.

"어이쿠!"

여인의 팔을 우악스럽게 잡아채던 그가 비명을 지르며 물러섰
다. 순간 강풍이 몰아쳐 날아온 돌조각에 스친 사내의 이마가 찢어
졌던 것이다. 나뭇가지며 돌들이 딱딱거리는 소리를 내면서 병사
의 발치에 와 부딪혔다. 중정 안에는 한결 기세가 험악해진 바람이
소용돌이치듯 불고 있었다, 으르렁거리며 마치 사내를 위협하는
양. 이 기묘한 상황에 모두 얼어붙고 말았다.

"괜찮아요?"

피가 흐르는 상처를 보고 놀란 여인이 다급히 발걸음을 떼다 움
찔거리는 병사를 보며 멈춰 섰다.

"내가 갈게요. 그 옥사란 곳이 어디죠?"

여인의 말이 떨어지자 순식간에 바람이 잦아들었다. 병사는 한
층 겁에 질린 얼굴로 숙순을 돌아보았다. 그러나 숙순은 어서 데려
가라는 듯 손을 휘저을 뿐이었다. 어쩔 수 없이 앞장서 뇌옥을 향
했지만 사내의 손은 내내 부들부들 떨리고 있었다.

두막해는 어두운 뇌옥 안까지 그녀를 따라 들어왔다.

"미안하오. 처자를 이런 처지로 몰기 위한 것은 아니었는
데……."

말이 없는 여인을 보며 그는 머뭇머뭇 돌아섰다. 외지인이기는

하나 조선족임이 분명한 여인을 저 한족의 손에 두고 가는 것이 왠지 불안하여 발걸음이 떨어지지 않았다.

방으로 돌아온 숙순은 죽간(길게 자른 대나무쪽:종이가 발명되기 전 글을 적는 데 사용함)을 꺼내 글을 쓰기 시작했다. 본디 자신의 상급자인 제해현령에게 올리는 것이 바른 도리겠으나 그는 직접 진번군 태수에게 이 사실을 알릴 예정이었다. 현령이 자신의 공을 가로챌지 누가 알겠는가. 잘만 처리된다면 적어도 현승 정도나 현령 자리까지도 넘볼 수 있으리라. 숙순의 얼굴에 만족스러운 기운이 번졌다.

"태수 나리, 제해현에서 급한 전령이 왔습니다."

낭관(郎官:관청에서 문서를 담당하는 관직)이 진번군 태수의 눈치를 살피며 말을 꺼냈다.

"무슨 일이냐, 동이족들이 분란이라도 일으켰다더냐."

"그것이…… 제해현령이 보낸 것이 아니옵고, 제해현의 속향 중 하나인 월진향의 유질 숙순이란 자가 보내온…….

낭관의 목소리는 사뭇 조심스러웠다. 아니나 다를까, 벽력같은 고함 소리가 날아왔다.

"내가 일개 향의 유질이 보낸 것까지 일일이 보아야 하는가! 대체 거기 현령은 무얼 하고 있다더냐!"

낭관이 진땀을 빼며 다시 아뢰었다. 전령에게서 건네받은 뇌물은 필히 자신의 목을 걸 만한 가치는 없을 터였다. 태수는 조금이라도 비위에 거슬리는 자는 가만두지 않는 성격이었다.

"전갈을 갖고 온 자가 말하길, 나리께서 보시면 필시 기뻐하실 일이라며, 십 년 전 찾으시던 것에 관한 일이라는 알 수 없는 소리를 하더이다."

"이리 줘보아라."

십 년 전이라고? 진번태수 추우영은 낭관에게서 받아 든 죽편(여러 개의 죽간을 끈으로 묶은 것)을 펼쳤다. 대충 훑어 내리듯 읽던 추우영의 눈이 죽간에 쓰인 한 글자를 보자마자 부릅떠졌다.

"수레를 준비하라! 곧 제해현으로 갈 것이니 채비를 하라!"

오후를 넘어서야 겨우 창틈으로 들기 시작하던 햇빛은 이내 사라져 버리고, 뇌옥 안은 다시금 어둠이 스며들었다.

흙바닥에서 올라오는 한기를 느낀 아리는 한쪽 구석에 깔린 지푸라기 위에 올라앉아 제 팔로 몸을 껴안았다. 오늘이 엿새째이던가, 이레째이던가. 아리는 한숨을 내쉬며 치맛자락으로 두 발을 덮었다. 난생처음 만난 사람들에 대한 실망감이 마음 한자락에 내려앉았다.

할머니를 땅에 묻고 유언대로 산을 내려온 아리의 눈앞에 펼쳐진 촌락과 사람들은 신기함 그 자체였다. 토담으로 둘러싸인 마을 안은 큰 도로가 동서로 나 있고 여러 갈래의 좁은 길이 남북으로 나 있었다. 그 사이사이 지어진 조그만 집들과 수많은 사람들. 자신과 같은 사람들이 이렇게나 많이 살고 있다니.

할머니가 들려준 이야기 속 조선의 백성들은 모두가 선량하고 어진 사람들이었다. 서로를 믿으며 누구에게나 친절하고 소박하게 살아가는 사람들이었다. 그러나 이곳에서 아리는 그저 이방인일 뿐, 그들 누구에게도 받아들여지지 못했다. 처음 그녀를 발견한 여인도, 그 나이 든 두막해라는 노인도, 그 아들도 다들 어쩐지 그녀를 경계하고 두려워했다.

그 숙 나리라는 사람은 아리를 이곳에 가둔 뒤 하루 세 번 손수 먹을 것을 갖다주었다. 그러나 들여다보는 그의 탐욕스런 눈빛이 그녀의 전신을 훑을 때마다 몸을 타고 벌레가 기어가는 듯 소름이 돋았다. 그 사람은 포(두루마기) 안에 다른 이들처럼 고(바지)가 아닌 상(치마)을 입고 있었다. 그리고 어쩐지 말을 매끄럽게 하지 못한다 했더니 자신은 한족이라며 거드름을 피웠다. 아리가 만난 조선 사람 모두가 그 한족 사내의 말에 복종하는 것으로 보아 아마 또 다른 한족들이 이 땅을 점령하고 있는 것이리라.

사실 한족의 말이라면 아리도 할 줄 알았다. 이십여 년 전 그녀의 일족이 천산으로 피신하기 전에도, 조선의 땅은 위만이라는 한족의 지배를 받고 있었다고 했다. 일족의 수장이었던 그녀의 할머니는 자신이 아는 한어(漢語)를 손녀에게도 전수해 주었던 것이다.

"이쪽입니다."

낮은 웅성거림과 말소리가 들리더니 곧이어 아리가 있는 뇌옥 안으로 서너 명의 사람이 들어섰다. 그 숙 나리라는 자를 제외하고는 모두 낯선 인물들이었다.

제일 앞에 선, 키가 크고 육중한 체구를 가진 사람은 주위를 압도하고 있었다. 숙순처럼 검은 포(두루마기)와 심의 차림이긴 했으나 고급스런 비단으로 만든 듯 천에 윤기가 흘렀다. 그의 눈은 양쪽으로 길게 찢어져 교활함이 엿보였고, 둥근 얼굴에 유난히 얇은 입술은 부조화를 이루고 있었다. 그 사내가 아리를 보며 한어로 물었다.

"한어를 할 줄 아는가?"

"제가 동이족의 말을 할 줄······."

숙순이 나서다 그의 날카로운 눈길에 말꼬리를 흐렸다.

"다시 묻겠다. 한어를 하느냐?"

"할 수 있어요."

아리가 한어로 대답했다. 만족스런 기운이 사내의 둥근 얼굴에 퍼졌다.

"네가 천산에서 왔다고 들었다. 사실이더냐?"

"그래요."

그가 눈썹 사이를 좁히며 뇌옥의 나무 살 사이로 머리를 가까이 댔다.

"너는 바람의 일족이냐?"

아리는 대답하지 않았으나 순간 그녀의 눈에 놀란 기색이 스치는 것을 사내는 놓치지 않았다. 그것만으로도 그는 확신을 얻은 듯 고개를 끄덕였다.

"나리, 찾으시던 사람이 맞으신지요?"

숙순의 목소리가 기대감으로 떨려 나왔다. 자신은 이제 곧 출세 가도를 달리게 될 것이다. 이 지겨운 촌구석을 벗어나 진번성 같은 큰 성안에서 떵떵거리며 살 수 있으리라.

"그렇다. 그런데 저 여인에 대해 뭔가 알아낸 것이 있는가?"

추우영이 숙순에게로 그 찢어진 눈을 돌리며 물었다.

"제가 살펴본 바로는 요상하게도 저 여인의 주위에는 바람이 불지 않더이다. 무슨 사술을 쓰는 것 같지는 않았지만 어떤 힘을 가지고 있는 듯했습니다. 이곳에 사는 자 중 나이 든 자들을 추궁하면 아마 사실을 알아낼 수 있을 듯합니다."

추우영의 눈이 순간적으로 번뜩였지만 숙순은 알아차리지 못했다.

"그 사실을 알고 있는 다른 사람이 있는가?"

"소신같이 민첩한 자가 아니고선 어찌 그런 사실을 쉽사리 알아차리겠습니까."

숙순이 또다시 매끄럽게 웃으며 아첨을 떨었다.

"그래……."

태수가 음흉하게 웃으며 고갯짓을 하자 그와 함께 들어온 두 명의 사내가 숙순의 팔을 잡아끌고 나가기 시작했다.

"나리……?"

어리둥절해진 숙순이 질질 끌려가면서 부르자 곁눈으로 그를 힐끗 본 추우영이 한마디 했다.

"이 여인에 대해선 아무도 몰라야 한다. 네가 상황 판단에 민첩한지는 몰라도 네 목숨을 구하는 데는 그 능력이 발휘되지 못한 듯하구나."

"나리! 살려주십시오! 어찌 제게 이러실 수 있습니까! 나리!"

숙순은 끌려가지 않기 위해 발버둥을 쳤으나 건장한 사내 둘의 힘을 당해낼 수는 없었다. 그들이 뇌옥을 나가고 나서도 한참 동안 절규하는 숙순의 목소리가 들려오더니 점차 멀어지기 시작했다.

뭐야. 대체 지금 무슨 일이 벌어진 거지? 아리는 자신의 눈앞에서 펼쳐진 상황 전개에 당황했다.

"저 사람, 어찌 되는 거지요?"

"곧 입을 다물 것이니 걱정할 필요 없다."

갑자기 숙순의 비명이 뚝 그쳤다. 아리는 그 끔찍한 침묵의 순간 온몸에 소름이 돋는 것을 느꼈다.

"네 얼굴을 보니 이제 이해한 것 같구나. 너도 어떤 것이 네게 이로울지 처신을 잘해야 할 것이다. 너의 일족이 사라진 것이 오래전인데, 아직 어려 보이는 걸 보니 넌 세상 구경을 하는 것이 처음이겠군. ……놀라는 것 같구나. 왜, 내가 네 일족에 대해 잘 알아서 두려우냐? 나는 아주 오랜 세월 이 순간만을 기다려 왔다. 십 년 전 옛 왕검성에서 우연찮게 발견한 죽간을 통해 네 족속을 알게 된 후로 이날 이때까지 찾아왔으니 말이다. 그러니 내가 원하는 것이 무언지 너도 잘 알겠지? 나는 이 땅을 다스리는 태수이니라. 네가 보았다시피 내 말 한마디면 너 같은 동이족 여인 하나 죽이는 것은 일도 아니지."

자신의 명백한 협박에 창백해진 아리의 안색을 보며 추우영은 흡족한 듯 웃었다.

"걱정하지 마라. 내 너를 성급히 다그치진 않을 것이다. 천천히 생각할 여유를 주겠다. 내가 이곳에 오래 머무를 수 없으니 우리는 내일 진번군의 치소(治所)인 잡현으로 갈 것이다. 가는 동안 잘 생각해 보도록 해라."

二章

나홀간의 여정은 매우 힘들었다.

말을 탈 줄 모르는 아리는 수레에 태워졌지만, 그 수레란 것이 태수가 타고 있는 것과는 달리 거의 죄수 호송용 수레인 듯 좁고 사방이 막혀 있어 다리조차 펴기 힘들었다. 밤에 태수 일행이 객잔에 묵을 때만 잠시 풀려날 뿐 아리는 온종일 답답한 수레 안에 갇혀 있었다. 또한 풀려난다고는 하나 잘 때조차 팔다리가 묶인 불편한 상태로 잠을 청해야 했다. 그러나 아리는 결코 그 태수란 자에게 보물을 넘겨줄 생각이 없었다. 설사 그가 자신을 죽여 바람의 일족이 이 세상에서 사라진다 하더라도.

일행은 이제 꽤 큰 성에 도착한 듯했다. 아까부터 사람들의 왕래가 많은 큰 거리를 지나고 있었다. 갑자기 수레가 덜컹거리더니 멈춰 섰다. 얼굴만 겨우 내밀어질 만큼 좁은 창을 바라보고 있던 아리는 무슨 일일까 싶어 밖을 내다보았다.

말을 탄 일곱 명의 무장한 사내가 그들의 길을 가로막고 있었다. 선두에는 우두머리로 보이는 붉은 옷을 입은 자가 흑자색 거대한 말 위에 올라앉아 있었다. 그 젊은 사내는 신경질적으로 앞발을 굴려대는 말의 목을 느긋하게 쓰다듬는 일에만 온 신경을 쏟고 있는 듯했다. 태양이 그의 뒤쪽에서 강하게 내리비쳐 사내의 얼굴에 짙은 음영을 만들고 있었다.

그를 알아본 추우영이 재빨리 수레에서 내려 아부 떠는 목소리로 예를 갖췄다.

"무시후(武始侯) 유공(劉公)이 아니십니까. 어인 일로 이리 행차를 하셨습니까?"

눈앞의 젊은 사내는 현(現) 황제 유철(劉徹)의 조카로 한단(邯鄲)의 제후인 자였다. 게다가 황족 중에서는 드물게도 일신의 무용만으로 그 이름을 세상에 떨친 사내였다. 추우영이 진번군 내에서 태수의 자리에 있다고는 해도 제후를 무시할 수는 없었다. 그는 깊숙이 허리를 숙였다.

"성에만 있는 것이 지루해서 사냥이나 같이 갈까 했더니, 섭섭하게도 그대는 이미 사냥을 마치고 돌아오는 중인 것 같군. 태수씩이나 되는 자가 열흘간이나 성을 비우다니 깨나 흥미로운 사냥이었나 보오?"

그림자진 사내의 눈이 아리를 훑어 내리자 그 눈에 서린 냉기가 살갗을 타고 흘렀다. 마치 잔인한 발톱을 가진 매가 사냥감을 보는 시선이었다. 아리는 얼굴을 수레 안으로 숨기고 싶은 것을 겨우 참왔다.

"실은 제해현(提奚縣)의 속향 중 한곳에서 부정한 관리들이 세를 착복하는 일이 발생해 상황을 해결하러 잠시 자리를 비웠습니다. 책임자는 처벌하였고 공께서 심려하지 않으셔도 될 만한 미미한 일인지라……."

추우영은 등을 타고 식은땀이 흐르는 것을 느꼈다. 겉보기에는 단지 거만한 애송이일지라 해도 전장에서 수천수만의 야만족을 살육한 맹장(猛將)이었다. 하여 귀신의 이름으로 불리는 이 사내의 날카로운 눈은 함부로 볼 것이 못 되었다.

"이런, 내가 재미있는 상황을 놓쳤군. 그런 보고를 진즉 들었다면 지루함을 털어낼 겸 경의 명 판결을 보러 동행할 수도 있었을 터인데. 정말 안타까운 일이로군. 흠…… 저 계집은 그대의 노획물인가? 저렇듯 꽁꽁 가둬놓은 걸 보면 대단한 중죄인인가 보오? 내 눈에는 단지 어린 계집으로밖에 안 보이는데."

말에 올라탄 사내가 비꼬듯 추우영의 말을 받았다.

"아, 예. 그곳 옥에서 노비로 쓸까 하고 제가 데려온 동이족 계집인데 겉보기와 달리 매우 사나운지라……."

아리에게 쏠린 그의 관심에 추우영이 어쩔 줄 몰라 하며 급히 변명을 했다.

"이리 데려와라."

두 명의 군졸이 수레에서 아리를 끌어내 앞으로 데리고 가자 사내가 그녀의 얼굴을 들게 했다.

사내는 핏빛 비단 장포(두루마기) 안에 이제껏 본 한족들과는 달리 특이하게도 무릎까지 오는 유(저고리)와 고(바지)를 입고 있었다. 허리에는 긴 검을 차고 검은 가죽신으로 감싸인 발은 등자를 단단히 디디고 있었다. 붉디붉은 옷이 말의 털색과 어우러져 마치 지옥에서 올라온 붉은 마귀처럼 보였다.

아리를 보기 위해 사내가 고개를 숙이자 그의 얼굴에 드리워졌던 그늘이 걷혔다. 순간 그와 눈이 마주친 아리의 몸 전체에 오싹한 떨림이 지나갔다. 붉은 비단 끈으로 묶은 상투 아래 사내의 시원스런 이마와 얼굴이 숨김없이 드러나 있었다. 날카롭게 뻗어 올라간 눈썹과 감정이라고는 찾아볼 수 없이 차갑게 빛나는 돌 같은 눈동자, 똑바른 콧날 아래 자리 잡은 조롱하듯 일그러뜨리는 입술만 아니라면 사내는 대단히 준수한 사람이었다. 사실 이제까지 아리가 보아온 중 가장 수려한 용모를 지닌 사내였다. 그러나 그의 눈동자에는 단 한 조각의 따뜻함도 보이지 않았고, 그 사실이 그녀의 감각에 위험 신호를 보냈다.

사내의 얼굴에 재미있다는 표정이 순간적으로 스쳐 갔다.

"제법 반반한·계집이로군. 마침 잘되었구려. 내 이번에 이곳으로 올 때 시중들 아이를 데려오지 않아 적적하던 차에……. 어떻소, 경? 내게 이 계집을 주심이?"

순식간에 추우영의 안색이 시꺼멓게 변했다. 이 무슨 청천벽력 같은 소리란 말인가. 그 고생을 하고 마침내 손에 들어온 보물의 실마리건만, 이자가 뭔가 낌새를 챈 것이 분명했다. 적적하다니, 순전히 헛소리였다. 무시후 유하가 이곳 진번군의 군치를 담당하고 있는 잡현에 온 지 석 달, 성안의 모든 기녀들과 잠자리를 하느라 필시 하룻밤도 혼자 지낸 적이 없으리라. 추우영은 고개를 숙인 채로 이를 갈았다.

"하오나 공, 이 계집은 도벽이 있는 데다 예의를 모르고 자란 거친 촌부인지라 공의 시중을 들기에 부족한 줄 아옵니다. 제가 고운 아이 둘을 처소에 보내 드리겠사오니……."

"아니—"

유하가 추우영의 말을 잘랐다. 단단한 손가락으로 아리의 턱을 잡은 그가 냉혹한 미소를 지었다. 아리의 눈동자가 유하의 눈을 똑바로 마주 보았다.

"이 계집을 가지는 게 더 재미있겠군. 또한 그대는 성가신 손버릇을 가진 노비 계집을 털어버릴 수 있으니 일석이조 아닌가?"

그가 말에 앉은 채 한 팔로 아리를 끌어 올려 자신의 무릎 위에 거칠게 앉힌 뒤 허리를 단단히 붙들었다.

"아니, 공……."

추우영이 안절부절못하며 말을 건넸다. 자신이 이곳을 다스리는 태수라 해도 황실의 제후를 제지하거나 강제할 만한 힘은 없었다. 비록 무시후가 일시적인 유배 상태이기는 했으나 황제가 가장 아끼는 조카임을, 장안에서 수천 리 떨어진 진번군의 태수인 그조차도 모르진 않았다.

"고맙소. 내 값은 후하게 쳐서 보내 드리겠소."

무시후가 말의 옆구리를 걷어차고 달려나가자 그의 호위무사들도 그 뒤를 따랐다. 그들은 삽시간에 뿌연 먼지를 일으키며 멀어져 갔다.

추우영은 분노로 떨리는 주먹을 움켜쥐며 마음을 진정시켰다.

아직은 포기할 때가 아니었다. 혹여 무시후 그자가 수상한 냄새를 맡았다 하더라도 어차피 그 계집은 쉽사리 입을 열지 않을 것이니 문제가 될 리 없었다. 그 계집에 대한 무시후의 관심은 기껏해야 몇 번 몸을 섞으면 사라질 것이니 자신은 기다리기만 하면 되었다. 십 년도 기다렸는데 며칠쯤이야…….

십 년 전 한나라와의 전쟁으로 허물어진 왕검성에서 발견된 죽간 하나.

패망한 왕이 기록한 소소한 서간이라 대수롭지 않게 생각했던 그 죽간에는 놀라운 사실이 숨어 있었다. 이천 년을 넘게 지속되어 온 조선(朝鮮)의 뒤에는 신비한 일족과 보물의 힘이 있었던 것이다.

지금으로부터 구십칠 년 전, 조선의 준왕을 몰아내고 새로이 왕이 된 위만은 바람의 일족을 위협하지 않았고 성역을 지키며 살도록 내버려 두었다. 일족은 백성들의 안위와 보물을 건드리지 않는다는 조건으로 새로운 지배자를 받아들였다.

그러나 세월이 흘러 왕위에 오른 위만의 손자 우거왕(右渠王)은 끝내 자신에게 굴복하지 않는 일족에게서 보물을 탈취할 계획을 세웠다. 계획이 실행되기 전날 밤, 바람의 일족이 모조리 자취를 감춰 버리는 바람에 수포로 돌아가고 말았지만.

한나라 군에 의해 성이 함락되기 직전, 자객에게 살해당할 때까지도 우거왕은 사라진 일족의 행방을 수소문하고 있었다. 그는 귀족들 간의 분열과 조선의 쇠락도 모두 보물이 사라진 탓이라 여겼다. 따라서 일족의 보물만 손에 넣는다면 일 년여간 대치 중이던 한나라의 수만 대군 따위는 문제도 아니라 했다.

가히 무소불위의 힘이지 않은가. 그 보물만 손에 넣는다면 천하에 두려울 것도 없고, 원하는 모든 것을 가질 수 있게 되는 것이다.

서간은 바람의 일족이 마지막으로 흔적을 남긴 곳이 천산이라 기록하고 있었다. 이를 토대로 죽은 우거왕의 측근들을 족쳐 바람의 일족이 실재했다는 사실을 알아낸 추우영은 강렬한 야망에 사로잡혔다. 그러나 아무리 천산을 이 잡듯 뒤져 봐도 이미 오래전 왕검성을 떠나 자취를 감춘 이들은 쉬이 찾아지지 않았다. 물론 추우영 또한 포기하지 않았다. 그물을 쳐 놓으면 언젠가 고기는 걸리는 법. 필요한 것은 오직 인내뿐이었다.

하여 그 긴 시간을 기다린 끝에 마침내 자신을 보물에게로 안내해 줄 바람의 일족을 찾았지 않은가. 그 계집이 진번성에 있으니 보물은 이미 자신의 손아귀에 들어온 것과 마찬가지였다. 하루 이틀 무시후에게 시달리다 보면 계집도 좀 고분고분해지겠지. 느긋하게 기다리는 것도 좋으리라. 추우영의 얼굴에 다시 만족스런 웃음이 떠올랐다.

젊은 사내는 커다란 저택으로 아리를 데리고 갔다.

아리를 단단한 두 팔에 가두고 말을 달리는 동안 그는 그녀에게 눈길 한 번, 말 한 마디 건네지 않았다. 아리 역시 길에 시선을 고정시킨 채 달아날 때를 대비해 풍경을 기억해 두느라 여념이 없었다.

너무나 멀리 와버렸다. 순식간에 또 다른 한족(漢族)의 손에 떨어지게 만든 운명의 비틀림이 그녀를 천산에서 이곳까지 이끌었다. 다행히 이 한인(漢人)은 그 태수라는 자보다 고위직에 있는 듯했고 바람의 혈족에 대해서는 모르는 것 같았다.

거대한 붉은 대문에 이르자 사내가 말에서 훌쩍 내리더니 아리를 끌어 내렸다. 그의 옆에 서자 팔 척(한나라의 1척은 약 22.5cm)은

족히 넘을 듯싶은 사내의 큰 키가 실감되었다.

그가 도착하자 검은 옷에 검은 책(幘)을 쓴 사람들이 우르르 몰려나와 그들을 맞았다.

"돌아오셨습니까, 나리."

일언반구 대꾸도 없이 사내는 아리의 팔을 붙들고 대문 안으로 성큼성큼 걷기 시작했다.

"비영(飛影)에게 여물을 주고 쉬게 해주어라."

노비들이 붉은 말의 고삐를 잡아 반대쪽으로 끌고 가는 것을 본 아리는 두 손이 묶인 채 사내에게 끌려가는 자신이 말과 다를 바 없다는 생각이 들었다.

"주공(主公), 군승(군의 행정차관)과의 만남은 어찌하시겠습니까."

그들과 함께 귀택한 무인 하나가 무리를 빠져나와 사내 뒤를 따라 걸으며 물었다. 아리의 팔을 잡고 있는 사내보다 십 년은 연상인 듯 보이는 무관은 각진 턱과 음울한 눈빛을 가지고 있었다.

"나중에—"

사내가 잘라 말하고 걸음을 바삐 했다. 키가 큰 사내의 보폭에 맞추느라 아리는 거의 종종걸음을 치다시피 해야 했다.

언뜻 스치는 눈에도 저택의 내부는 웅장했다. 아리는 이토록 크고 화려한 건물은 난생처음 보았다. 늘어선 붉은 기둥들이 검은 기와를 받치고 있었고, 중문으로 올라가는 돌계단 양쪽으로 난 회랑 앞은 빽빽이 심어진 대나무들이 그 푸름을 과시하고 있었다. 계단을 지나자 안채로 보이는 아름다운 건물들이 나타났다. 높은 담장 안에 우뚝 솟은 이 건물들만으로도 자신의 팔을 잡고 있는 이 사내가 범상한 인물이 아님을 알 수 있었다.

사내는 검게 칠한 나뭇조각으로 아름답게 장식된 문 하나를 열더니 아리를 밀어 넣었다. 보아하니, 아마도 이곳은 그의 침소인 듯싶었다.

널찍한 방 오른쪽에는 자줏빛 휘장이 쳐진 침상이 놓여 있었고, 왼편으로는 다른 방으로 연결된 듯 또 다른 문이 하나 나 있었다. 벽을 따라 늘어선 검은 옻칠을 한 옷장 위에는 비단에 그려진 채색화들이 걸려 있었다. 아리가 들어선 문의 맞은편에 위치한 팔각형의 창문으로 늦은 오후의 햇살이 쏟아져 들어왔다.

사내가 검집을 풀어 방 한가운데 붉게 옻칠된 탁자 위에 놓고는 아리를 향해 돌아섰다.

"이리 와."

차가운 명령조였다. 아리가 가까이 다가서자 사내의 손에 날카로운 비수가 들린 것이 보였다. 단 한 번의 동작으로 결박을 잘라버린 그가 붉게 생채기 난 아리의 손목을 잡아 끌어당겼다.

"자, 말해라. 한어는 할 줄 알겠지? 태수가 왜 널 잡아온 거지? 무슨 일을 꾸미는 거야?"

아리는 아무 말도 할 수 없었다, 사실을 말한다면 또 한 명의 한족이 바람의 혈족에 대해 알게 되는 것이므로. 사내가 태수와 마찬가지로 보물을 노릴는지는 알 수 없으나 저 눈 속에 깃든 잔인함만으로도 입을 다물 이유는 충분했다. 이자를 믿을 이유는 없었다.

대답이 없자 입술을 얇게 다문 사내가 아리의 목으로 손가락을 천천히 미끄러뜨렸다. 숨결이 맞닿을 정도로 가까워 깎아낸 듯 반듯한 그의 이목구비가 고스란히 아리의 눈에 들어왔다. 가늘게 내리뜬 서늘한 눈동자까지도.

"네 이 가느다란 목을 꺾어버린다고 해도 말하지 않을 테냐?"

얼굴에 핏기가 가시는 것을 느꼈으나 아리는 사내의 눈동자에서 시선을 비끼지 않았다.

"부정한 관리 같은 건 없었어요."

"그런 것 따윈 이미 알고 있어. 멍청한 핑계였어. 그런 일이 있었다면 내 첩자가 내게 알렸겠지. 내가 궁금한 건 태수가 꾸미고 있는 일이다. 넌 거기서 무슨 역할을 하는 거지?"

아리가 다시 침묵을 지키자 사악한 눈빛을 번뜩이며 사내가 잡은 손아귀에 힘을 더했다.

"어리석구나. 네가 진짜 도둑질을 했든 하지 않았든 내 말 한 마디면 넌 두 번 다시 해 뜨는 걸 보지 못할 텐데?"

심장이 세차게 뛰고 움켜쥔 두 주먹에서 땀이 배어나왔다. 이 사내 역시 태수와 마찬가지로 죽음으로 그녀를 위협했다. 자신이 죽으면 바람의 혈족은 영원히 대가 끊겨 버린다. 그러나 보물은 지켜져야 했다. 목에 감긴 사내의 손이 아리의 두려움을 즐기듯 천천히 목선을 따라 오르내렸다.

잠시 아리를 노려보던 사내가 즐겁다는 듯 짧은 웃음을 터뜨리며 손을 뗐다. 그러나 그 차가운 웃음이 눈가에는 채 미치지 못했다.

"고집 센 계집이로군. 겁이 없기도 하고. 감히 내 앞에서 눈을 똑바로 뜨고 날 쳐다보다니. 내가 두렵지 않나?"

"당신은 두렵지 않아요. 내가 두려운 건 하늘이죠."

대답을 비웃듯 고개를 한쪽으로 기울여 까딱이던 사내가 손을 뻗어 아리의 왼쪽 젖가슴 아래를 움켜쥐었다. 아리는 소스라치게 놀라 급히 물러서려 했다. 그러나 사내의 강한 왼팔이 허리를 붙들고 있어 도무지 빠져나올 수가 없었다.

"이렇게 심장이 뛰는데 내가 두렵지 않다고?"

"놓아줘요."

사내를 피하려 손바닥을 그의 가슴팍에 대고 몸을 비틀었으나 그는 끄덕도 하지 않았다. 너무나 쉽게 아리의 두 팔을 붙잡아 뒤로 꺾은 사내가 이를 드러내며 웃었다.

"감히 내게 명령을……?"

아리가 고통에 신음하며 떠는 동안 사내의 눈빛이 달라졌다. 뒤로 젖혀진 팔 때문에 유(저고리) 안의 가슴 윤곽이 팽팽하게 드러나 있었다.

"그래, 널 살려두지. 네가 말할 때까지 기다릴 수 있어. 하지만 그동안 내 성질을 누그러뜨릴 만한 대가는 있어야겠지?"

그가 탁자 위에 놓인 비수를 집어 들어 순식간에 아리의 유(저고리)와 속옷을 길게 잘라내었다. 벌어진 유 사이로 맨 살갗이 드러나자 사내의 손이 난폭하게 가슴을 잡아챘다. 이에 경악한 아리의 온몸이 뻣뻣하게 굳었다. 여태껏 그 누구도 그녀를 이렇게 친밀하게 만진 적은 없었다.

"네 젖가슴은 내 손에 딱 맞는군. 감촉도 매끄러운 진주 같아."

사내의 손바닥이 부드러운 융기를 주물렀다. 본능적인 공포와 아픔으로 몸을 떨며 아리가 애원했다.

"이러지 말아요."

"이게 뭐지? 이런 건 한 번도 본 적이 없어."

사내의 시선을 끈 것이 무엇인지 알아차린 아리의 안색이 새파랗게 질렸다.

그의 손이 가슴 사이 계곡에 늘어뜨려진 목걸이를 들어 올렸다. 그것은 손가락 두 마디 정도 크기의 얇은 조각이었다. 뭐라 말할 수 없는 야릇한 재질의 푸른빛이 번쩍이는 타원형의 목걸이.

"금이나 은도 아니고, 청동도 아닌데 이렇게 수십 가지 푸른색으로 반짝이다니 신비하군. 무지개라도 따다 넣은 것처럼 말이야. 한데 생긴 건 꼭 거대한 물고기 비늘 같군."

사내의 마지막 말에 아리의 심장이 철렁 내려앉았다. 아리는 그의 손에 들린 목걸이를 잡기 위해 붙잡힌 팔을 빼내려 했다.

"아, 안 되지. 이것이 네게 중요한 건가? 그렇다면 내가 맡아두겠다."

가느다란 손의 반항을 쉽게 눌러 버린 사내는 재빨리 목걸이를 벗겨낸 후 싱긋 웃었다.

"제발 돌려주세요. 그건 당신에겐 소용없는 물건이에요."

아리가 사정했다.

"네가 그토록 안절부절못하는 걸 보니 더 흥미로운데? 돌려받고 싶다면 네가 아는 걸 말해."

푸른빛의 목걸이가 사내의 목에 걸리는 것을 본 아리의 마음이 절망으로 가득 찼다. 이것 없이 천산으로 돌아갈 수는 없었다. 반드시 되찾아야 했다.

"이제 중단했던 일을 계속하는 게 좋겠지?"

사내가 엄지와 검지로 연약한 젖꼭지를 잡아 빼 돌리자 아리는 고통으로 몸을 비틀었다. 그 행동이 오히려 자극을 준 듯 그의 억센 손이 아리의 엉덩이를 끌어당겼다. 아리의 몸에 붙어선 사내의 다리 사이에서 무언가 딱딱한 것이 그녀의 상(치마)을 압박해 왔다.

사내는 재빠르게 아리를 안아 올려 침상에 눕히고는 자신의 몸으로 무자비하게 짓눌렀다. 아리의 손목은 머리 위로 올려져 사내의 손에 잡혀 있었고 다리는 그의 강인한 하체에 눌려 꼼짝할 수 없었다. 젖은 혀가 아리의 목에서 가슴 계곡 사이까지 쓸어내렸다.

"제발…… 제발…… 하지 말아요."

흐느낌이 아리의 목을 타고 흘러나왔다. 낯선 손과 입술이 그녀를 자극하기 위해 쉴새없이 움직이고 있었다. 그러나 공포와 충격으로 뒤범벅이 된 아리는 사내의 애무에 어떤 기쁨이나 흥분도 느끼지 못했다.

하얀 살갗에 입술을 댄 채 사내의 눈이 흘깃 아리를 바라보았다.

"어차피 이곳으로 오는 동안 군졸들에게 당하지 않았나? 제해현에서 이곳까진 나흘 거리인데 그동안 너 정도의 미모를 그냥 뒀을 리 없지. 걱정할 것 없어. 난 그들처럼 거칠게 하진 않을 테니까. 너도 아마 즐길 수 있을 거야."

하지만 그가 틀렸다. 추우영은 그녀를 겁탈하는 일이 행여 일에 악영향을 미칠까 두려워 아무도 아리를 범하지 못하도록 했었다. 그러나 사내가 말한 것이 무슨 뜻인지 전혀 모르는 아리에게 그것은 전혀 도움이 되지 못했다.

"이러지 말아요……. 부탁……."

아리의 울음 섞인 외침은 사내가 부드러운 산호색 봉오리를 깨물자 곧 비명으로 바뀌었다. 그는 아리의 저항을 철저히 무시했다. 사내의 뜨거운 입술과 혀가 가늘게 맥박 치는 하얀 목덜미부터 거친 흐느낌으로 오르내리는 두 개의 완벽한 젖가슴까지 거침없이 헤매고 다녔다. 맞닿은 그의 허벅지 사이에서 단단한 막대 같은 것이 점차 부풀어 올라 상(치마)을 뚫을 듯이 밀어댔다.

차가운 눈을 가진 이 사내가 왜 이런 행동을 하는지 정확히 이해하지는 못했지만 뭔가 끔찍한 일이 일어나려 한다는 것을 아리는 본능적으로 깨달았다.

안 돼요. 제발 이 사람을 멈추게 해주세요, 하늘님.

소리 없는 애원으로 기도하고 있었으나 아리는 이미 알고 있었다, 무엇으로도 그를 멈출 수 없음을.

상(치마)은 어느새 허리 위로 말려 올라가 있었고, 사내는 한 손만으로 쉽사리 아리의 속옷을 벗겨 냈다. 아랫배의 맨살에 사내의 입술이 닿자 아리는 공포와 수치심으로 완전히 얼어붙었다.

힘이 빠진 작은 몸뚱이에서 전해지는 낮은 헐떡임을 열정의 반응으로 오해한 사내가 만족스런 신음을 토했다. 만약 그가 고개를 들어 아리의 얼굴을 한 번이라도 들여다보았다면, 그녀가 욕정이 아니라 공포로 넋이 나가 있다는 사실을 알아차렸을 터였다. 그러니 사내는 자신의 고(바지) 끈을 푸느라 정신이 없었다.

처음에는 그저 눈앞의 건방진 계집이 거슬렸을 뿐이었다. 그러나 떨면서도 자신의 시선을 피하지 않는 모습에 왠지 가슴 한구석이 기묘하게 일렁였다.

사내 앞에서는 이유 여하를 막론하고 누구든 엎드려 벌벌 떨며 용서를 구했다. 거친 흉노족 전사들조차 두려움에 그와 눈도 제대로 마주치지 못했다. 그런데 고작 어린 계집의 하는 짓이 당돌하기 이를 데 없었다. 그러나 어이없다고 생각하면서도 유하는 계집의 맑은 눈이 마음에 들었다.

그의 전신이 익숙하면서도 낯선 흥분으로 달아올랐다. 얼마 만에 느껴보는 기분인가. 이 낯선 소녀는 지루한 이곳에서의 일상 속에서 처음으로 그의 흥미를 끌어낸 존재였다. 어차피 고작 욕정 정도일 테지만 그조차도 이토록 빠르게 자신을 사로잡은 적은 없었다. 따뜻한 비단처럼 부드럽게 와 닿는 피부는 그에게 달콤한 쾌락을 약속하고 있었다. 유하는 순식간에 그를 타오르게 한 소녀 안에어서 자신을 묻고 싶었다.

허벅지가 벌려지고 거대하고 딱딱한 물건이 단숨에 속살을 찢으며 들어오자 아리의 입에서 처절한 비명이 터져 나왔다.

"이런!"

놀란 유하가 이내 움직임을 멈추었지만 이미 그의 몸은 아리 안에 끝까지 파고든 후였다. 아리는 불로 지지는 듯 극렬한 통증에 눈물을 쏟으며 유하의 가슴을 밀쳐 댔다.

"움직이지 마!"

유하가 거친 음성을 내뱉으며 아리의 몸을 내리눌러 움직임을 그치게 했다. 아리의 낮은 흐느낌에 유하의 표정이 험악해졌다. 눈을 감고 여러 번 거친 숨을 토해내던 유하가 분노 가득한 눈으로 아리를 노려보았다.

"내 앞에서 울지 마. 어리석은 계집 같으니라고! 왜 처녀라고 말하지 않은 거야? 고통을 줄일 수도 있었는데……. 가만히 있어. 네가 움직이면 참지 못할 거야."

고통을 더하고 싶지 않아 아리는 순순히 유하의 말에 따랐다. 그
러나 시간이 지날수록 아리 안에서 그의 물건은 점점 더 부풀어 오
르는 듯했다. 뿐만 아니라 호흡이 가빠진 유하의 이마에서는 땀방
울이 떨어져 내렸다.

"아직도 아픈가?"

이를 갈 듯 내뱉는 유하의 목소리에 아리가 눈물 젖은 눈으로 고
개를 끄덕였다.

"제길!"

유하가 버럭 소리를 내지르고서는 아리에게서 천천히 몸을 빼내
기 시작했다. 마찰에 의한 통증으로 아리가 신음 소리를 내며 몸을
움츠렸다. 순간적인 근육의 긴장으로 그렇지 않아도 좁은 내부가
한껏 죄어들자 유하의 목구멍에서도 신음이 터져 나왔다. 순식간
에 자제력을 잃어버린 검은 눈을 번뜩이며 그가 짐승처럼 아리를
덮쳤다.

한 치의 부드러움이나 동정 없이 그의 남성이 전진과 후퇴를 반
복하며 점점 더 깊숙이 아리 안으로 들어왔다. 아리의 간헐적인 신
음과 울음소리가 방 안을 가득 채우는 동안 유하의 동작은 점점 더
빨라졌다.

영원히 끝날 것 같지 않은 끔찍한 아픔의 순간도 마침내 끝이 왔
다. 마지막으로 힘차게 아리에게 파고든 유하가 고개를 한껏 뒤로
젖힌 채 전율했다. 그의 떨림이 아리의 피부로 전해지면서 무언지
모를 따스한 액체가 몸속 가득 퍼졌다.

땀에 젖은 유하의 몸이 아리 위로 쓰러졌다. 거칠게 몰아쉬는 호

흡 소리가 아리의 귓속을 파고들었다. 그녀를 아프게 한 그의 물건은 여전히 몸 안에 남아 있었으나 딱딱했던 방금 전과는 달리 어느새 부드러워져 있었다.

소리없는 눈물이 아리의 감은 눈에서 볼을 타고 흘렀다. 난생처음으로 사람이 미웠다. 그녀 위에 엎드려 뜨거운 숨을 토해내는 이 낯선 사내가, 그의 잔인함이 몸서리쳐질 정도로 싫었다.

집으로 돌아가고 싶었다. 할머니의 따뜻한 품에 안겨 위로받고 싶었다. 하지만 이제 할머니는 계시지 않았다. 또한 아리 자신도 집에서 너무나 멀리 떨어져 와 있었다. 여태껏 울지 않고 잘 참았는데 지금은 진한 서러움에 눈물을 그칠 수가 없었다.

천천히 아리에게서 빠져나간 유하가 침상에서 내려서는 기척이 느껴졌다. 그리고 그릇이 부딪치는 소리, 물방울이 떨어지는 소리가 연이어 들렸다.

허벅지 사이에 차가운 것이 닿는 느낌에 놀라 눈을 뜬 아리는 침상 구석으로 몸을 피했다.

유하가 물에 적신 명주 천을 손에 들고 그녀를 내려다보고 있었다. 벌어진 포(두루마기) 자락 아래 드러난 사내의 경악스러운 알몸이 눈에 들어오자 아리는 재빨리 눈을 내리깔았다. 지금의 그에게서는 조금 전 마냥 그녀를 고통스럽게 할 만한 것이 눈에 띄지 않았다. 대체 어떻게 한 거지?

자신의 손을 피하는 아리를 보자 순간적으로 유하의 얼굴에 짜증과 당황스러움이 스쳤다.

"이리 와. 아프게 하려는 게 아냐."

유하의 왼손이 아리를 향해 펼쳐졌다. 그래도 움직일 생각을 하지 않자 성마르게 욕설을 내뱉은 유하가 아리의 손을 잡아끌어 자기 앞에 앉혔다.

"다리를 벌려."

아리가 고개를 저었다.

"빌어먹을! 날 화나게 만들지 마. 널 다시 안으려는 게 아냐. 적어도 오늘은 아니라고."

아리의 다리를 억지로 떼어 낸 유하가 허벅지 사이를 천으로 부드럽게 눌러 피와 자신의 흔적을 닦아주었다. 차가운 것이 닿자 화끈거림은 수그러드는 듯했으나 은밀한 부위를 완전히 드러낸 자세 때문에 아리는 얼굴이 붉어졌다. 눈앞의 사내는 이제 아리 자신보다 그녀의 몸을 더 많이 알게 되었다. 아리로서는 고작해야 여태껏 물에 비친 자신의 얼굴을 본 것이 전부였다. 더군다나 옷을 입지 않은 제 모습은 단 한 번도 본 적이 없었다.

유하의 손이 떨어지자마자 아리는 재빨리 상(치마)을 끌어 내리고 침상 구석으로 다시 옮겨 갔다. 고집스레 제 무릎에만 시선을 박은 탓에 자신을 지켜보는 유하의 눈에 씁쓰레한 죄의식 같은 것이 떠올라 있는 것을 그녀는 보지 못했다.

방바닥에 떨어져 있는 고(바지)를 재빨리 주워 입은 유하는 다시 한 번 아리에게 눈길을 준 뒤 방을 나갔다.

순식간에 햇살이 완전히 사라진 방 안에 어두움이 내려앉았다. 아리는 그 자세 그대로 꼼짝도 하지 않은 채 다시 방문이 열리고 나이 든 여인 하나가 들어설 때까지 앉아 있었다.

방 안으로 들어선 여인은 찢어진 옷가지를 움켜쥔 채 침상 구석에 웅크린 소녀와 바닥에 떨어져 있는 피 묻은 천을 보더니 혀를 찼다.

"처녀는 잘 손대시지 않는데…… 무슨 심경의 변화이신지……."

낯선 손이 자신의 팔에 와 닿자 아리는 다시 흠칫 놀랐다. 겁에 질린 사슴 눈을 하고 올려다보니 나이가 꽤 지긋해 보이는 따뜻한 인상의 여인이 자기를 보고 있었다.

"괜찮은가? 처음엔 다 아픈 법이지. 난 왕마라 한다오. 원래 나리의 유모였는데 지금은 이 집안의 살림을 맡고 있지."

동정 어린 따뜻한 눈과 토닥이는 손길에 할머니를 떠올린 아리가 왈칵 울음을 터뜨렸다. 왕마는 온몸을 떨며 흐느끼는 아리를 안아 조용히 그 등을 쓰다듬었다. 차츰 울음소리가 잦아들자 왕마는 손에 든 옷가지를 아리에게 건네주었다.

"자, 그 옷은 이제 못 쓸 테니 어서 이걸로 갈아입으시게. 이 방은 나리의 침소라 오래 있으면 안 된다네."

침상에서 일어나려 하자 저절로 신음이 터져 나왔다. 그런 아리를 왕마가 부축해 일으켜 세워주었다. 아리가 한쪽 구석에서 찢어진 옷을 벗고 갈아입는 동안 왕마는 침상 위에서 요를 걷어냈다. 요 위에 묻은 핏자국이 눈에 들어오자 왕마가 다시 한 번 고개를 내저으며 혀를 찼다.

"저…… 옷을 어떻게 입어야 할지 모르겠어요……."

등 뒤에서 들려온 주저하는 목소리에 왕마는 침상을 정리하던 손길을 멈추고 돌아섰다. 한삼(속옷)과 상(치마)은 어찌어찌 입은 듯했으나 심의를 쥔 채 앞을 가리고 선 여인은 아직은 어린 듯 보였다.

"그렇지, 처자는 동이족이라 했지. 나리가 일러주었는데 우리말을 너무 잘해 내가 깜박 잊었구먼. 자, 이렇게 긴 왼쪽 앞자락을 등 뒤로 돌려서……."

왕마는 능숙하게 옷을 여며 긴 띠로 아리의 허리에 묶어주었다. 비록 어려 보이기는 하나 소녀는 여인의 뛰어난 자태를 지니고 있었다. 가는 허리와 봉긋한 가슴, 신비함을 지닌 얼굴에 보호해 주고 싶은 연약함. 게다가 아리에게는 이 땅에서 그녀가 보았던 여느 동이족 노비들과는 구별되는 기품 같은 것이 흐르고 있었다.

아리가 벗어 놓은 옷가지를 본 왕마는 다시 한 번 놀라지 않을 수 없었다. 주인 나리가 망친 것이 분명한 그녀의 옷가지들은 쉽게 볼 수 없는 최고급 비단으로 만들어져 있었다. 예사 동이족 노비가 아님이 분명했다.

"나이가 어떻게 되시나요? 이름은?"

갑작스런 왕마의 경어에 어리둥절해 하며 아리가 대답했다.

"아리라고 해요. 열여덟이구요."

왕마는 아리를 데리고 중문을 나서 바깥채로 향했다. 바깥채에는 두 동의 건물이 있었는데, 한쪽은 귀한 객들을 위한 곳인 듯 화려한 기둥과 조각 장식으로 꾸며져 있었고, 그들이 가는 다른 한 채의 건물은 노비들의 거처임을 확연히 알 수 있을 정도로 초라했다.

아리가 들어선 방은 넓기는 하였으나 방주인의 성격을 그대로 드러낸 듯 침상과 벽에 붙은 나무 옷장이 가구의 전부일 만큼 소박했다.

"제 방입니다. 우선 이곳에서 같이 지내도록 하지요. 이곳은 나리의 성이 아니어서 노비들의 방이 그리 많지 않답니다. 오늘은 그만 쉬세요. 내 저녁은 가져다 드리지요. 배고프지 않으신가요?"

아리는 고개를 저었다. 다 잊고 잠들고만 싶었다. 잠에서 깨어났을 때 이 모든 것이 한순간의 무서운 꿈이라면 얼마나 좋을까.

三章

그날 이후 열흘 동안 아리는 왕마의 방에 머물면서 다른 노비들처럼 집안일을 했다. 그동안 그 무서운 사내는 거의 얼굴조차 보지 못했다. 그는 아리의 존재를 완전히 잊어버린 듯 다시 그녀를 부르지 않았다. 어쩌다 먼발치에서 그가 한 무리의 사내들과 대문을 나서는 뒷모습만 얼핏 보았을 뿐이었다. 첫날의 고통이 사라지자 점차 두려움도 수그러들었다. 저택이 워낙 커서 일부러 찾아가지 않는 한 그와 마주칠 일이 없음을 깨달은 아리는 왠지 안심이 되었다.

목걸이 때문에 그를 다시 만나야 함에도 불구하고 마음 같아서는 영영 안 보았으면 싶었다.

아리는 허전한 목 언저리를 더듬었다. 일족으로 태어난 순간부터 단 한 번도 품에서 떨어진 적이 없는 목걸이였다. 결코 잃어버려서는 안 되는 귀한 물건이었다. 게다가 자신 외에는 누구도 쓸 수 없어 이렇게 다른 이에게 빼앗길 것이라고는 생각조차 하지 못했었다.

멍하니 하늘을 보던 아리는 자신을 부르는 목소리에 정신을 차렸다. 저녁때를 알리며 왕마가 손을 흔들고 있었다. 아리는 서둘러 걸음을 옮겼다. 매사 자신을 챙기려 드는 나이 든 여인을 기다리게 하고 싶지 않았다.

밤마다 잠들기 전 아리는 왕마와 많은 이야기를 나누었다. 모습은 달라도 왕마는 어딘지 그녀의 할머니를 연상시켰다. 아리가 불편한 기색을 내비쳐도 왕마는 그녀에게 하대하거나 함부로 대하는 법이 없었다.

왕마가 주로 하는 이야기는 그 주인 사내에 대한 것이었다. 그에 대해 아리는 그다지 알고 싶은 것이 없었으나 왕마는 사내가 매우 자랑스러운 듯 끊임없이 그를 화제의 대상으로 삼고는 했다.

그의 이름은 유하. 한나라 황실의 제후 중 한 사람으로 일곱 살에 무시후로 봉헌되었다고 했다. 황제의 조카인 그의 영지는 이곳에서 서남쪽으로 멀리 떨어진 한단(邯鄲)이라는 곳이었다.

자신의 영지에서 생활을 하는 다른 제후들과 달리 유하는 전쟁터에서 대부분의 삶을 살아왔다고 했다. 검을 특히 잘 쓰며 붉은 옷을 즐기는 그는 사람들에게 '적귀(赤鬼)'라는 섬뜩한 이름으로 불리고 있었다.

그런 그가 자신의 영지도 전쟁터도 아닌 이 먼 곳까지 온 이유는 유배 중이기 때문이었다. 지난해 흉노족과의 전쟁에 출병한 유하는 전투 도중 명령을 어기고 후퇴한 부장 하나를 칼로 베었다. 문제는 죽은 부장이 외척의 하나로 어사대부(부승상)의 아들이라는 데 있었다. 평소 유하를 못마땅해하였거나 두려워한 외척들과 백관은 독단으로 부하를 처형한 그를 처벌할 것을 황제에게 주청했다. 신하들과 외척들의 강력한 간언이 빗발치자, 어쩔 수 없이 황제는 명목상 유배형을 내려 유하를 이곳으로 보냈다.

유하는 영지의 일은 상(재상)에게 맡기고 약간의 호위병과 왕마, 시종만 데리고 진번성으로 왔다. 나머지 노비들은 모두 이곳에서 차출된 자들이었다. 노비들 중에는 한인들도 여럿 섞여 있었다. 한나라의 침입 이후 이곳에 정착한 한인들이 데려온 노비들이었다. 유배라 하나 실상 그의 생활엔 아무런 제약도 없었다. 유하는 임시 주거지인 이 가림원(嘉琳院) 내에서 한단성에서와 마찬가지로 풍족한 생활을 누릴 수 있었고 원하는 일은 무엇이든 할 수 있었다. 단 한 가지, 이곳 진번군을 벗어날 수 없다는 사실만 제외한다면.

왕마와 함께 저녁을 먹은 아리는 뒷정리를 마치고 방으로 돌아왔다.

가림원 안에는 신기한 물건들이 참 많았다. 할머니와 함께 산에서 생활할 때는 대나무와 목기에만 음식을 먹었는데 이곳 사람들은 질그릇에 음식을 담아 먹었다. 유하, 그만 빼고. 그가 사용하는 물건들은 모두 최상품뿐이었다. 유하가 사용하는 그릇들은 아리도 처음 보는 것들로 표면이 반들거리는 황색 자기였다. 흙으로 빚은 그릇이 그렇게나 반짝일 수 있다니 참으로 흥미로웠다.

방문을 닫은 아리는 미리 가져다 놓은 그릇에 천을 적셔 몸을 닦아냈다. 아리는 항상 자기 전 물수건으로 몸을 닦았다. 목욕을 하고 싶었지만 산에서처럼 냇가에 갈 수도 없었고 매일 물을 길어다 목욕을 할 수도 없었다. 아리가 아무리 아니라고 주장해도 이곳에서 그녀의 신분은 노비였기에 그런 사치는 허용되지 않았다. 그렇다고 다른 한족 노비들처럼 며칠씩이나 몸을 씻지 않고 버틸 자신도 없었다.

갑자기 방문이 활짝 열리자 놀란 아리는 옷깃을 두 손으로 움켜잡았다. 들어온 사람이 다행히도 왕마인 것을 확인한 아리는 곧 긴장을 풀었다.

"어서 옷을 입고 절 따라오세요."

"어디로요?"

"나리께서 부르십니다."

왕마의 말이 떨어지자마자 아리는 자신도 모르게 다시 옷깃을 꽉 움켜쥐었다. 그녀가 받은 충격을 알려주듯 핏기를 잃은 손가락들이 눈에 띌 정도로 덜덜 떨리고 있었다.

유하는 그동안 충분히 오래 기다렸다고 생각했다.

그는 그 작은 동이족 여인을 안고 싶어 미칠 지경이었으나 첫 번에 이미 상처를 입혔기에 시간을 주어야 한다고 자신을 타일렀다. 갖고 싶은 것을 지척에 두고 기다리는 것에 익숙지 못한 그의 성격상 이것은 엄청난 배려였다. 혹여 마주치기라도 하면 자칫 자기도 모르게 달려들 것 같아 내내 그의 눈에 띄지 않도록 하라고 일러두었다. 아리의 상태를 고려해 열흘씩이나 기다려 주었던 것이다. 유하로서는 대단한 인내인 셈이었다.

"나리, 데려왔습니다."

문밖에서 들려온 왕마의 음성에 유하의 생각이 거기서 끊겼다.

"들여보내라."

창백한 얼굴을 한 아리가 문을 열고 들어섰다. 곧 그녀 뒤로 열렸던 문이 닫혔다.

가장 어두운 밤의 빛깔처럼 검은 머리칼이 허리를 넘어 흘러내렸고 뻣뻣한 노비들의 갈옷 사이로 하얀 피부가 등잔 불빛을 받아 황금색으로 반짝였다. 피가 배어들 정도로 깨문 입술과 맞잡은 두 손을 비트는 것으로 보아 아리는 아직 그를 두려워하고 있음이 역력했다.

유하의 벗은 상체와 이불로 가려진 허리 아랫부분에 시선이 머무는가 싶더니만 아리의 얼굴이 그 자리에서 쓰러지지나 않을까 싶을 정도로 핏기를 잃었다. 유하는 아리가 오기 전 이미 옷을 모두 벗은 채 그녀와 잠자리 할 준비를 마쳤던 것이다.

이렇게 바라보기만 해도 아리를 안고 싶다는 열망이 유하의 머릿속을 가득 채웠고, 비단 이불 아래 그의 남성은 불쑥 고개를 들기 시작했다. 열흘 동안 잠들지 못하게 했던 기억이 새로이 유하를 덮쳤다. 아리의 좁은 몸속. 너무 좁아 숨 쉬기조차 힘들었던 그 안에 자신을 가득 채우던 기억이 떠올랐다.

처녀막을 찢었다는 것을 알았을 땐 이미 늦은 후였다. 아리의 고통을 덜어줄 방법은 없었던 것이다, 이미 일은 벌어졌으므로. 그러나 아리가 너무 아파하는 것 같아 유하는 여인들을 안기 시작한 이래 처음으로 자신의 욕구를 채우지 않은 채 상대의 몸에서 빠져나오려 했다. 그런데 예상치 못한 아리의 움직임으로 머릿속 모든 생각이 사라져 버렸다. 그다음 행동들은 전부 본능으로만 이루어진 일이었다.

언제나 자신의 욕구를 우선으로 하던 유하였지만 왠지 그녀의 피, 고통스러워하는 얼굴을 떠올릴 때면 자신이 짐승같이 느껴졌다. 그녀가 처녀라서 그런 걸까. 아니면 처음으로 자신을 거부하는 여인을 만나서 그런 걸까.

유하는 처녀들과의 경험이 거의 없었다. 어린 시절을 황제의 궁에서 보낸 그의 주변에는 언제나 아름답고 뛰어난 궁기(궁에서 가무를 제공하는 기녀)들로 넘쳐 났고, 처음으로 여인을 알게 된 것도 한 궁기의 유혹에 의해서였다.

유하는 잠자리에서 기교가 뛰어난 여인들을 선호했다. 그가 상대했던 여인들은 사내를 이미 겪은 기녀들이 대부분이었고 경험과 훈련에 의해 쌓은 다양한 기술로 그를 즐겁게 해주었다.

그러나 이 작은 몸집의 여인은 유하에게 전혀 다른 느낌을 선사했다. 모든 것을 새로 시작하는 기분. 마치 처음 여인을 접했을 때처럼 두근거리고 자신을 억제하기 힘들었다. 그리고 그 안에서 온몸이 산산조각나는 기분이란.

유하는 이 정도로까지 세찬 욕정에 시달려 본 적이 없었다. 유하에게 여인이란 쉽게 안고 또 쉽게 잊을 수 있는 존재였고, 그에게 한 점 영향력도 행사하지 못했다. 그런데 여인이라 하기에는 아직 어린 이 소녀를 안은 후로 유하는 자신조차 이해 불가한 욕구에 사로잡혔다. 이 소녀만을 원했다. 다른 여인에게 이 뜨거운 욕망을 해소하고픈 생각조차 들지 않았다. 그래서 기다렸던 것이다.

유하는 지금 기억할 수 없으리만치 오랜만에 기대감과 흥분으로 떨고 있는 자신을 발견했다.

유하의 가슴속에는 늘 공허한 냉기가 존재했다. 그가 그토록 전장을 떠돈 이유도, 생존만이 절대 명제가 되는 전쟁터에서는 허전함이나 심장의 추위 따위가 파고들 여유가 없었기 때문이었다. 지난해 가을까지도 그는 피비린내 나는 흉노와의 전쟁터에 있었다.

따라서 이곳 진번군에서의 지난 석 달이 그가 가진 모처럼의 한가로운 여유였다. 처음 이곳에 오자마자 유하는 매일같이 기녀들을 갈아 치우며 방탕한 생활을 했다. 그러나 잠자리에서의 만족은 그 순간뿐, 그는 무료하다 못해 광분할 지경이었다.

그런 차에 대단히 흥미를 끄는 이 신선한 동이족의 여인을 발견한 것이었다. 어차피 길게 가지는 않겠지만 유하는 싫증이 날 때까지 철저히 즐길 생각이었다.

무시후 유하는 지금껏 항상 원하는 것을 가져왔다. 그러니 이 여인 또한 가질 것이다.

"이제 아물었나?"

유하가 문가에서 곧 뛰쳐나가고 싶은 걸 참는 듯 보이는 아리에게 질문을 던졌다.

"네?"

"네 상처, 내가 아프게 했지."

작은 얼굴이 붉게 물들더니 약하게 고개가 끄덕여졌다.

"이리 가까이 와."

아리는 차마 걸음이 떨어지지 않는다는 듯 머뭇거리다 어렵사리 유하가 앉아 있는 침상 가까이로 다가섰다.

"옷을 벗어."

유하의 명령이 떨어지자 동그란 눈동자가 곧 울음을 터뜨릴 듯이 커졌다.

"또 그걸 할 건가요?"

유하는 아리의 두려움에 찬 시선이 이불 아래 자신의 허리를 주시하자 한쪽 입술 끝을 당겨 웃음 비슷한 것을 만들어냈다.

"그래, 네가 생각하는 게 나와 같다면…… 할 생각이지. 바로 그걸."

"왜요? 저기…… 그건 당신도 아프게 하잖아요."

"내가?"

예상 밖의 대답에 놀란 유하는 아리가 감히 그에게 '당신'이라고 칭한 것을 간과해 버렸다.

"왜 그렇게 생각하지?"

"그때…… 당신 표정이. 게다가 소리까지 질렀잖아요."

사내에 대한 아리의 완벽한 무지에 유하는 웃음이 나왔다.

"난 전혀 고통스럽지 않았어. 오히려 너무 즐거워 숨이 넘어갈 뻔했지. 네가 상처를 입은 건 유감스런 일이지만……. 사내들은 쾌감만 느끼지. 여인들과는 달라."

유하의 말은 그 행위에서 고통을 느끼는 건 여인들뿐이라는 듯했다. 창백한 얼굴에서 그나마 남아 있던 핏기가 모두 빠져나간 아리의 얼굴은 이제는 거의 시체처럼 보일 지경이었다.

제길, 유하는 이미 나와 버린 자신의 말을 거둬들이고 싶었다. 그는 부드러운 언변을 갖추고 있지 못했고 다정한 속삭임 따윈 더더구나 할 줄 몰랐다. 그에게 그런 것들이 무슨 필요가 있었겠는가. 유하가 겪었던 여인들은 그런 것보다는 그의 손길을 더 원했었다.

"옷 벗어."

그가 다시 명령했다.

아리의 눈동자가 애원의 빛을 담고 유하를 바라보았다. 그러나 그는 꿈쩍도 않고 찌푸린 얼굴로 그녀를 재촉할 뿐이었다. 아리는 입술을 깨물었다. 도망칠 수 없다. 목걸이를 두고는 떠날 수 없으니 달아날 시도조차 할 수 없었다.

체념한 듯 아리는 떨리는 손으로 허리띠를 풀기 시작했다. 설령 거부한다 해도 이자는 자신의 뜻을 이루고야 말 테니까……. 사내의 힘은 열흘 전 이미 여실히 증명되지 않았던가. 아리가 바람의 혈족에 대해 말할 때까지 이 고문을 멈추지 않으리라.

심의에 이어 한삼을 벗자 불빛 아래 완벽한 형태로 부푼 젖가슴이 드러났다. 아리의 긴 머리카락이 검은 물줄기처럼 가슴을 타고 흐르는 것을 보자 유하의 모든 피가 하체로 몰려들었다. 그의 남성은 이미 한껏 팽창되고 딱딱해져 통증이 느껴질 지경이었다.

마지막 옷가지가 바닥에 떨어지자 아리는 완전히 알몸이 되었다. 잔뜩 굳어져 떨고 있는 모습이 애처로웠다.

유하가 손짓하자 아리가 펼쳐진 이불 속으로 들어왔다, 마치 제단에 바쳐지는 희생 제물이라도 된 양. 그의 단단한 남성이 아랫배에 스치자 아리는 겁에 질려 경직되었다. 제대로 보진 못했지만 그날 그녀를 상처 입힐 때와 똑같았다. 순식간에 아리는 혼란스럽고 아픈 기억에 사로잡혔다.

유하는 엄지손가락으로 아리의 턱 선을 쓰다듬었다.

"왜 떨고 있지? 내가 아프게 할까 봐? 이젠 내가 네 안에 들어가도 더 이상 고통은 없을 거야."

아리의 눈빛은 그의 거짓말을 믿지 않는다고 말하고 있었다. 이렇게 굳어 있는데 내가 나를 집어넣는다면 너는 또 아파할 테지.

물론 억지로 하려고 들면 못할 것도 없다. 그러나 또다시 잠자리에서 눈물과 고통으로 힘들어하는 아리를 보는 건 내키지 않았다. 기쁨으로 신음하며 자신에게 몸을 열어주는 그녀를 원했다.

이 겁에 질린 꽃봉오리를 열리게 만들려면 물을 주고 따뜻한 햇살을 쬐이고 정성껏 달래야 할 것이다. 두려움을 주지 않는 섬세한 기교, 그것이 필요했다.

유하는 이제껏 자신이 받았던 수많은 봉사와 열락의 밤들을 기억했다. 유하 자신은 단 한 번도 누군가를 유혹하거나 흥분시켜야 할 필요를 느끼지 못했지만 그의 잠자리 상대들은 달랐다. 그를 만족시키기 위해 그네들은 필사적이었다.

흉내 내지 못할 것도 없었다. 유하의 입가에 희미한 미소가 걸렸다. 스스로의 욕구를 해소하기까지는 다소 시간이 걸리겠지만 그 뒤에 따라올 보상에 대한 기대감이 하늘 높이 치솟았다.

유하는 아리의 손을 들어 올려 손가락 끝에 입술을 댔다. 발갛게 달아오른 손끝부터 손가락 사이사이 그의 따뜻한 숨결이 맞닿았다. 봄바람이 스치듯 부드럽게 손바닥을 맴돌던 입술은 손목을 따라 팔 안쪽을 더듬어 올라갔다. 나비의 애무처럼, 꽃잎의 스침처럼. 매끄러운 살갗을 간질이는 입맞춤이 목으로 옮겨 갔다. 유하의 혀가 아리의 쇄골을 따라가며 촉촉한 흔적을 남겼다.

"네 피부는 이희원(梨喜園)의 과일 맛이 나. 이희원은 내 성의 정원 이름이지. 그곳에서 열리는 과일은 유난히 싱싱하고 달콤해 한 번 맛을 보면 멈출 수가 없어."

손바닥으로 어깨를 쓰다듬으며 입술로는 아리의 귓불을 핥던 유하가 속삭였다. 지난번과는 다른 다정한 애무에 아리의 눈동자가 어리둥절한 듯 유하를 바라봤다.

"내가 널 아프게 하고 있나?"

"아니……. 그런데 기분이 이상해요."

홍조가 떠오른 아리의 얼굴을 유하가 의미심장한 미소를 띤 채 내려다보았다. 두 손으로 젖가슴을 소중한 보물처럼 감싸 쥔 그가 엄지손가락으로 연한 산호 빛 돌기를 천천히 문질렀다. 아리의 젖꼭지가 단단하게 솟아오르며 색깔이 짙어지자 유하는 입술을 오른쪽 가슴 봉오리로 옮겨가 혀끝으로 살살 굴렸다.

밀어낼 듯 유하의 어깨에 닿아 있던 아리의 손이 멈칫거렸다. 유하는 때를 놓치지 않고 그녀의 가슴을 부드럽게 입 안으로 삼켰다. 숨이 막히는 듯 신음 소리가 머리 위로 들려왔다.

됐어! 아리의 몸이 본능에 응답을 하기 시작했다. 아리의 반응에 기운을 얻은 유하는 멈추지 않고 다른 쪽 가슴도 정성껏 애무해 주었다. 그의 두 손 또한 쉴새없이 아리의 가슴 사이를 배회했다. 아리의 숨소리가 점차 가빠졌다. 터질 듯이 차오르는 자신의 욕구를 유하는 잠시 외면해 두기로 결정했다. 지금은 아리의 반응을 이끌어내는 일이 훨씬 흥미로웠다.

유하의 손가락이 갈비뼈 사이를 지나 아랫배를 맴돌다 허벅지 사이 깊은 수풀에 도달하자 아리의 나리가 순간적으로 움츠러들었다. 유하는 좌절하지 않고 낮고 유혹적인 음성으로 아리를 달랬다, 손으로는 부드러운 압력을 가하면서.

"괜찮아. 아프지 않을 거야. 내게 널 열어. 널 기쁨으로 떨게 해 줄게."

유하가 느린 움직임으로 허벅지 사이를 어루만지자 점차 아리의 다리에서 힘이 빠졌다. 눈처럼 새하얀 허벅지 사이로 유하의 손가락 하나가 미끄러져 들어갔다. 그는 감춰진 아리의 입구 주위를 탐색하며 천천히 손을 놀렸다. 촉촉한 습기가 느껴지고 그녀의 부드러운 속살이 부풀어 오를 때까지.

유하의 손가락이 아리 안으로 깊이 들어간 순간 그녀가 내뱉은 떨리는 한숨은 그를 절정의 쾌감 마냥 취하게 만들었다. 여인의 몸에 들어가기는커녕 즐겁게 해주기 위해 자신의 욕구를 팽개친 마당에 이런 기분이 들다니. 그러나 그를 거의 죽이고 있는 하복부의 동통보다 더 절실한 욕구가 유하의 온몸을 휘감고 있었다. 아리를 기쁘게 해주고 싶었다. 그녀의 관능적인 신음 소리를 듣고 싶었고, 육체가 맛볼 수 있는 최고의 쾌락의 순간을 알게 해주고 싶었고, 그 순간에 그의 이름을 부르게 하고 싶었다.

좁은 아리의 안쪽은 이제 흠뻑 젖어들어 매끄러웠고 유하의 손을 조이기 시작했다. 그의 손가락이 미묘하게 그녀의 벽을 자극하며 앞뒤로 움직이자 작은 신음 소리가 흘러나왔다. 유하가 손가락을 뺄 때마다 아리가 무의식중에 그를 따라왔다. 아리는 몸속 깊이 천부적인 열정을 지니고 있는 여인이었다. 자신이 처음으로 그것을 발견했다는 사실이 유하는 왠지 기뻤다.

"이상해요…… 몸이…… 뜨거워……."

아리가 욕망으로 혼탁해진 눈으로 유하를 바라보며 말했다. 난생처음 겪는 낯선 감각에 그녀는 혼란스러워하고 있었다.

"내게 맡겨. 넌 그냥 받아들이기만 하면 돼."

유하가 아리를 격려하며 손가락을 깊숙이 밀어 넣었다가 천천히 빼냈다. 잠시 그를 바라보던 아리는 자신을 덮쳐 오는 커다란 쾌감에 눈을 감아 버렸다. 유하는 그녀가 거의 다다랐음을 알았다.

아리의 등이 당겨진 활처럼 뒤로 젖혀지면서 팽팽하게 부푼 가슴을 뚫고 헐떡이는 신음이 입 밖으로 흘러나왔다. 바야흐로 그녀 생애 최초의 절정을 맞는 순간이었다. 아리의 몸이 격렬하게 떨리면서 유하를 빽빽하게 죄어왔다.

앞으로 오랫동안 기억에 남을 만큼 아름다운 모습이었다. 긴 머리채가 유하의 침상 위에 검은 폭포수처럼 흘러내렸고 감은 두 눈 아래 볼은 붉게 상기된 채 가쁜 호흡으로 입술은 약간 벌어져 있었다.

유하는 문득 아리에게 입을 맞추고 싶다는 생각이 들었다. 미친 생각이었다. 단 한 번도 입맞춤 따위에 마음이 끌려본 적이 없었다. 언제나 그가 원했던 것은 신속한 욕구 해소였으므로 그런 일을 한다는 것은 순전히 시간 낭비였다. 여인과 잠자리를 하는 데 있어 그것은 필수불가결한 요소가 아니었다.

그런데 지금 혀끝이 약간 드러난 아리의 도톰한 입술은 무시할 수 없는 강렬한 유혹으로 다가왔다. 유하는 아리의 아랫입술을 살짝 깨물어보았다. 그리고 시험 삼아 혀로 쓸었다. 아리의 입술은 뜨겁게 녹아드는 열정의 맛이 났다. 입술을 마주 대는 이 행위가 상당히 마음에 든 유하는 다시금 자신의 입을 아리의 촉촉한 입술에 가져다 댔다. 유하는 아리의 입술이 붉게 부풀어 오를 때까지 빨아 댔다. 벌어진 입술 사이로 뜨거운 입김이 느껴지자 유하의 혀가 밀고 들어갔다. 아리의 달콤함이 그를 완전히 감싸 안았다. 서로의 혀가 뒤엉키고 호흡이 불가능할 정도까지 아리를 탐식하던 유하가 숨을 헐떡이며 겨우 입술을 뗐다. 처음 시도한 입맞춤으로 유하는 거의 절정에 이르렀다.

유하가 깨달은 것은 입맞춤이 입술로 아리를 가질 수 있는 방법이라는 것이었다.

절정의 잔상 속에서 격렬한 입맞춤까지 가세하자 아리의 눈동자는 어두워졌고 꿈꾸듯 흐릿해져 있었다. 이제 그의 남성은 참을 수 없으리만치 단단해져 무겁게 고동치며 어서 아리 안에 안착하기를 바라고 있었다.

부드러운 허벅지를 벌려 그 사이에 자리 잡은 유하가 조심스럽게 자신을 밀어 넣었다. 너무나 오랜 기다림을 겪어 이제는 조그만 자극에도 곧장 절정에 다다를 것 같았지만 혹시 아리가 거부하지나 않을까 걱정되었다. 그녀는 잠시 그의 크기에 움찔하는 듯했지만 고통스러워하지는 않았다. 따뜻하고 탄력 있는 근육이 그에게 딱 맞추어 조여들자 유하는 극한의 희열을 견디기 위해 이를 악물어야 했다.

아리의 눈은 더 이상 두려워하는 기색없이 유하의 다음 행동을 기다리듯 빤히 바라보고 있었다. 마치 갓 태어난 어린아이처럼 쉽게 다시 그를 믿는 아리를 보자 유하의 가슴 한편이 저릿해져 왔다. 그는 자신의 욕망을 채우기 위해 유혹했을 뿐인데 아리는 상처 입히지 않겠다는 유하의 말을 믿고 있는 듯했다.

"아까 그 느낌 기억하지? 다시 느끼게 해줄게."

유하가 약속했다.

"다리를 올려 내 허리에 감아. 그……."

아리가 시킨 대로 하자 그의 뒷말이 공중에 흩어져 버렸다. 그 작은 움직임만으로 촉촉한 근육이 당겨 그를 강하게 눌러왔던 것이다. 유하는 악다문 이 사이로 숨결을 고르며 생각했다.

맙소사. 시작하기도 전에 끝나 버릴 뻔했군.

자제력을 붙들 수 있다는 확신이 들 때까지 기다린 유하는 팔꿈치로 자신을 지탱하며 몸을 거의 끝까지 빼내었다가 다시 들어갔다. 느릿한 움직임으로 아리 안에 열기를 한켜한켜 쌓기 시작한 유하에게 호응하여 아리의 다리가 그의 엉덩이에 휘감겼다. 깊숙이 몸을 밀어 넣을 때마다 유하의 입맞춤이 아리의 가슴을 덮었다. 점차 빨라지는 자신의 동작에 아리의 가슴이 흔들리는 모습이 참을 수 없는 유혹이었던 것이다. 아리의 젖꼭지는 붉은 꽃잎처럼 단단히 부풀어 그의 타액에 의해 젖어들었다. 거친 희열이 유하의 가슴을 가득 메웠다.

"나와 함께 느끼는 거야. 날 잡아."

숨을 몰아쉬며 그가 요구했다. 아리의 팔이 유하를 감싸 안았다. 등에 그녀의 손이 느껴지자 그가 관능적인 신음을 토해냈다. 유하는 더 이상 참기 힘들었다. 온 힘을 다해 단숨에 강하게 안으로 밀고 들어가자 아리의 팔과 다리가 자신을 단단히 붙들었다.

유하의 머릿속에서 모든 것이 사라졌다. 자제력 따윈 이미 날아가 버린 지 오래였다. 오직 아리 안에, 더 깊이, 더 강하게 들어가야 한다는 생각뿐이었다. 봄속의 모든 피가 해방을 요구했다. 유하는 격렬히 허리를 움직이며 아리가 그의 등을 손톱이 박힐 정도로 끌어당기는 것을 느꼈다.

아리의 내부에서 잔물결과도 같은 떨림이 퍼져 나가는 것을 희미하게 감지한 유하가 억눌러 왔던 뜨거운 자신을 분출시켰다. 함께 절정에 다다른 유하와 아리는 경련하며 떨리는 상대의 몸을 피부 속으로 느꼈다. 아리 위에 쓰러진 유하는 몸 안의 모든 기력을 소진했다고 생각했다. 어지러웠다.

천천히 세상이 도는 것을 멈추자 유하의 입술에 닿은 가슴의 살갗에서 짠맛이 느껴졌다. 그녀도 날 원했어……. 만족감이 몸 구석구석으로 퍼져 나가는 것을 느끼며 유하는 자신이 두 번째로 자제력을 잃었다는 불쾌한 사실은 기억 한편으로 밀어버렸다. 아마도 열흘 동안 금욕한 탓이리라.

"이렇게 흥분되는 잠자리는 해본 적이 없어."

유하가 아리의 쇄골에 대고 나른하게 미소 지었다.

"좋은 거예요?"

유하를 감싸고 있던 아리의 팔이 떨어져 나갔다. 왠지 그녀가 다시 안아주었으면 했지만 유하는 옆으로 몸을 굴려 내려왔다.

"글쎄, 내 심장은 분명 반대 의견일 테지만 내 다른 부분은 열렬히 널 환영하는군."

유하가 아리의 손을 자신의 다리 사이로 가져갔다. 힘을 잃고 부드러워져 있던 살덩이가 그녀의 손이 닿자 천천히 다시 일어서며 굳어졌다.

"부어오르고 있어요. 다쳤나요?"

놀란 아리의 순진한 반응이 그를 즐겁게 했다.

"넌 정말 사내에 대해 아무것도 모르는군. 그게 이상하게 날 기쁘게 하지만 말이야. 날 느껴 봐. 널 다시 원하고 있어."

유하가 아리의 손 위에 자신의 손을 얹어 그를 감싸게 했다. 손바닥 아래 점점 커지는 살덩이와 유하의 신음을 들으며 아리가 물었다.

"아파요?"

"널 이토록 원하는 게 낯설긴 해도 아프진 않아. 물론 널 가지지
못한다면 고통스럽겠지. 하지만 네가 내 것인 이상 그런 일은 없
어."

그가 얼굴을 내려 아리에게 입맞춤하기 시작했다.

새벽 어스름 속에 아리는 눈을 떴다.

옆에 누워 있는 사내의 체온으로 그녀의 몸은 따뜻했다. 그는 아
리의 어깨와 목 사이에 얼굴을 묻고 엎드린 채 잠들어 있었다.

그들은 얼마 전에야 겨우 잠을 잘 수 있었다. 아리가 그에 대한
두려움을 극복하자 유하는 눌러왔던 자신의 모든 욕구를 채우려는
듯 쉴새없이 다가왔다. 유하는 오랜 시간을 공들여 부드럽게 들어
오기도 했고 급박하고 거칠게 아리를 차지하기도 했지만 결코 그
녀를 아프게 하진 않았다. 때문에 아리는 매번 황홀한 기쁨을 맞이
할 수 있었다. 똑같은 행위가 이토록 다를 수 있다니.

난폭했던 지난번과는 달리 유하는 긴 밤 내내 다정한 속삭임을
들려주면서 아리를 부드럽게 어루만졌다. 입술과 손끝만으로 그는
아리의 온몸을 달아오르게 만들었다. 그는 숨겨져 있던 아리의 감
각을 하나하나 일깨워 새로운 세계를 열어주었다. 문득 유하의 웃
는 얼굴을 떠올린 아리의 심장이 묘하게 간질거렸다. 입술 맞대는
것을 유난히 좋아하는 듯 유하는 아리의 입술에 닿을 때마다 미소
지었다.

온몸이 노곤하고 허벅지 사이가 욱신거렸다. 하지만 처음처럼

고통스런 쓰라림은 아니었다.

살며시 몸을 일으키려는데 허리에 올려진 유하의 손에 막혀 아리는 더 이상 움직일 수 없었다. 잠든 사이에도 그의 팔은 그녀를 놓치지 않으려는 듯 꼭 끌어안고 있었다.

아리는 유하를 내려다보았다. 검은 머리칼이 넓은 어깨 위에 흩어져 있었고, 그를 무섭게 만드는 냉혹한 눈빛이나 얼어붙을 듯 차가운 미소도 사라지고 없었다. 잠든 그의 얼굴은 어린아이처럼 여리고 어쩐지 상처받기 쉬운 듯해 보였다.

하지만 왕마의 말에 의하면 그는 '적귀'라 불리는 사내였다. 잔인하고 피를 즐기는 붉은 귀신. 그런 그가 연약해 보인다고 생각하다니. 스스로의 어처구니없는 생각에 아리는 실소했다. 그렇긴 해도 실제 어젯밤 유하는 그녀를 소중한 것 다루듯 조심스레 대했다. 이해할 수 없는 사내였다.

이런 한가한 생각을 할 때가 아니야. 아리는 자신의 생각 없음을 꾸짖었다. 목걸이, 목걸이를 되찾아야 했다. 그것이 있어야 떠날 수 있으니.

어젯밤 땀에 젖은 그의 가슴팍 위에서 번쩍이던 것을 떠올리며 유하의 어깨로 눈길을 돌리던 아리는 깜짝 놀라고 말았다.

유하의 등에 나 있는 붉은 손톱자국들이 선명하게 눈 속에 박혀들었다. 어디서 이런 상처를 입었을까. 다음 순간 지난밤 자신이 그의 등을 끌어안았던 기억이 떠올랐다. 맙소사! 내가 이런 짓을! 그에게 입힌 고통을 생각하자 아리의 눈에 눈물이 글썽거렸다. 다른 생물을 해치거나 상처 입힌 적이 없는 부드러운 심성의 아리로서는 제가 한 짓이 끔찍하게 다가왔다.

아리는 유하의 상처에 입술을 대고 따스한 입김을 불었다. 붉은
자국마다 혀로 핥는데 등 근육이 꿈틀거리더니 유하가 눈을 떴다.

"……잠을 깨우는 데 최고의 방법을 쓰는군."

아리의 눈동자에 고인 물기를 보자 나른하게 떠돌던 유하의 입
가에서 미소가 사라졌다.

"무슨 일이야?"

"당신 등에…… 미안해요. 일부러 그런 건 아닌데……."

아리의 손을 끌어다 잡으며 유하가 한쪽 팔꿈치로 상체를 일으
켰다.

"내 등이 잘못되기라도 했나?"

"내가 상처를 냈어요. 정말 미안해요. 많이 아파요?"

손을 들어 그 상처의 원인을 보여 주며 아리가 입술을 떨자 유하
는 기분이 묘해졌다.

"네게 긁힌 정도는 아무것도 아냐. 아프지도 않은걸."

"하지만…… 피까지 났단 말이에요."

아리가 이젠 눈물까지 뚝뚝 흘리며 중얼거렸다.

유하는 왠지 가슴이 따끔거리는 것 같은 이상한 기분에 휩싸였
다. 그가 상처 입은 것을 본 그 어느 누구도 이렇게 울어주지 않았
다. 전장에서 살이 찢어지고 뼈가 드러날 정도의 부상을 입어도 걱
정해 주는 이 또한 없었다. 모두 황족 사내라면 그 정도는 견뎌야
한다고 말했고, 그 자신조차 그것을 당연하게 여겼다.

"그 때문에 우는 거야?"

아리가 고개를 끄덕이자 뭔가 이해할 수 없는 감정이 유하의 목
을 막히게 했다. 아무 말도 할 수 없었다.

"잠시만 다시 누워줄래요? 아직 끝내지 못했어요."

유하가 순순히 엎드리자 아리가 다시금 상처를 핥아주었다.

"내가 어렸을 때 생채기가 나면 할머니가 이렇게 해주셨어요."

아리의 입술이 닿은 곳이 너무나 따뜻했다. 그 따스한 입김이 온
몸으로 퍼져 나가 유하의 모든 해묵은 상처를 치유해 주었다.

다시 눈을 떴을 때 유하는 혼자였다.

아리가 없는 옆자리가 허전하게 느껴졌다.

이런 기분은 한 번도 가져 본 적이 없었는데……. 제아무리 천하
제일의 미녀라 할지라도 그를 곁에 붙들어놓지는 못했다. 일이 끝
나면 유하는 항상 여인들을 내보내거나 자신이 자리를 떴다.

진번 태수 추우영에게서 그녀를 데려온 것은 그저 단순한 호기
심 반 충동 반으로 자백을 받아내기 위해서였다. 물론 처음 눈이
마주쳤을 때부터 자신을 똑바로 바라보던 그 잔잔한 눈동자에 흥
미를 느끼기는 했다. 피로 물든 그의 별호와 무시후라는 신분 때문
에 감히 그와 눈을 마주 보는 용기를 가진 여인은 아무도 없었던
것이다.

충동적으로 결정한 일의 결과가 자신도 걷잡을 수 없이 번져 가
고 있었다. 그녀를 떨쳐 버릴 수 없었다. 처음 아리를 품에 안은 그
순간부터 이미 평소의 자신이 아니었음을 이제야 깨달았다.

아름다운 여인에게 욕정을 품는 것이야 그에겐 다반사인 일이었
으나 그것은 어디까지나 유흥이었을 뿐 지금껏 유하의 마음을 건
드린 여인은 없었다. 아무리 그와 함께 뜨거운 밤을 보냈던 여인이
라 하더라도 침상을 떠나는 순간 모두 유하의 머릿속에서 사라졌

다. 그런데 이 여인은 온종일 유하의 시선과 생각을 붙들고 있었다.

품고 있어도 아리에 대한 갈증은 쉬이 사라지지 않았다. 어젯밤 내내 안고 있었으니 흥미가 사라질 만도 하건만. 게다가 다른 여인을 안고 싶은 마음이 들지 않는 것도 그랬다.

뭐지, 이 낯설고 혼란스런 느낌은.

유하는 자신의 목에 걸려 있는 목걸이를 매만졌다, 아리에게서 빼앗은 신기한 목걸이.

그녀는 어디서 왔을까. 그가 한 번도 보지 못한 이상한 목걸이를 지니고 그 앞에 나타난 소녀는 때때로 나이답지 않은 초연함을 보이는가 하면, 순간순간 놀라울 정도로 때 묻지 않은 순수함을 드러내기도 했다. 게다가 추우영은 왜 그녀를 데려왔지? 일개 동이족 여인을 데려오기 위하여 성을 비우고 태수가 직접 나서다니. 무언가 중요한 것을 자신이 모르고 있는 듯했다. 그자가 원하는 것은 대체 무엇인가.

의문투성이였다.

그러나 유하는 곧 아리에 대해 모든 것을 알아낼 것이었다. 그러면 몸을 달구어대는 이 욕구도 조만간 사라지겠지. 며칠이면 충분하리라.

오늘 유하는 내성(內城)으로 들어가 비밀리에 만나야 할 이가 있었다.

이불을 걷고 자리에서 일어난 유하는 소리쳐 시종을 불렀다.

四章

"어서 오십시오, 나리."

진번군에서 공조(군의 실무 담당 관리로 그 지방 호족 출신 중에서 임명되었다)의 관직을 맡고 있는 서문천은 해질 무렵 높은 신분의 객을 맞아들였다.

"내가 자네 집으로 직접 오는 것은 아무래도 위험해. 괜스레 남의 이목을 끌 필요는 없겠지. 다음번에는 장소를 바꾸도록 하지."

장신의 사내는 사뭇 불편해하며 서문천이 권하는 의자에 앉았다.

"나리께서 제 집에 드나드시는 데에 의문을 가질 자는 없을 듯 싶사오나 원하신다면 그러시지요."

서문천은 웃음을 띠며 준비한 상자를 탁자 위에 올려놓았다. 상대가 상자를 열어 안의 내용물을 확인했다. 사내의 미간이 약간 찡그려졌다.

"어쩐지 지난번보다 줄어든 것 같군."

"지난번은 월동 준비로 소금 판매량이 대폭 증가하지 않았습니까. 이제 날이 풀려 아무래도 이윤이 전보다 줄어든 탓이지요. 허면 비율을 좀 늘리는 게 어떨까 싶습니다만……."

"비율은 그대로 3대 7을 유지하도록 하게. 지나치게 많은 양을 풀면 조세가 줄어 필시 대사농(국가 재정 담당 관리처)에서 문책이 있거나 조사가 있을 테니. 그리고……."

"이미 준비해 두었습니다."

서문천은 탁자 위에 또 하나의 물건을 올려놓았다. 소금 판매 내역을 기재한 목편(여러 개의 나뭇조각을 엮어 글을 쓴 것)이었다. 그의 입가에 상대가 알지 못할 만큼 모호한 비웃음이 떠올랐다. 자신과 이 사내는 각자의 이익을 위해 손을 잡았을 뿐 서로 신뢰를 나누는 관계는 결코 아니었다. 하여 이 사내는 항시 서문천이 좀 더 많은 황금을 빼돌리지 않나 의심하였다.

나라에서 독점하여 사들인 후 다시 민간에 되파는 소금과 철은 분명 막대한 이득을 남길 수 있는 황금 밭이었다. 그런 만큼 자신들처럼 권력을 가진 자들에게는 마음만 먹으면 엄청난 축재를 할 수 있는 길 또한 쉽게 열려 있었다.

"모두 입막음은 잘해뒀겠지?"

만족스러운 웃음을 띠던 사내의 눈이 날카롭게 빛났다.

"염려 마십시오. 다들 한 배를 탄 자들이라 누구도 발설할 엄두를 내지 못할 겁니다."

서문천은 그의 지시하에 이미 대부분의 군내 관리들에게 뇌물을 주고 있는 터였다.

"그런데……."

서문천이 개운치 못한 표정으로 말을 잇자 사내의 안색이 바뀌었다.

"무슨 일인가?"

"요사이 현승이 수상한 낌새를 보이고 있습니다."

"주목이?"

"부쩍 소금 전매와 관련된 일에 관심을 보입니다."

사내의 표정이 굳어졌다. 군 현승인 주목은 평소 그가 못마땅하게 생각하고 있던 자였다. 입바른 소리를 잘하는 놈이지…….

"그의 행동거지를 좀 더 주시하도록 하게."

"알겠습니다."

"흠, 그리고 자네……."

말을 하기 껄끄럽다는 듯 사내의 말꼬리가 길게 늘어졌다. 눈치 빠른 서문천은 사내가 무언가 부탁할 것이 있다는 사실을 알아차렸다.

"나리와 저 사이에 꺼릴 일이 무어 있겠습니까? 하명하시지요."

서문천이 살살거리며 사내의 비위를 맞추었다.

"쓸 만한 자를 몇 구할 수 있겠나? 행여나 꼬리를 밟히지 않을 만한 자들이어야 하네."

"무슨 일인데 그러십니까?"

탁자 위의 목편을 치우던 서문천이 목소리를 낮추었다.

"계집 하나를 데려와야 하는데 내가 직접 나서기는 곤란한 터라…… 흠—"

사내가 무안한 듯 헛기침을 하자 서문천은 고개를 끄덕였다. 어디서 반반한 계집 하나에게 눈독을 들인 모양이군.

"별것 아닌 일로 심려를 하셨군요. 하긴, 이런 일은 소문나서 좋을 리 없긴 하지요. 그런데 나리의 눈에 들 정도면 미색이 제법 뛰어난 계집인가 봅니다. 하하하."

"미색? 그렇지, 깨나 미색이긴 하지."

사내의 입가에 비틀린 웃음이 걸렸다.

"한데 말이야, 그저 만만히 볼 게 아닌 것이 그 계집이 있는 곳이 가림원이라네."

"가림원 말입니까? 그곳은……."

깜짝 놀란 서문천의 미간이 이내 찡그려졌다.

"그래, 바로 그 무시후가 머물고 있는 곳이지."

"그건 좀 곤란하지 않겠습니까? 제후의……."

"고작 노비 계집일 뿐이야. 계집 하나 없어졌다 한들 그 무시후가 신경이나 쓸 것 같은가?"

거칠게 자신을 가로막으며 내뱉은 사내의 말에 서문천은 슬쩍 눈을 내리떴다.

뭔가 냄새가 났다. 고작 계집 하나 때문이라기엔 사내의 모습에서 드물게 초조감이 느껴지지 않는가. 열 계집 마다할 사내가 어디 있겠는가마는 눈앞의 상대는 제후의 심기를 건드릴 위험을 자초하면서까지 여색에 빠질 자는 아니었다. 그보다 사내는 권세와 재물에 더 욕심을 내는 쪽이 맞았다.

서문천은 재빨리 머리를 굴렸다. 소소한 일처리를 해주는 대신이자에게 빚을 지우는 것도 나쁠 것 없다. 하지만 뒤도 좀 캐봐야 겠군. 속내를 감춘 그는 선선히 사내의 이야기에 동의했다.

"그럼 제가 뒤탈 없는 자들로 알아보겠습니다. 하지만 그 노비 계집을 잡으러 가림원으로 들어가는 것은 무리가 아니겠습니까? 거기는 무시후의 호위무사들이 밤낮으로 에워싸고 있다 들었습니다."

"물론 계집이 밖으로 나올 때를 기다려야겠지. 그 점은 염려 말게. 내가 이미 그림자 하나를 심어놨으니 조만간 연통이 올 걸세."

사내의 가느다란 눈가에 음흉한 웃음이 번졌다.

정말 고달픈 하루였다.

석양빛이 기와를 붉게 물들이는 것을 보며 아리는 지친 한숨을 내쉬었다.

오늘도 아침 일찍 유하의 침소를 나온 그녀는 지난 열이틀간 해온 대로 부엌에서 일을 시작했다. 목걸이는 여전히 그의 수중에 있었다. 지금 당장은 유하 모르게 그것을 가져올 방법이 없었다.

온종일 유하에 대한 생각이 아리의 머리를 가득 채웠다. 어제도 유하는 왕마를 보내 아리를 불렀다. 그리고 전날처럼 밤새 그녀를 안았다. 유하는 아리를 고문하기 위해서 안는 것이 아니라 서로의 즐거움을 위해 그 행위를 한다고 설명해 주었다. 아리가 알지 못했던 또 다른 풍속 중 하나인가. 왜 할머니는 그녀에게 말해주지 않았을까. 아리는 일반 사람들의 삶에 대해 모르는 것이 너무 많았다.

그는 이해하기 어려운 사내였다.

유하는 첫 만남에서부터 그녀를 위협했으며, 악몽처럼 난폭하게 굴어 아리가 그를 미워하게 만들었다. 그런 그가 다음 순간에는 존재하는지조차 몰랐던 황홀경을 아리에게 안겨주었다. 유하는 첫날과는 전혀 다른 사람 같았다.

아리는 자신의 기분을 제대로 헤아릴 수 없었다. 좋아하지 않는 건 여전한데도 유하가 몸에 손을 댈 때마다 맥박이 빨라졌다. 그럴 때면 낯설고도 뜨거운 감정이 가슴속에 일어났다. 그것은 할머니에게 느꼈던 부드러운 사랑도 아니었고 태수처럼 마냥 싫은 그런 느낌도 아니었다. 좋아한다고 하기엔 너무 격렬했고, 그렇다고 싫지도 않았다.

할머니가 보고 싶었다. 현명한 그녀가 있었다면 아리에게 해답을 주었을 텐데.

복잡한 갈등으로 마음이 어수선한 상태에서 아리의 몸은 수난의 하루를 겪어야만 했다.

여연이라는 젊은 여자 노비가 있었다. 치켜 올라간 눈초리 언저리에 색이 흐르는 여연은 풍만한 가슴과 끊어질 듯 가는 허리를 가진 진번성 출신의 한족 여인이었다. 그런 그녀에게 무엇을 밉보였는지 아리는 이틀 내내 틈날 때마다 시달림을 당했다. 여연은 매번 트집을 잡아 아리가 다 해놓은 일을 다시 하게 만들었다. 아리는 여연이 자신보다 연장자인데다 처음 해보는 낯선 일들이라 제 잘못이 많다고 생각하여 묵묵히 따랐다. 그러다 결국 오늘 아리는 하마터면 얼굴에 화상을 입을 뻔했다.

여연이 시켜 부엌에서 불을 지피고 있던 아리는 장작이 잘 타나

보려고 고개를 숙였다. 그때였다. 무언가 뒤에서 아리를 불 앞으로 밀쳤다. 순식간에 벌어진 일이었다. 엉겁결에 얼굴을 보호하기 위해 내민 양 손목이 아궁이에 데고 말았다. 아리의 비명 소리에 왕마가 돌아보았다.

우물의 찬물을 퍼올려 아리의 손목을 담가주며 왕마는 여연이 그녀를 밀었을 것이라고 추측했다. 화덕 가까이 있던 사람은 아리와 여연뿐이었다. 아리는 부정했다. 그럴 리가 없었다. 십여 일 전까지 알지도 못하던 사이인데 그런 일을 저지를 이유가 무어란 말인가. 아마 자신이 어딘가 부딪쳐서 그리된 것이리라 아리는 생각했다.

해는 이제 완전히 지붕 너머로 넘어가 버리고 그 자리에 은은한 붉은빛만 남은 시각. 어느새 집 안 여기저기에 등불이 켜지기 시작했다.

집 안의 움직임이 부산해지면서 집 안을 감싼 공기가 조심스럽게 일렁였다. 그가 돌아왔으리라. 이 집 안의 모든 것은 단 한 사람만을 위해 움직이는 듯했다. 모든 사람들이 유하의 기분에 거슬리지 않기 위해 숨을 죽였고, 그가 원하면 무엇이든 당장 대령해야만 했다.

왕마가 뛰다시피 바쁜 걸음으로 아리가 앉아 있는 우물가로 다가왔다.

"나리가 찾으세요. 목욕 시중을 들길 원하십니다."

아리를 재촉하여 회랑으로 이끈 왕마는 유하의 침소 오른쪽에 있는 방문을 열고 그녀를 들여보냈다.

들어선 방 안은 등잔 하나만 켜 있어 약간 어두웠다. 목욕실로만 사용되는 듯 작은 탁자 하나 외에는 별다른 가구조차 눈에 띄지 않았다.

방 한가운데 커다란 나무통이 놓여 있었다. 그리고 그 안에 팔과 어깨를 드러낸 유하가 가장자리에 머리를 기댄 채 눈을 감고 있는 것이 보였다. 아리가 들어오는 소리를 분명 들었을 텐데 유하는 눈을 뜨지 않았다.

목욕 시중 같은 건 해본 적이 없었다. 이 사내는 혼자서 씻을 줄도 모르는 걸까. 아리가 아는 황족이라고는 유하뿐이었지만 모든 황족들이 그와 같다면 심각하게 게으른 사람들이 분명했다.

아리는 탁자 위에 놓인 갈아입을 새 옷과 수건, 향료 단지를 곁눈질하며 유하에게로 다가섰다. 옷을 다 벗고 느긋하게 있어도 그에게선 사람을 압도하는 힘이 넘쳐 났다. 그녀를 불안하고 초조하게 만드는 이 사내.

이제껏 유하의 벗은 몸을 자세히 볼 기회가 없었던 아리는 약간 어둡기는 해도 등불 아래 드러난, 매끄러운 근육 위를 가로지르는 무수한 흉터들을 볼 수 있었다. 그의 상체에는 보이는 곳만 해도 십여 군데의 흉터들이 있었다. 갑자기 무언가 무거운 것이 심장을 내리누르는 느낌에 눈살을 찌푸리는데, 눈을 뜬 유하가 그런 아리를 바라보았다.

"뭘 기다리는 거지?"

아리는 유하의 손에 들린 천 조각을 받아 그의 몸을 씻기기 시작했다. 왠지 눈을 마주치기가 어색해져 그의 뒤쪽에서 어깨와 등을 씻겨냈다. 유하의 피부는 단단했고 뜨거운 김이 올라 물방울이 맺혀 있었다.

등에 물을 끼얹은 후 오른편으로 돈 아리가 그의 가슴 쪽으로 손을 뻗었다. 그의 쇄골 한가운데에만 시선을 고정시킨 아리는 유하의 팔을 지나 가슴과 배를 씻겨주었다. 보지 않아도 그가 자신을 뚫어질 듯 바라보고 있는 것이 느껴졌다.

아리의 손이 아랫배를 지나면서 그의 남성을 스치자 낮은 신음 소리가 울렸다. 얼결에 고개를 든 그녀에게 욕망으로 불타오르는 유하의 눈동자가 보였다.

"제길, 널 부른 게 좋은 생각이 아니었나 보군."

유하가 아리의 턱을 붙잡아 입술을 밀어붙였다.

아리는 유하가 입 안으로 거세게 침입해 오자 입을 벌리고 그를 받아들였다. 아리의 입속을 구석구석 탐험하던 유하가 격렬하게 혀를 밀어 넣어 그녀를 빨아들일 듯 맛보았다.

아리는 그의 입맞춤이 좋았다. 유하라는 사내는 그다지 좋아진 것 같지 않지만 그의 손길과 입술은 거부할 수 없었다. 떠나기 전까지 이렇게 그가 원하는 대로 하고 싶었다. 그가 일으킨 이 야릇한 감정들을 좀 더 알고 싶었다.

정신없이 퍼부어지던 입맞춤은 갑작스레 끝나 버렸다. 유하가 아리를 끌어당기기 위해 팔목을 잡았던 것이다. 낮게 터져 나온 비명 소리에 그가 입술을 뗐다.

"왜 그래?"

"팔…… 잡지 말아요."

잡힌 팔목에 힘이 더해지자 덴 자리가 다시 불붙는 듯했다. 미간을 찌푸린 유하가 손을 떼고 아리의 소매를 걷어 올렸다.

가늘고 흰 팔뚝에 벌겋게 부푼 상처를 보자 유하의 낯빛이 달라졌다.

"왜 이렇게 된 거지?"

"내가 서툴러서 데었어요."

그가 단번에 나무통에서 일어나 밖으로 나왔다. 탁자로 걸어가는 유하의 몸에서 물방울이 바닥으로 굴러떨어졌다.

침의(잠잘 때 입는 옷)를 걸치기 전 돌아선 유하의 다리 사이로 충족되지 못한 욕망이 형태를 갖추고 일어선 것이 보였다. 수줍음에 아리의 얼굴이 붉어졌다. 세 번의 밤을 그와 지냈지만 흥분된 그의 남성을 제대로 본 건 처음이었다. 그것은 어두운 수풀 속에서 자신의 존재를 당당히 드러내듯 뻗쳐 올라 있었다. 사내의 몸이 그녀와 얼마나 다른지 여실히 보여주는 듯했다.

유하가 큰 소리로 밖에 있던 시종을 찾았다. 그는 왕마를 찾아오라 이르고 서둘러 약을 가져오라고 지시했다. 잠시 후 허겁지겁 뛰어온 왕마가 유하 앞에 섰다.

"아리의 팔이 왜 이렇게 된 거지?"

"화덕에 데었습니다."

"왜 이런 일이 생긴 거지? 내가 분명 위험한 일은 시키지 말라고 했을 텐데?"

시종이 들고 온 약을 조심스레 아리의 팔에 바르며 유하가 눈살을 잔뜩 찌푸렸다.

유하가 어린 아기였을 때부터 모셔온 왕마였으나 이런 그의 모습은 처음이었다. 나리의 이 새로운 노비에 대한 관심은 당황스러울 정도였다. 노비 하나가 덴 상처에 이렇게 화를 내다니. 그답지 않았다. 아니, 여인에게 관심을 두는 것 자체가 그답지 않은 일이었다, 그것도 침상 밖에서.

안 그래도 이 신비한 이민족(異民族)의 여인에게 호감을 갖고 있던 왕마는 아리를 보호해 주어야겠다는 생각이 들었다. 만약 또다시 아리가 상처 입는 일이 생긴다면 전쟁터에서 적귀라 불리는 주인의 진면목을 볼 것 같은 예감이 들어서였다.

유하가 너무나 부드러운 손길로 아리의 팔목에 천을 감는 것을 보면서 왕마가 말문을 열었다.

"나리, 아무래도 아셔야 할 일이 있습니다."

"뭐지?"

그가 꼼꼼히 상처를 감싸는 데에 신경을 쓰며 대꾸했다.

"여연이 고의로 벌인 일 같습니다."

"그게 누구냐!"

"그렇지 않아요!"

아리와 유하가 동시에 소리쳤다. 유하는 그녀에게 가만히 있으라는 눈빛을 보내고 다시 물었다. 그가 아는 왕마는 없는 말을 지어낼 사람이 아니었다.

"무슨 말인지 자세히 설명해라."

유하가 명백한 분노를 드러내며 말했다.

"여연은 석 달 전 나리의 시침을 든 적이 있는 노비이옵니다."

유하는 이마에 주름을 잡으며 기억을 더듬었다. 그래, 그런 적이 있었다. 그가 이 가림원에 온 이후로 음탕한 눈빛으로 내내 그를 지켜보던 한 여자 노비가 있었다. 유하가 만취한 어느 날 그 여자 노비가 그의 방으로 숨어들었다, 옷을 완전히 벗은 채로. 그 노비는 이미 사내 여럿을 거친 듯 거침없는 손놀림으로 술에 취해 흔들리는 유하의 몸을 더듬었다. 술과 노골적인 유혹에 유하는 그녀와 잠자리를 함께했다. 그리고 그날 이후로도 몇 번 그 노비와 관계를 맺었다. 색이 흐르는 얼굴과 웬만한 기녀에 버금갈 만한 기교를 지녔던 것으로 기억되었다. 그러나 여느 때와 마찬가지로 유하는 별반 큰 관심을 가지지 않았었고 곧 그 노비의 존재를 잊었다. 이름이 여연이었던가?

"그래서?"

"나리께서 침소에 여연을 들이신 이후로 그 계집이 허황된 생각을 가진 듯해서……. 아리를 시기해 벌어진 일인 듯합니다……."

말이 채 끝나기도 전에 유하의 화난 음성이 시종에게 날아들었다.

"여연이라는 노비에게 태형 스무 대를 가하고 팔아버려라. 두 번 다시 경거망동하지 못하도록."

"그러지 말아요!"

얼굴이 창백해진 아리가 소리쳤다.

"그녀가 그런 것이 아니에요. 내가……."

"네가 나설 일이 아냐."

날카롭게 말을 자른 유하가 손짓으로 다들 물러가라 일렀다. 왕마와 시종은 유하에게 감히 하지 말라는 명령조를 쓴 아리에게 한 번 놀라고, 그런 그녀를 내버려 두는 그에게 다시 한 번 놀라며 서둘러 방문을 나섰다.

문이 닫히자마자 아리는 다시 그에게 부탁했다.

"그렇게 매를 맞으면 그녀는 죽을 거예요. 제발……."

"널 다치게 했어. 그리고 그 정도론 아무도 죽지 않아."

"당신이 아니라 내 몸에 난 상처예요. 왜 당신이 나서는 거죠?"

기분이 상한 듯 유하의 미간이 좁혀졌다.

"네 몸은 내 거야. 난 내가 즐기는 물건에 흠집이 나는 걸 원치 않아."

자신 때문에 벌어진 사태와 그의 잔혹하기 이를 데 없는 발언에 아리의 눈에서 눈물이 솟았다.

"난 아무렇지도 않아요. 부탁이에요. 그러지 말아요."

아리의 커다란 눈에서 흘러내리는 눈물을 보자 유하가 가까이 다가섰다.

"왜 우는 거야?"

"그녀를 아프게 한다면 내가 더 아플 거예요. 나 때문에 다른 사람이 고통받는 건 싫어요."

묘한 눈빛으로 말없이 아리를 바라보더니 유하가 이윽고 몸을 돌려 방을 나갔다.

방 밖에서 유하의 낮은 목소리가 들리더니 그가 곧 다시 돌아왔다.

유하는 거부하는 그녀를 끌어당겨 품에 안았다.

"울지 마. 제길, 태형은 취소시켰어. 대신 벌로 열흘간 보리 갈기를 시켰다. 너 때문에 평생 처음으로 명령을 번복했다고!"

유하의 입술이 아리의 눈가에 남은 눈물방울을 핥았다.

"네가 다른 사람을 위해 눈물 흘리는 걸 보고 싶지 않다. 왠지 기분이 나빠져."

감은 눈 주위로 유하의 따뜻한 입술이 느껴졌다. 이렇게 차갑고 잔인한 사람이 몸만큼은 너무나 따스한 온기를 지니고 있었다. 아리는 유하의 손을 거부할 수 없었다.

"나리, 분부하신 대로 준비해 왔습니다."

시종의 음성이 목욕실 밖에서 들리자 그가 멈칫 입술을 뗐다.

"들어오너라."

여러 명의 남자 노비가 뜨거운 물통을 양손에 들고 와 목욕통을 비우고 새로이 채웠다. 그들이 물러가고 다시 둘만 남자 유하가 아리의 옷을 벗겨냈다. 그러더니 자신도 침의를 벗어 버렸다. 옷가지가 모두 바닥으로 떨어지자 유하는 팔목이 젖지 않게 조심하며 아리를 따뜻한 물속에 집어넣었다.

낯선 잠자리와 유하 때문에 제대로 숙면을 취하지 못한 데다, 과도한 일로 완전히 지친 몸에 뜨거운 물이 닿자 아리의 입술에서 저절로 신음 소리가 흘러나왔다. 유하의 커다란 손이 물속으로 뻗어 오자 아리는 깜짝 놀랐다. 유하가 물을 퍼올려 그녀의 어깨에 부어 주었다.

"난 혼자 목욕할 수 있어요."

"팔을 적시지 않고 목욕할 수 있는 방법이 있다면 내게도 가르쳐 주지 그래?"

비꼬듯 말을 마친 유하가 아리의 뒤쪽에 자리를 잡고 섰다. 얼굴은 보이지 않았지만 유하의 따뜻한 입김이 귓전을 스쳤다. 그의 손이 물속에 잠긴 아리의 젖가슴을 덮더니 부드럽게 문질렀다. 찰싹이는 물과 커다란 손바닥이 주는 감각에 아리는 기분이 좋아졌다. 유하는 수건을 사용하지 않고 맨손으로 아리의 어깨와 가슴을 씻겨주었다.

희디흰 피부에 뚜렷이 남겨진 붉은 자국들을 보자 유하의 얼굴이 금세 굳어졌다. 이틀 동안 자신이 마음껏 그녀를 탐한 증거가 눈앞에 있었다. 이렇게 작고 여린데 자신의 몸을 받아들이는 것이 무리가 되진 않을까 걱정되었다. 유하의 손길이 더욱 조심스러워졌다. 유하는 씻긴다기보다는 쓰다듬는다는 말이 정확할 듯싶은 손길로 물에 젖은 아리의 몸 위를 이리저리 누볐다.

　그가 아리의 한쪽 다리를 들어 올려 목욕통 가장자리에 걸쳤을 때 그녀의 숨결은 꽤 거칠어져 있었다. 무릎에서 다리 안쪽을 씻어 내기 위해 유하가 상체를 숙이자 아리의 어깨가 그의 가슴과 부딪쳤다. 유하의 손이 허벅지 안쪽으로 미끄러지는 순간 아리의 심장이 세차게 뛰었다. 단단한 손바닥이 떨리는 둔덕을 덮고 쓰다듬었을 땐 아랫배가 단단히 뭉쳐졌다.

　유하는 왼손으로 아리의 고개를 뒤로 젖힌 상태에서 입맞춤을 해왔다. 뜨거운 물과 입맞춤, 끊임없이 몸 여기저기를 비벼대는 손길에 아리는 몸과 마음이 완전히 풀어져 버렸다. 멍해진 머리를 그의 어깨에 기대며 눈을 감자 유하가 미소 지었다.

　"물속에 너무 오래 있었나 보군."

　유하가 물에서 들어 올린 몸을 바닥에 서게 하자 아리가 비틀거렸다. 재빨리 그녀를 붙잡은 유하가 무명 수건으로 물기를 남김없이 닦아주었다.

　"잠들면 안 돼."

　자신의 품에 안겨 한숨을 내쉬며 눈을 감는 아리에게 유하가 낮게 중얼거렸다.

　침소로 통하는 문을 열고 들어간 유하가 그녀를 침상 위에 내려놓았다. 아리의 늘어진 몸과 거친 일로 붉어진 손바닥을 본 유하의 얼굴에 그늘이 졌다.

"일이 네겐 너무 고된가 보군."

달콤한 잠에 빠져들며 아리가 마지막으로 들은 말은 잠들지 말라는 유하의 낮은 투덜거림이었다. 산을 내려온 이후 처음으로 아리는 깊고 편안하게 잠이 들었다.

대체 이게 무슨 꼴이야.

옆자리에서 곤히 잠든 여인을 바라보며 유하는 스스로에게 중얼거렸다.

목욕을 시킨 것은 그녀의 긴장을 풀어주어 느긋한 잠자리를 하기 위함이었지 잠들게 하려던 것이 결코 아니었다. 아리를 씻겨주며 받은 압박으로 한껏 부풀어 팽팽하게 곤두선 자신의 남성을 힐끗 쳐다본 유하는 다시 잠든 아리의 얼굴을 바라보았다. 노비는 주인의 즐거움을 위해 봉사하는 것이 그 마땅한 소임이 아닌가, 이렇게 잠들어 버리는 대신에.

그러나 너무나 평화로운 얼굴로 잠든 그녀를 보자 차마 깨울 수가 없었다.

주인인 자신이 노비인 아리의 목욕 시중까지 들었다. 게다가 감히 주인의 방에서 잠든 건방진 여자를 깨워 쫓아내지도 못했다. 아무리 이 여인이 노비인 자신의 신분을 자각하지 못한다 하더라도 그마저 그에 휩쓸리다니, 자신답지 않은 일이었다.

그러나 아리를 깨워야겠다는 생각도, 굳이 다른 노비를 불러 욕구를 해소하고 싶은 생각도 들지 않았다. 뭐, 하룻밤쯤이야. 이내 복잡한 생각을 털어낸 유하는 아리를 가슴에 가까이 끌어안고 잠든 그녀의 귓가에 속삭였다.

"오늘 밤뿐이야."

유하는 품 안에 딱 들어맞는 부드러운 여체의 감촉에 아랫도리가 그 기세를 더하자 불편한 한숨을 내쉬었다. 기나긴 밤이 될 듯했다.

새벽녘까지 잠을 이루지 못하다 깜박 잠이 든 그를 깨운 것은 처마 밑에서 떨어지는 빗물 소리였다.

옆자리로 손을 뻗은 유하의 손에 닿은 것은 차가운 요뿐이었다. 또 빠져나갔군. 기분이 가라앉는 것을 느끼며 유하도 자리에서 일어났다. 아리가 자신의 눈 밖에 벗어나 있는 것이 싫었다.

왠지 모를 울렁거림을 느끼며 유하는 얼굴을 씻고 옷을 걸쳤다. 그리고 습관적으로 검을 찾아 허리에 찼다. 그는 한순간도 자신의 몸에서 검을 떼어놓은 적이 없었다. 무인으로 전장에서 살아온 세월이 자연스레 그런 습관을 만들었다. 하루도 빼놓지 않는 그의 목욕 습관도 전쟁터에서 가시지 않는 피 냄새가 싫어 시간만 나면 냇가를 찾아 나서다 생긴 것이었다. 또한 유하는 대부분의 황족과 고위 관리들과는 달리 심의 대신 고(바지)를 즐겨 입었다. 전장에서 기동성이 뛰어난 고에 익숙해진 그에게 상(치마)과 심의 자락은 다리에 휘감겨 여간 불편한 것이 아니었다. 공식적인 행사가 아니면 유하는 거의 심의를 착용하지 않았다.

이 시간쯤이면 아리는 아마도 부엌에 있으리라. 중문을 나서던 유하의 머릿속에 떠오른 생각이었다.

지붕이 딸린 서쪽 회랑을 따라 걷는데 대나무의 빛깔을 더욱 선명하게 하는 가는 빗줄기에 눈길이 갔다. 비에 젖자 생생하게 숨을 내쉬는 식물의 향기가 신선하게 느껴졌다.

어느새 봄의 기운이 완연했다. 이 진번성은 그의 영지인 한단성(邯鄲城)보다 더 북쪽에 위치해 겨울이 길고 여름엔 무덥지 않아 피서지로는 그만이었다. 그러나 겨울을 나기에는 여러모로 불편한 점이 많았다.

한단성은 북부에서 가장 아름다운 땅으로 들녘은 항상 풍요로웠고, 특히 타지에 비해 과일이 풍족했다. 철이 든 이후로는 전장에 있을 때를 제외하고 이토록 오랜 기간 그곳을 떠나 있은 적이 없었다. 자신의 땅으로 돌아가고 싶었다. 이곳에서 두 번의 겨울을 맞이할 생각은 없었다.

어차피 이곳에서의 짧은 유배는 명목상일 뿐이라는 것을 유하도 알고 있었다, 처음에는 그도 상당히 분노한 것이 사실이지만. 자신이 즉결 처분한 그 부장에 대해 자신의 판단이 틀렸다고 생각지 않았기 때문이었다. 자신은 군법에 따라 마땅한 처리를 했을 뿐이었다. 그자의 어리석음과 비겁함으로 얼마나 많은 수의 부하를 잃었던가.

황제는 유하를 총애했다.

얼굴도 본 적 없는 어머니는 유하를 낳다 돌아가셨고, 일곱 살이 되던 해에 아버지마저 잃게 되자 황제는 그를 황궁으로 불러들였다. 하루아침에 거대한 영지의 주인이 된 어린 황족 주변에는 승냥이 떼가 모여들기 마련이다. 황제가 유하를 입궁시킨 것은 불순한 무리를 견제하고 한편으로는 고아가 된 조카를 가까이에 두고 가르치기 위함이었다.

무섭게만 보이는 황제를 처음 배알하는 자리에서 유하는 용감해
지려 작은 주먹을 움켜쥐었다. 궁에 살기 시작한 이후 그는 밤마다
혼자 울었다. 사람들 앞에선 울 수가 없었다. 어린 나이임에도 자
신보다 아랫사람들에게 약한 모습을 보이면 안 된다는 것을 감지
하고 있었던 것이다.

어느 새벽녘 황제가 친히 유하를 보러 왔을 때 그는 물기 어린
소년의 눈을 처음 발견했다. 낮에 보았을 때 어린 나이답지 않게
당당하고 총기 있어 보인다 했더니 역시 아이는 아이였는지. 황제
는 소년을 안아주었다. 그리고 둘만 있을 때에는 폐하가 아닌 백부
라 부르도록 하였다.

총명하고 뛰어난 자질을 갖춘 조카를 황제는 매우 귀애하였으
며, 열네 살의 어린 나이에 스스로 남월(南越)과의 전투에 출전하기
를 원하자 외척이 아닌 종실에서 용맹한 자가 나왔다며 기뻐하였
다. 그가 항상 선두에서 목숨을 아끼지 않고 종횡무진 활약하여 승
전보를 안겨줄 때마다 황제는 그 공을 크게 치하하며 유하가 원하
는 것은 무엇이든 들어주었다. 그러나 실상 유하는 재물이나 지위
에는 별반 관심을 두지 않았다. 그는 그에게 내려진 포상금조차도
부장들과 병사들에게 다 나누어 주어버렸다. 일개 장군과는 달리
이미 제후의 신분인 그인데다 한의 북부 지방에서 가장 풍요로운
땅을 가진 유하에게는 더 이상의 재물에 대한 욕심이 없었던 것이
다. 그는 그저 자신을 믿는 백부의 기대에 보답하고 싶었을 뿐이었
다.

유하가 붉은 옷을 입기 시작한 것은 순전히 전투에서 피가 튀어

도 별반 표가 안 난다는 실리적인 이유였지만 이제는 모든 이가 그의 붉은 옷을 두려워했다. 그러나 사람들이 아는 것처럼 '적귀'라는 유하의 별호는 그의 붉은 옷으로 시작된 것이 아니었다. 세 번째 출전한 전투에서부터 적들은 그를 그 이름으로 부르기 시작했다. 수천의 희생자를 낸 그 치열한 전투에서 적군의 피를 온몸에 뒤집어쓴 채 전쟁터를 누비는 그의 모습은 가히 귀신을 방불케 했으리라.

물론 유하의 잔인하고 안하무인인 성품은 황제에게도 꽤 큰 골칫거리였으나 그 또한 책임이 없지 않은 데다 그의 충성심이 암벽만큼이나 견고하다는 사실 때문에 그것은 거의 묵인되었었다. 그렇기에 이번의 유배 사건도 외척과 백관들의 불평을 무마하기 위한 눈가림 식으로 이루어진 것이었다.

장안을 떠나기 전 황제를 배알했을 때 그는 백서(명주에 쓰인 문서) 하나를 받았고 백부의 애정 섞인 꾸지람을 들었다.

"당분간 진번군에 가서 쉬는 셈 치려무나. 허나 네 성급함은 좀 고쳐야겠다. 그곳에서 인내심을 기르도록 해보아라."

자신이 며칠 동안 그 여자 노비에게 베푼 인내심을 본다면 황제 또한 놀랄 것이었다. 어쩌면 백부가 원하던 대로 나이가 들어 자신의 성격이 누그러진 것인지도……. 스스로의 생각에 유하는 미소를 지었다.

그러나 모퉁이를 돌자마자 보게 된 광경에 새로 자라난 그의 인내심은 흔적도 없이 사라졌다.

회랑 끝에서 아리와 열대여섯 정도의 노비 소년이 손을 잡고 있었다. 게다가 아리의 입가에는 부드러운 미소마저 번지고 있었다. 다음 순간 유하의 눈에 비친 장면은 그의 머리에 피가 솟구치게 만들었다. 아리가 소년의 손바닥에 입술을 가져다 댄 것이었다.

아리의 얼굴을 보며 순진스럽게 얼굴을 붉히던 노비 소년이 한순간에 비 오는 중정 바닥에 처박혔다. 영문도 모른 채 거친 팔에 의해 축축한 땅에 내던져진 아명이 고개를 들어 마주친 것은 적귀라 불리는 주인 나리의 매서운 눈동자였다. 빗속에 두 다리를 벌린 채 천천히 검을 꺼내 드는 유하의 두 눈은 당장이라도 소년을 베어 버릴 듯했다.

스르릉, 검날이 매끄럽게 검집을 빠져나오면서 낸 마찰음이 소름 끼쳤다. 아명의 이가 덜덜 떨리기 시작했다.

"감히 네놈이……!"

"그러지 말아요!"

갑자기 두 사람 사이로 아리가 뛰어들어 가로막았다.

"왜 이렇게 화가 난 거예요? 이 애가 무얼 잘못했나요?"

새로 들어온 여자 노비는 그들의 주인이 얼마나 무서운 사람인지 아직 모르는 듯했다. 죽음을 자초하지 않는 이상 적귀의 앞을 가로막다니. 아무도 감히 그런 짓을 하지 못했다. 아명의 눈동자가 휘둥그레졌다.

"비켜!"

주인의 입에서 이를 가는 듯 낮은 음성이 비집고 나왔다.

"안 돼요! 그러지 말아요."

나리께 안 된다는 말까지! 이제 둘은 죽은 목숨이었다. 자신과 이 다정한 누이 같은 여인을 벨 날카로운 칼바람 소리를 기다리며 아명은 눈을 질끈 감았다.

그러나 한참을 기다려도 비명 소리나 자신의 목을 내려치는 소리가 들리지 않자 그는 살며시 눈을 떴다. 여자 노비는 적귀의 소매를 붙들고 자신의 앞을 가로막고 있었다. 쉽사리 떨쳐 버릴 수 있으련만 주인 나리는 팔을 잡힌 채 이글거리는 눈으로 아리를 마주 보기만 했다. 주인 나리가 검을 불끈 쥐더니 다시 검집에 집어 넣자 소년은 기절할 듯이 놀랐다.

"이리 와."

주인 나리가 여인의 팔을 잡고 안채 쪽으로 끌고 가버리자 그 모습을 멍하니 바라보며 아명은 아무도 이 일을 믿어주지 않으리라 생각했다.

한편 아리를 잡아끌어 방으로 밀어 넣은 유하는 자신의 행동이 마음에 들지 않았다. 그 어린놈을 죽여 버렸어야 했는데. 아리 때문에 뜻을 꺾은 것이 이번으로 두 번째였다. 왠지 그 순간 그놈을 죽인다면 아리가 자신을 용서하지 않을 것만 같은 예감이 들자 칼을 거둘 수밖에 없었다. 용서라니. 노비가 주인을? 유하는 자신의 생각이 진행되어 가는 방향이 점점 마음에 들지 않았다. 유하가 아리를 향해 돌아섰다. 뭐, 죽이지 않더라도 방법은 얼마든지 있으니까. 휘몰아치는 분노를 진정시키며 유하는 험악하게 그녀를 재촉했다.

"자, 말해봐. 그 어린놈과 무슨 짓을 하고 있었던 거야!"

설마 아침에 내 곁을 빠져나간 게 그 녀석과 만나기 위해서였나?

그 노비 놈이 아무리 어리다 해도 그 나이 때 자신은 이미 여인의 몸을 알고 있었다. 아리가 다른 사내에게 몸을 내주었을지도 모른다는 생각은 조금씩 진정되어 가던 그의 분노에 기름을 퍼부은 것과 같은 효과를 불러왔다.

유하의 손가락이 부러뜨릴 듯 아리의 팔 안쪽을 파고들었다. 이성을 잃은 유하가 짐승처럼 소리를 지르며 그녀의 입술을 공격했다. 거칠게 마구 물어뜯는 입맞춤 사이사이 낮게 아리의 아픈 신음이 들렸다.

"넌 내 거야, 내 것이라고!"

유하의 손이 난폭한 기세로 젖가슴을 움켜쥐었다. 다리를 벌린 유하는 아리를 가까이 잡아당겨 젖은 옷 사이로 이미 단단해진 자신의 일부를 거칠게 비벼댔다.

맞닿은 연약한 입술에서 느껴지는 비릿한 피 맛에 유하는 그제야 정신을 차렸다. 이런, 또 상처를 입혀 버렸군. 아리의 놀란 두 눈에는 첫날 거칠게 그녀를 가졌을 때와 같은 빛이 떠올라 있었다. 공포. 다른 사람들의 눈에 떠오른 공포심을 보는 데 익숙한 유하였으나 아리가 자신을 두려워하는 것은 참을 수 없었다.

"그런 눈으로 날 보지 마!"

버럭 소리를 지르자 아리의 눈이 더욱 커다래졌다. 좋은 방법이 아니었군. 유하는 명령하는 일에 익숙한 사람이었다. 하지만 자신을 보고 무서워 말라고 명령을 내릴 수는 없는 일 아닌가. 유하는 한숨을 내쉬며 굳어 있는 작은 몸을 품에 끌어안았다. 이번엔 부드러운 손길로. 도톰한 입술은 그가 깨물어 피가 나고 발갛게 부풀어 있었다.

"음…… 상처 입히려던 건 아니야……. 겁낼 필요 없어……. 일부러 널 아프게 하려던 게 아니니까."

유하는 평생 누군가에게 사과 같은 것을 해본 적이 없었다. 어색함에 말이 목구멍에 걸리는 것 같았다. 더듬거리는 목소리는 자신의 귀에도 한심하게 들렸다.

아리의 눈동자에서 공포의 빛은 잦아들었지만 대신 혼란스러운 기색으로 그녀가 유하를 마주 보았다. 제길, 이 쩔쩔매는 꼴이라니.

"네 탓이야! 네가 그놈과 시시덕거리고 있었기 때문에……."

그의 입에서 거친 말투가 다시 튀어나왔다.

"무슨 뜻인지 모르겠어요."

아리가 미간을 찌푸리며 고개를 내저었다.

"네가 그놈의 손에 입 맞추고 있었잖아!"

유하는 다시금 분노가 끓어오르는 것을 간신히 억눌렀다.

"아, 그 애가 땔감을 만들다 손에 가시가 박혔대요. 가시를 빼내고 상처를 불어주고 있었는데…… 그러면 안 되는 건가요? 지난번 당신 상처를 핥아주었을 땐 아무 말도 안 했잖아요……."

상처를 불어줬다고? 둘 사이에 아무런 일이 없었다는 것을 알자 노여움은 비 맞은 모닥불처럼 사그라졌으나 유하의 기분은 여전히 저조했다. 아리가 그 어린놈에게 미소 짓던 모습이 떠올랐기 때문이었다. 제길, 나한텐 한 번도 웃어주지 않았잖아. 게다가 자기와 그 노비를 동격으로 취급한다는 사실이 기분 나빴다.

어디 함부로 입술을 댄단 말인가. 아리의 입술은 유하만의 것이었다. 그 따뜻함을 누구와도 나누고 싶지 않았다. 아리가 상처를 어루만져 주는 대상은 다만 유하뿐이어야 했다. 유하는 이제까지 잠자리를 같이 했던 그 어떤 여인도 독점하고자 한 적이 없었다. 자신의 침상 밖에서 그네들이 누구에게 다리를 벌리든 상관하지 않았던 사실을 그는 까맣게 잊고 있었다.

"넌 내 노비니까 네 그런 행동은 내게만 허용되는 거야. 앞으로 절대 다른 사내놈들 몸에 손대지 마."

"하지만……."

"그 입술이 다시 한 번 다른 놈의 손에 닿는 게 내 눈에 띄면 그 놈의 팔을 잘라 버리겠어."

아리의 안색이 창백해졌다. 끔찍하게 잔인한 말이었다.

"그리고 누구든지 네 몸에 손대는 놈은 가장 처참하게 죽여 버릴 테니까……."

유하는 오늘 당장 모든 노비들에게 명령을 내려야겠다고 다짐했다.

"네가 치료할 상처가 필요하다면 내가 도와주지. 난 한 번 출정하고 돌아오면 몸이 거의 성한 곳이 없게 돼. 그땐 네가 원하는 만큼 마음대로 하도록 해."

아리의 그 따뜻한 손길을 다시 받을 수만 있다면 온몸이 피투성이가 되어도 괜찮을 것 같았다. 유하가 싱긋 웃자 아리는 마치 실성한 사람 보듯이 그를 바라봤다.

이제 어젯밤부터 날 괴롭히던 문제를 해결할 차례야, 유하가 허기진 눈동자를 빛내며 생각했다.

아리가 몸을 부르르 떨자 빗물로 젖은 옷 때문이라 생각한 유하는 그녀를 안아 침상에 앉혔다. 침상 옆 바닥에 무릎으로 선 그가 상처 난 곳을 피해 입술 주위에 입을 대자 아리에게서 비에 젖은 상큼한 풀꽃 같은 냄새가 풍겼다.

갈옷을 벗겨 낸 유하는 그것들이 그녀의 섬세한 피부에 너무 거칠다는 생각이 들었다. 이 아름다운 여인에겐 좀 더 부드러운 옷들이 필요했다. 약하고 새하얗다 못해 투명하게 빛나는 피부에 닿는 색색의 비단들……. 아니, 사실 그녀의 달콤한 몸을 덮는 건 자신의 몸이면 족했다.

굶주린 시선 아래 완벽하게 호리호리한 여체가 드러나자 유하는 단숨에 그녀 안으로 밀고 들어가고픈 심정이었다. 유하는 손을 미끄러뜨려 아리의 다리를 벌리고 그 사이에 자리를 잡은 뒤 그녀를 천천히 침상 위로 눕혔다. 아리는 침상 끝에 겨우 엉덩이를 걸치고 허벅지를 벌린 채 그 매혹적인 자태를 드러냈다. 환한 아침 햇살에 자신의 몸이 낱낱이 드러나리라 생각한 아리의 얼굴이 복숭아꽃처럼 붉어졌다. 그녀가 두 팔로 자신의 몸을 감싸려 하자 유하가 그 손목을 붙들었다.

"가리지 마. 네 몸을 내게 감출 필요 없어. 넌 내 소유니까."

두 손을 아리의 손과 겹쳐 이불 위에 단단히 고정시킨 유하는 입술만을 움직여 그녀를 열락의 끄트머리까지 몰아갔다. 목과 가슴을 마음껏 탐하던 그의 입술이 아랫배로 내려와 배꼽 주위를 맴돌자 그와 맞잡은 아리의 손에 힘이 들어갔다. 유하의 머리가 허벅지 사이로 숙여지자 놀란 그녀가 다리를 경직시키며 외쳤다.

"안 돼요. 거긴……."

유하의 혀가 부드럽게 파고들자 아리의 말이 흩어져 버렸다. 한순간 달래듯 조심스레 움직이던 그가 다음 순간 원하는 만큼 깊게 그녀를 탐닉했다. 그 맛에 흠뻑 취한 유하는 열에 들뜬 아리가 허리를 들어 올리며 신음을 흘릴 때까지 멈추지 않았다. 처마 끝에서 떨어지는 빗방울의 규칙적인 소리와 끊어질 듯 이어지는 아리의 신음 소리만이 조용한 방 안을 가득 채웠다.

절정의 한가운데서 아리가 비명을 지르자 유하는 그녀를 침상 위로 밀어 올리고 자신의 고(바지)를 풀어 헤쳤다. 유하는 아리의 허리를 들어 올린 후 벌린 다리를 그의 어깨 위에 걸치도록 했다. 희고 부드러운 살결이 분홍빛으로 물들어 가늘게 경련하는 것을 바라보며 유하는 아리의 허리를 붙들고 단번에 들어갔다. 이 자세로 유하는 아리의 끝까지 닿는 느낌을 받았다. 맙소사. 한 번의 동작만으로 그는 정신이 아득해질 정도의 쾌감을 얻었다. 뜨겁고 촉촉한 아리의 몸속은 매번 유하에게서 모든 이성을 앗아갔다. 이 여인과의 잠자리에서 자제심을 지킨다는 건 물고기가 물 밖에서 숨을 쉴 수 있다는 말과 마찬가지로 불가능했다.

유하가 움직이기 시작하자 다시 아리의 몸속에 열망이 쌓여갔다. 그는 빠르게 밀고 들어갔다가 천천히 뒤로 물러났다. 더욱 깊게, 더욱 빠르게. 그가 빠져나올 때마다 아리가 허리를 붙여 따라왔다. 아리가 그를 온몸으로 받아들이는 것을 보자 유하는 더 이상 참을 수가 없었다. 유하는 그들의 몸이 맞닿은 부분으로 손을 내려 단단하게 부푼 조그만 꽃잎을 애무했다. 아리가 비명을 지르며 몸을 한껏 휘었다. 유하는 아리에게서 절정의 신호인 떨림이 느껴지자마자 자신을 풀어놓았다.

유하가 아리의 가슴 위로 무너져 내렸다. 아직도 그를 꽉 조이고 있는 그녀의 몸이 자신의 것으로 젖어들었다. 유하는 숨을 고르며 눈을 감은 채 아리 안에 있는 느낌을 음미했다. 이토록 충족되고 평안한 기분을 느껴본 적이 없었다. 그러면서도 아직 뭔가가 부족했다. 무엇이? 알 수 없었다. 아리는 완벽하게 그의 것이기에 언제든지 원할 때면 취할 수 있었다. 그런데 무엇이 더 필요하단 말인가. 그녀의 심장이 자신의 것과 마찬가지로 세차게 뛰는 소리를 들은 유하는 미소를 지으며 그녀의 가슴에 얼굴을 묻었다.

따뜻해……. 이대로 영원히 너를 안고 있으면 좋겠다…….

멍하니 머릿속을 스치는 생각의 파편들을 더듬다가 유하는 벼락을 맞은 듯 몸을 굳혔다. 영원히? 그것은 평생보다 긴 시간이었다. 한 여인을? 그것도 노비를? 황족의 일원이자 무시후인 그가? 말도 안 되는 소리였다. 너무나 만족스러운 잠자리를 가진 나머지 잠시 흘러들어 온 망상일 따름이었다.

유하는 자신에게 눌려 아리가 숨 쉬는 것이 힘들까 염려되어 옆으로 몸을 굴린 후 그녀가 위쪽에 오도록 했다. 가냘픈 등뼈의 한가운데를 손가락으로 쓰다듬으며 그가 말을 꺼냈다.

"오늘 밤부터 넌 이곳에서 자는 거야. 밤마다 널 부르러 사람을 보내는 것도 귀찮은 일이니까."

"하지만 다른 사람들은 모두 바깥채에서 자는데……."

"내가 널 필요로 하는 동안 넌 여기서 지내는 거야. 그리고 아침에 내가 일어날 때까진 침상을 빠져나가지 마."

"왜요?"

"난 혼자 눈 뜨는 걸 싫어해."

그가 무뚝뚝하게 대꾸했다. 마주 보던 아리의 눈이 아직 그녀 속에 있던 남성이 힘을 되찾는 것을 깨닫고 커다래지자 유하가 피식 웃었다.

"네가 어제 잠들어 버려서 밤사이 욕구불만이 상당했던 것 같
군. 이리 와."

五章

아리가 가림원에서 생활한 지 스무날이 훌쩍 지났다.

가림원의 공기는 겉으로 보기에는 퍽 평화로웠으나 몇 가지 무
시할 수 없는 변화가 생겼다. 모든 일이 아리가 원인이었다.

우선 집 안에 기거하는 모든 사내는 어린아이부터 노인까지 아
리를 보면 황급히 피했다. 아리가 말이라도 걸라치면 눈도 마주치
기 두려운 듯 고개를 푹 숙이고 사색이 되었다. 아리는 사람들이
그녀를 멀리하는 것이 이곳의 풍습이나 사람들과의 생활에 익숙지
않은 자신이 무언가 금기를 범한 것이 아닌가 하고 걱정했다. 그러
나 실상 그들은 아리에 대한 접근 금지와 더불어 불복종시 중벌로
다스리겠다는 주인의 명령을 듣고 두려움에 떠는 사람들일 뿐이었
다.

반면 여자 노비들은 앞다투어 아리에게 잘 보이기 위해 애썼다. 이제껏 그 많은 여인 중 단 한 명도 가까이 둔 적 없는 주인 나리가 그녀를 자신의 방에서 거처하게 한 것은 분명 큰 사건이었기 때문이었다. 그네들 사이에서는 아리가 곧 그의 측실로 들어앉지 않을까 무성한 추측들이 입에서 입으로 오갔다. 아직 정실부인은커녕 측실 하나 두지 않은 그들의 주인이었기에 그렇게 된다면 아리의 위치는 안주인이나 마찬가지나 다름없었다. 그러니 너도나도 아리의 환심을 사려 했다. 단지 여연, 그녀만이 아리 가까이 얼씬도 하지 않았다. 아리 덕분에 팔려가는 신세를 면했다는 것을 들었을 텐데도 여전히 증오하는 시선으로 아리를 보았다.

유하가 왕마에게 내린 지시로 일감이 줄어든 데다 그나마 서로 도와주겠다고 나서는 이들 때문에 아리는 할 일이 거의 없었다.

유하는 매일 밤 아리를 안았다. 가끔은 대낮에도 그녀를 침소로 끌고 갔다. 그는 지칠 줄 모르는 욕구를 가진 사내 같았다. 매일 아침 유하는 석천—아리가 첫날 보았던 검은 옷을 입은 어두운 분위기의 사내가 그였다. 그는 유하의 호위대장이었는데 항상 우울한 눈을 하고 있었다—과 검술을 연습하고 내성으로 들어가 저녁때가 되어야 돌아오는 일이 많았다. 또는 가끔 서재에 틀어박혀 온종일 나오지 않는 날도 있었다. 그러나 그가 내성에서 돌아오면 가장 먼저 하는 일이 아리를 찾는 것이었다. 아리는 부엌에 있든 후원에 있든 모든 일을 팽개치고 즉시 유하에게로 가야 했다. 집 안에 있을 때면 유하는 내내 아리를 옆에 두었다. 그들은 식사도 함께 하였는데 유하가 즐기는 고기를 아리는 일절 입에 대지 않았다. 소량의 밥과 채소만 먹는 아리를 보며 유하는 둔갑한 토끼가 분명하다고 자주 놀려댔다.

　며칠 전 왕마는 유하가 시킨 일이라며 부드러운 명주로 짠 한삼류와 비단으로 지은 옷가지를 아리에게 한 아름 가져다주었다. 몸에 딱 맞아 걸을 때마다 몸의 선이 다 드러나는 옷들은 하나같이 땅에 끌릴 정도로 옷자락이 길었다. 덕분에 다리는 보이지 않았지만 일하기에 불편한 것이 방에 가만히 앉아 있는 사람들이나 입는 옷 같았다. 이런 옷을 입고는 일할 수 없다는 아리의 말에 유하는 '그럼 일하지 마' 라고 대꾸했다. 차라리 이전에 입던 옷을 입겠다고 아리가 말하자 유하는 무서운 얼굴로 무조건 그 옷들을 입어야 한다고 명령했다.

　옆에 앉은 아리에게서 한숨을 내쉬는 소리가 흘러나오자 왕마가 가만히 돌아보았다. 이 아름다운 소녀는 갓 태어난 아기처럼 순수했다. 모든 사람들에게 다정하고 상냥하게 말을 건넸으며 의심할 줄 몰랐다. 새로운 것을 알고 싶어하는 호기심 강한 성격이라 궁금한 것이 있으면 옆에 있는 누구라도 붙들고 질문을 했으며, 누구나 그런 아리에게 친절히 답을 해주었다. 무표정하고 말이 없는 호위대장 석천조차 아리의 웃음 띤 얼굴 앞에서는 어쩔 수 없이 항복하고 말았다. 차갑고 성급한 주인 나리는 이 신비한 이족(異族) 여인에게 완전히 빠진 듯 보였다. 잠시라도 시야에서 벗어나지 못하게 하는 것은 물론 아리와 있을 때는 누구보다 행복해 보였다. 실제로 왕마는 유하가 아리에게 미소 짓는 것을 목격할 수 있었다. 평소 입술을 일그러뜨리는 냉기 서린 비웃음이 아닌, 눈가에까지 번진 진짜 미소를. 유하의 온 신경이 아리에게 쏠려 있는 동안 집 안은 평화로웠다. 노비들을 공포에 떨게 하는 그의 분노도 요즈음 나타나지 않았다. 단 한 번만 빼고.

그저께 밤, 아리는 왕마의 방에 잠자리를 준비했다. 낮에 얼굴을 붉히며 달거리를 시작했다며 왕마에게 천 조각을 부탁한 아리였다. 밤이 되어도 아리가 돌아오지 않자 분노한 유하가 직접 방으로 찾아왔다. 새빨갛게 물든 얼굴로 더듬거리던 아리는 오늘은 그와 잠자리를 할 수 없다고 말했다. 이유를 설명할 때에는 그 홍조가 더욱 깊어졌다. 그러자 놀라운 일이 벌어졌다. 유하는 시침들 다른 여인을 찾으러 가는 대신 무뚝뚝하게 '내가 이제부터 넌 내 방에서 자야 한다고 했을 텐데'라며 아리를 안아 올려 자신의 방으로 데려 갔다. 세상에나, 왕마는 자신의 눈과 귀를 의심했다. 주인 나리가 잠만 자기 위해 여인을 곁에 두다니. 소녀에 대한 호감이 더욱 깊어졌다. 아리는 유하를 변화시키고 있었다. 예전에 왕마가 알았던 피가 통하는 따뜻한 그 소년으로.

무료함 가득한 눈동자와 의기소침하여 축 처져 있는 아리의 어깨를 바라보며 왕마가 운을 떼었다.

"오늘 시장에 나갈 터인데 같이 가보시겠어요? 몇 가지 살 것이 있는데 나가서 구경도 하고. 이곳은 진번군의 치소라 꽤 번화하니 볼거리가 많을 겁니다."

왕마는 아리의 눈이 반짝이는 것을 보고는 자신의 판단이 옳았음을 깨닫고 흐뭇하게 웃었다.

그들은 정오가 되기 전에 채비하고 저택을 나섰다. 왕마는 아리와 짐을 들어줄 노비로 아명 한 사람만을 데리고 가림원을 나섰다. 자신의 목숨을 구해주어서인지 그날 이후로 아명은 아리를 위해서라면 무슨 일이든지 할 듯이 나섰고, 그녀 앞에서는 항상 수줍게 얼굴을 붉혔다. 가림원의 사내들 중 유일하게 아리 가까이 다가오는 사람이기도 했다.

아리의 눈에 비친 시장이라는 곳은 너무나도 놀라운 곳이었다. 평생 이토록 많은 사람들을 한곳에서 보기는 처음이었다. 각양각색의 물건들을 파는 사람들과 사는 사람들로 시장은 북적거렸다. 소반 위에 놓인 작은 목각인형들과 장신구들을 구경하며 아리는 무척 기뻐했다. 또한 창으로 묘기를 선보이는 사람을 보고는 손뼉 치며 즐거워했다. 그런 아리에게 왕마는 이것저것 친절하게 설명해 주었다.

"나리의 영지인 한단성 시장은 이곳보다 더 크고 번잡하지요. 그곳은 들녘이 풍요로워 다른 곳보다 상인들이 더 많답니다."

그들은 소금 가게에 들러 소금을 사고 바늘과 실을 사러갔다. 향과 등잔을 파는 가게 앞을 지나는 도로는 사람들로 몹시 붐볐다. 인파를 헤치고 겨우 한숨을 돌린 왕마는 그제야 문득 옆에 있던 아리가 없어졌다는 사실을 알아채었다.

"에구머니나, 사람들에 휩쓸려 길을 잃은 게야. 아명, 어서 찾아."

소금을 지고 있던 노비에게 소리를 지르며 안절부절못하는 왕마의 눈에 건장한 사내 둘에게 골목 안쪽 길로 끌려가는 아리의 모습이 발견되있다.

"아명, 저쪽이야! 어서! 누군가 아리를 끌고 가고 있어. 뒤쫓아가!"

소금을 내려놓고 달음박질을 치기 시작한 아명이 골목길로 사라지자 왕마는 어찌할 바를 몰랐다. 대체 누가 그녀를! 타인의 재산

인 노비를 납치하는 것은 중죄였다. 그것도 감히 황족의 소유를 훔치려 하다니, 어찌 이런 일이. 안절부절못하며 발을 동동 구르는 왕마의 눈에 불같이 화난 유하의 얼굴이 선했다. 나리께서 불호령을 내리실 게야. 아명이 놓치지 말고 잘 따라가야 할 터인데.

가림원에 도움을 청하기 위해 걸음을 재촉하는데 앞쪽에서 한 마리의 말이 사람들을 짓밟을 듯이 달려왔다. 놀란 행인들이 우왕좌왕하며 가까스로 비켜섰다. 붉은 털을 가진 날렵한 말 위에 붉은 옷을 입은 사람이 앉아 있었다. 고개를 든 순간 왕마는 분노로 새까맣게 타버릴 듯 타오르는 적귀의 눈동자와 마주쳤다.

그들은 아리를 낡은 폐가로 끌고 갔다.

버려진 지 오래인 듯 거의 다 허물어지고 가까스로 벽만 남은 집 안에 반쯤 부서져 흔들거리는 나무 창문 사이로 들어온 햇살이 바닥 여기저기에 무늬를 만들고 있었다.

두 명의 사내는 아리의 반항을 쉽사리 제압하고 준비해 온 재갈을 물려 소리조차 지르지 못하게 하였다. 순식간의 일이었다. 사람들 속에서 왕마와 몇 걸음 떨어지나 싶었는데 어디선가 나타난 억센 팔들이 양쪽에서 그녀를 잡아챘다. 아리의 가는 팔다리는 사내들의 힘 앞에 제대로 반항조차 할 수 없었다.

거칠게 땅바닥에 내려진 아리는 그 충격에 신음을 흘렸다.

"자, 이제 이 계집을 붙잡았으니 나리께 알리러 가자."

키가 크고 얼굴에 험상궂은 칼자국이 난 사내가 다른 사내를 돌아보며 말했다. 눈이 가늘게 찢어져 마치 뱀처럼 음흉해 보이는 사내가 허리춤에서 밧줄을 꺼내며 앞으로 나섰다.

"네가 연락하러 가. 난 여기서 이 계집을 감시하고 있지."

키 큰 사내가 밖으로 사라지자 그는 아리를 다시 붙잡아 두 손을 묶기 시작했다. 아리가 거세게 반항하자 그녀 위에 올라타 꼼짝 못하게 누른 다음 손목을 단단히 묶었다.

"가만히 있어! 멀리서 볼 때도 괜찮은 계집이더니 가까이서 보니 더욱 동하는군. 나리께 데려가기 전에 재미 좀 본다고 해서 나쁠 것도 없겠지? 어떤 몸뚱이를 가졌기에 그 대단한 황족 나리가 밤마다 널 끼고 자게 만든 거냐."

사내의 거칠고 투박한 손이 심의 깃 사이로 파고들었다. 놀란 아리가 몸부림을 쳤으나 손목이 묶여 소용없었다. 그는 아리의 얇은 한삼을 움켜쥐고 거칠게 찢어버렸다. 하얗고 탄력 있는 두 봉우리가 드러나자 사내가 눈을 번득였다.

"잔뜩 물이 올랐군. 이렇게 희고 부드러운 가슴은 처음 보는데."

손자국이 날 정도로 거칠게 가슴을 움켜쥔 사내가 감탄을 내뱉었다. 그가 연홍빛 젖꼭지를 거칠게 비틀자 고통과 두려움으로 내지른 아리의 비명은 입에 문 천 뭉치에 막혀 나오지 못했다.

"만화루(萬花樓)의 내로라하는 기녀들을 훔쳐본 적이 있었는데 너만큼 곱진 않더군. 황족의 계집 맛을 보다니, 오랜만에 이놈이 호강하겠군."

바지춤을 느슨히 한 사내가 검붉은 아랫도리를 드러내며 음탕하게 웃었다. 딱딱하게 일어선 물건이 상(치마) 사이로 찔러오자 아리의 얼굴이 새파랗게 질렸다. 싫어. 사내의 손은 혐오스러웠다. 유하와 달랐다. 이 사내가 지금 하려는 짓은 유하가 원하는 그것과 같은 것이리라. 그러나 아리는 토할 것만 같았다. 똑같은 행위를 왜 다른 사람에게는 허용할 수 없는지 스스로도 이해할 수 없었으나 아리의 온몸이 거부했다. 싫었다. 그가 아니면 싫어. 사내를 향해 마구 내지르던 아리의 발목이 두툼한 손에 붙잡혔다.

사내가 이제 막 아리의 다리를 강제로 벌리려는 순간 밖에서 들려온 외마디 비명 소리가 그를 멈추게 했다. 다음 순간 유하가 붉은 옷자락을 펄럭이며 뛰어 들어왔다. 유하의 손에 들린 검에 묻은 선혈로 보아 밖으로 나간 또 다른 사내는 이미 아리를 납치한 대가를 목숨으로 치른 듯했다. 흙바닥에 팽개쳐져 결박당한 상태의 아리와 상(치마) 자락을 걷어 올리고 있던 사내를 본 유하의 눈이 핏빛으로 변했다. 치켜 올라간 눈썹 아래 노여움으로 상대를 찢어버릴 듯이 노려보는 눈동자가 붉은 장포(두루마기)와 기묘하게 어우러져 지옥에서 막 빠져나온 야차처럼 보였다.

재빨리 검을 빼어 든 뱀눈의 사내가 유하를 향해 달려들었다. 그도 검을 다루는 데 일가견이 있는 듯 보였으나 분노한 적귀의 상대가 되지는 못하였다. 달려드는 사내를 피해 왼쪽으로 약간 몸을 비튼 유하는 사내의 팔을 노렸다. 그러고는 단 두 합 만에 상대의 오른 손목을 잘랐다. 그것으로 끝이 아니었다. 유하는 단숨에 사내의 왼쪽 어깨에서 오른쪽 다리까지 베어버렸다. 솟아오른 피가 그의 옷을 삽시간에 적셨다.

아리에게 다가온 유하는 검을 바닥에 꽂아둔 채로 그녀를 안아 올렸다. 숨도 못 쉴 정도로 세차게 안겨진 아리는 그가 아직도 분노로 떨고 있음을 느낄 수 있었다. 방금 전 본 충격적인 장면에 몸서리치던 아리는 그에게서 뜨거운 피 냄새가 진동하자 그 품에서 벗어나려 몸부림쳤다. 그러나 유하는 아리를 안은 상태에서 재갈과 결박을 풀어준 뒤 검을 옷자락에 닦아 검집에 꽂아 넣었다.

"놔줘요."

아리의 거부를 무시하고 옷이 흘러내리지 않도록 잡아준 유하가 폐가 밖으로 걸음을 옮겼다. 아명이 비영의 말고삐를 잡고 기다리고 있었다. 유하의 모습과 아리의 흐트러진 옷차림에 눈 둘 바를 몰라 하며 아명이 그들을 맞았다.

"괜찮으신가요? 전, 정말……."

"시장에 아직 왕마가 있을 테니 데리고 가림원으로 오거라."

유하가 아명의 말을 가로막았다.

"예, 예, 나리."

말 위에 올라탄 유하가 아리를 무릎 위에 앉히고 말의 옆구리를 찼다. 나갈 때는 꽤 먼 거리로 느껴졌었는데 어느 순간 가림원에 도착해 있었다. 피를 뒤집어쓴 주인의 모습에 노비들이 경악하며 그들을 맞이했다.

목욕 준비로 허둥대며 쫓아다니던 노비들이 모두 나가고 목욕실의 문이 닫혔다. 피 묻은 옷가지를 죄다 벗어 던진 유하의 손이 닿자 떨고 있던 아리가 깜짝 놀라 저항했다.

"네 옷에도 피가 묻었어."

그 말에 소스라치게 놀란 아리가 자진해서 옷을 다 벗어버렸다. 유하는 양팔로 몸을 감싼 아리를 안아 목욕통 속으로 들어갔다. 둘이 앉기에는 약간 비좁았으므로 유하가 아리를 자신의 몸 위에 앉혔다. 유하가 아리를 한 팔로 붙들고 따뜻한 물을 몸 위에 부어주었다. 물에서 희미한 약초 냄새가 났다. 아리는 몸을 부르르 떨었다. 몸에 달라붙은 듯싶은 이 피 냄새를 가시게 하기 위한 것이라면 무어라도 좋았다. 유하가 몸을 씻어주는 동안 아리는 그저 멍하니 있었다. 아리의 가슴에 난 붉은 손자국을 보자 유하의 눈빛이 다시금 분노로 타올랐으나 고개 숙인 아리는 알아채지 못했다. 아리가 깨끗해지자 유하는 자신의 몸에서도 그 불쾌한 현장의 흔적을 지워냈다. 재빠른 동작으로 물을 퍼올려 핏자국을 씻어 낸 유하가 아리의 몸을 부드러운 비단으로 감싸주고 자신도 옷을 걸쳤다.

어느새 침상 위로 옮겨진 줄도 몰랐던 아리는 유하가 얼굴을 감싸자 깜짝 놀라 그 손을 뿌리쳤다. 아리의 머릿속에는 유하가 그 사내들을 잔혹하게 죽이던 광경만이 수없이 반복되고 있었다. 아리가 또다시 자신의 손을 거부하자 유하의 화가 폭발했다.

"대체 그놈들이 네게 무슨 짓을 한 거야!"

아리가 유하의 손을 겁에 질린 눈으로 바라보며 낮게 속삭였다.

"당신이 그 사람들을 죽였어요."

"뭐라고?"

유하가 당황한 눈빛으로 아리를 바라봤다. 아리가 충격으로 정신이 나갔다고 생각하는 것 같았다.

"당신은 사람을 죽였어요. 나 때문에……. 내, 내가 사람을 죽게 하다니……."

유하가 손을 뻗어오자 아리가 이번에는 더욱 날카롭게 몸을 피했다.

"내게 손대지 말아요!"

아직도 손에 묻은 피가 보이기라도 하듯 아리의 질린 눈빛이 그의 손을 바라보았다. 유하가 손을 거두며 거친 음성으로 되받아쳤다.

"그놈들은 널 납치했었어!"

"하지만 그것이 살인의 이유가 되진 못해요!"

커다란 손이 턱을 단단히 부여잡더니 이글거리는 눈빛의 유하가 아리를 쏘아보았다. 그에게서 발산되는 분노의 열기로 턱이 타버릴 것만 같았다.

"그놈들은 내 것을 훔치려 했어. 누군가 내게서 널 빼앗으려 한다면 그때도 오늘 같은 일이 벌어지게 될 거야. 아무리 네가 그걸 싫어한다 해도 상관없어."

말을 마치고 유하는 아리를 밀쳐 낸 후 부술 듯 문을 닫고 나가버렸다.

유하의 혈관 전체가 분노로 부글거렸다. 그대로 방 안에 있다가는 아리에게 난폭한 행동을 하게 될 것만 같았다. 유하는 회랑의 기둥에 세차게 주먹을 내려쳤다.

자신을 거부하다니! 그것도 저를 납치한 비열한 두 놈을 죽였다는 이유로. 그들은 죽어 마땅했다. 감히 유하의 행동을 비난하는 자는 없었다, 오늘까지는. 다시 한 번 기둥을 내려치자 손등에서 피가 배어나왔다.

정오에 일찌감치 돌아오자마자 아리가 집 안에 없다는 사실을 알게 된 유하는 오싹한 불길함이 온몸을 휘감는 걸 느꼈다. 아리의 바깥출입을 금지시켜야 했다고 자신을 자책하며 유하는 말을 끌어내 미친 듯이 달렸다. 아직 추우영이 아리를 원하는 진짜 이유를 알아내지 못했다. 아리도 그것에 대해서는 아직까지 함구하고 있었다. 그러나 추우영이 쉽사리 아리를 단념하지 않으리라는 것은 그 교활하게 빛나는 눈에서 진즉 읽었던 바였다. 자신의 노비로 가림원에 있는 한 아리는 자신의 손아귀에 확실하게 쥐어져 있다고 생각했다. 이곳은 그의 호위무사들로 엄중히 경계되고 있었기에. 일반적인 노비들은 바깥출입에 큰 제재를 받지 않았다. 왕마에게 아리를 밖으로 데리고 나가지 못하도록 지시하지 않은 것은 분명 그의 실수였다. 누군가에게 빼앗기거나 혹은 아리 스스로 달아날 수도 있다는 데에 생각이 미치자 머리칼이 쭈뼛하게 섰다.

시장에서 홀로 서 있는 왕마를 발견하고 아명의 안내로 그 낡은 폐가로 달려가는 동안이 그의 평생에서 가장 긴 시간이었다. 저항도 못한 채 사내의 몸에 깔려 있던 아리를 발견하자 유하의 눈은 붉게 물들어 아무것도 보이지 않았다. 안에 있던 놈을 살려두어 교사한 자가 누군지 알아내야 한다는 이성적인 사고는 아리의 가슴 위에 얹힌 놈의 더러운 손을 본 순간 날아가 버렸다. 놈을 죽이고 아리를 안으며 이제 안전하다고, 다시 자신의 팔 안에 있다고 몇 번이나 되뇌었지만 몸의 떨림은 가라앉지 않았다. 유하는 분노가 아닌 공포심에 떨고 있었던 것이다. 전장에서 수많은 죽음을 목격하며 두려움에 무감각해진 줄로만 알았던 유하의 심장이 낯설게 조여들었다. 아리를 빼앗길 뻔했다는 자각으로 유하의 손은 아직까지 떨림을 멈추지 못하고 있었다.

자칫 당할 수도 있었던 저를 그놈들의 손에서 구해주지 않았는가 말이다. 그가 제시간에 당도하지 못했을 때 벌어졌을 일에 생각만으로도 등골이 오싹해졌다. 그런데 감사의 말은 고사하고 그를 거부하는 그 눈빛이라니. 제길, 심장 근처에 격심한 통증이 일었다. 제 까짓 게 뭐라고. 기껏 노비 계집 주제에. 그러나 고요한 눈동자, 부드러운 피부, 세상을 다 환하게 만드는 듯 빛나는 그 미소—단 한 번도 그를 향한 것이 아니었지만—를 떠올리자 다시금 심장이 욱신거렸다. 신체의 또 다른 부위도.

내겐 여자가 필요해. 유하가 스스로에게 주지시켰다. 그의 방에 있는 저 고집 센 노비 말고 다른 여인들, 더 아름답고 더 능란하고 그에게 기꺼이 몸을 내어주는 여인들. 세상엔 그런 여인들은 얼마든지 있었다. 아리의 몸 상태를 위해 스스로 금욕하고 이렇듯 받아들여질 때까지 방문 앞을 지키는 바보짓을 그만둘 때가 된 것이다. 다른 여인들을 안으리라. 그리고 아리를 잊어버릴 것이다. 유하가 예전의 모습을 되찾으면 이렇게나 몸과 마음을 할퀴어 대는 아리에 대한 열망, 분노, 욕구도 다 사라질 터였다.

유하는 자신의 침소 쪽은 돌아보지도 않고 시종을 불러 자신의 외출을 알렸다.

"어찌 일을 이 지경으로 만드나? 코앞에서 계집을 놓치다니!"

분노한 사내가 내지르는 고함 소리에 방 안이 쩌렁쩌렁 울리자 서문천의 입가가 실룩였다. 기껏 내놓은 비싼 차가 다 식겠군.

"설마 무시후가 직접 그 노비 계집을 채갈 줄은 몰랐습니다."

"그걸 지금 말이라고 하나!"

"마무리를 제대로 못한 서도 잘못이긴 하시만, 나리께서도 제게 숨기신 게 있지 않습니까?"

반쯤 식은 차를 한 모금 마신 서문천은 달그락 소리를 내며 찻잔을 내려놓았다.

"무슨 소린가?"

불편한 심기를 드러내듯 사내의 한쪽 눈썹이 꿈틀거렸다.

"그 계집은 단순한 노비일 뿐이라고 제게 말씀하지 않으셨습니까? 그런데 일개 노비를 저 무시후가 그리 싸고돈단 말입니까? 성내에 소문이 파다하더군요. 적귀가 계집 하나에 빠져 정신을 못 차린다고 말입니다."

"그래서?"

"그 계집이 조만간 무시후의 측실 자리를 꿰찰 것이라는 소리가 나돌고 있습니다. 별 볼일 없는 노비 계집 하나를 빼돌리는 것과 제후의 측실을 납치하는 것은 엄연히 경중이 다른 문제지요."

"지금 몸을 사리겠다는 건가?"

위협적으로 가늘어지는 사내의 눈매를 바라보며 서문천은 재빨리 상황을 저울질했다.

그저 작은 빚 하나를 지울 생각에 끼어든 일이 생각보다 큰 골칫거리가 되었다. 그나마 다행인 점은 그가 일을 맡긴 자들이 떠돌이였다는 것이다. 게다가 무시후가 직접 황천으로 보내 버렸으니 자신이 배후로 드러날 위험도 없었다.

서문천이 지금까지 이 진번군 내에서 부와 지위를 유지해 올 수 있었던 것은 뛰어난 감각과 처세술 덕분이었다. 지금 그의 감각은 불똥이 튀기 전에 슬슬 발을 빼야 할 때라고 말하고 있었다.

요사이 부쩍 현승인 주목의 움직임도 의심스럽고 무시후의 행보도 심상치 않았다. 이런 때에 출신을 알 수 없는 그 계집에게 미련을 못 버리는 사내가 이해되지 않았다.

설사 그 계집이 제아무리 월궁항아라 할지라도 계집은 그저 계집일 뿐 내 일신의 안위보다 중하겠는가.

"그럴 리가 있습니까. 나리와 저는 이미 한 배를 탄 것을요. 그저 이번 일은 신중을 기해야 한다는 말입니다, 태수 나리."

그 배가 가라앉으려 하니 다른 배로 갈아타야 되지 않겠습니까. 추우영을 바라보는 서문천의 입술이 소리없는 호선을 그렸다.

만화루(萬花樓)는 진번성 제일의 기루였다.

수십 개의 붉은 등이 그 앞을 대낮같이 환히 밝혀 이곳이 진번성 최고의 유곽임을 여실히 보여주고 있었다. 문 앞과 이층의 난간에는 몇몇 기녀들이 자태를 뽐내며 지나가는 사내들을 호객하고 있었다.

이층 안쪽의 호사스럽게 꾸며진 방 안에 그가 있었다. 화려한 비단 이불과 얇은 휘장으로 감싸인 침상을 뒤로하고 앉은 유하는 탁자 위에 가득한 산해진미는 거들떠보지도 않고 술잔만 기울였다.

문이 열리더니 두 명의 아리따운 여인이 사뿐사뿐 걸어 들어왔다. 몸짓 하나하나에 교태가 넘쳐흘러 그들이 훈련받은 최상급 기녀들임을 짐작케 했다.

"오랜만입니다, 무시후 나리. 그동안 출입을 끊으셔서 소홍을 잊어버리신 줄 알았답니다."

풍만한 젖가슴과 꺾일 듯 가는 허리를 가진 붉은 입술의 미녀가 그에게 살짝 눈을 흘기며 가까이 다가왔다. 만화루의 꽃이라 불리는 소홍이라는 이름을 가진 여인은 사내의 혼을 빼놓을 정도로 놀라운 기교를 가진 기녀로서 유하 또한 바로 얼마 전까진 그녀의 능력을 십분 즐겨왔었다. 다른 한 여인 역시 그녀에 지지 않을 만큼 미색이 뛰어난 가희라는 기녀였다.

유하가 그들에게 시선도 돌리지 않은 채 술잔만을 채우자 소홍이 허리를 흔들며 다가와 섰다.

"오늘은 흥이 나지 않으시나요? 걱정하지 마세요. 이 소홍이 나리의 기운을 북돋아 드리죠."

느릿느릿 유혹적인 손놀림으로 소홍이 자신의 허리띠에 손을 댔다. 어깨를 살짝 움직이자 거의 비칠 듯이 얇은 황색의 심의가 흘러내리면서 둥근 가슴이 드러났다. 미끄러질 듯 요염한 동작으로 그녀는 유하 앞에 알몸으로 섰다. 속옷 따윈 입지도 않았다. 그런 것은 거추장스러울 뿐이었다. 소홍이 나른한 웃음을 흘리며 유하의 눈앞에서 두 손으로 자신의 가슴을 받쳐 들었다. 그리고는 그것을 천천히 어루만지며 입술을 핥았다. 명백한 유혹의 동작이었다.

유하는 냉정한 눈빛으로 조그만 손에 넘쳐나는 가슴과 도도하게 치켜선 붉은 젖꼭지, 거뭇한 허벅지 사이를 훑어 내렸다. 소홍은 분명 아름다운 여인이었다. 문제는 지금 그가 조금도 흥분되지 않는다는 데 있었다. 아리에게는 그토록 쉽게 달아올랐던 몸이 지금은 아무런 반응을 보이지 않았다. 예전 같으면 벌써 소홍의 몸에 파고들었을 그인데.

유하에게서 원하던 반응을 얻어내지 못하자 소홍이 입을 뾰로통하게 내밀었다.

"나리, 무슨 일이 있으셨나요? 오늘은 정말 평소답지 않으시네요."

소홍이 유하의 손을 이끌어 자신의 음부에 가져다 댔다. 작은 두 손에 감싸인 그의 손이 탄력 있는 허벅지 사이에 갇혔다. 소홍은 이미 충분히 젖어 있었으므로 유하의 손끝이 금세 축축해졌다. 방에 들기 전에 이미 손님을 받아들일 준비를 마친다는 소홍다웠다. 자신을 향해 활짝 열린 무르익은 여체가 눈앞에 있었다. 그러나 그녀가 내뱉는 과장된 신음 소리를 들으며 유하는 마치 자신이 이 상황을 관찰하는 제삼자가 된 듯했다.

유하가 손을 빼내어 다시 술잔을 집어 들자 가희가 술을 따랐다. 가희는 소홍의 음란한 행동에도 눈 하나 깜짝하지 않았다. 가희는 이미 여러 차례 소홍과 함께 손님을 모신 적이 있었다. 유하 역시 가끔 두 명의 기녀를 동시에 불렀다. 그는 결코 그녀들을 실망 시킨 적이 없었다. 물론 화대를 넉넉히 주기도 했지만 여자라면 누구나 혹할 만큼 젊고 준수한 용모를 가진 유하는 기녀들을 즐겁게 할 줄도 알았다. 그녀들은 그와의 잠자리를 즐겼다. 그런데 어쩐지 오늘 유하는 예전과는 영 동떨어진 모습이었다. 차갑게 굳어 있는 얼굴을 보며 가희는 소름 끼치는 속내를 드러내지 않으려 애썼다. 사실 그는 소문난 적귀였다. 거슬리면 그 누구를 막론하고 잔인하게 죽인다 하지 않던가.

유하가 손을 치우자 실망 어린 신음을 흘리며 소홍이 그의 앞에 무릎을 꿇었다. 이렇게 쉽게 포기한다면 만화루의 꽃이라 불리는 이름이 아까웠다. 소홍의 차가운 손이 장포(두루마기)와 유(저고리)를 풀어 헤치고 고(바지) 속으로 미끄러져 들어가도 잠깐 움찔 했을 뿐 그는 별다른 반응을 보이지 않았다. 옆에 바짝 다가앉은 가희가 빈 술잔을 채우자 유하가 단숨에 술잔을 비웠다. 소홍의 가늘고 매끄러운 손이 그를 쓰다듬자 아랫도리가 본능적인 반응으로 단단해졌다. 그러나 유하의 가슴은 눈 내리는 벌판처럼 싸늘하게 식어갔다. 그를 어루만지는 그 능수능란한 손길은 유하에게 뱀의 혓바닥이 스치듯 서늘한 느낌만을 주었을 뿐이었다.

아무리 술을 마셔도 눈앞에 떠오르는 영상을 지울 수가 없었다. 아리의 어깨 위로 흘러내리는 머릿결, 동그랗고 탄력 있는 가슴, 그녀 안으로 들어갔을 때 느꼈던 그 황홀한 극상의 기분. 아리를 떠올리자 유하의 남성이 갑자기 격렬한 반응을 일으켰다. 소홍이 그의 반응을 오인하고 낮게 탄성을 질렀다. 갑자기 그네들에게서 풍기는 짙은 사향과 분 냄새가 참을 수 없이 역겹게 느껴졌다.

"물러가라."

"예?"

"혼자 있고 싶으니 나가거라."

반론을 용서치 않겠다는 유하의 날카로운 말투에 놀란 두 기녀가 황급히 옷을 챙겨 들고 물러갔다.

아리, 신비하고 아름다운 나의 노비. 너 대체 내게 무슨 짓을 한 것이냐? 유하는 아리를 떨쳐 낼 수가 없었다. 사흘째 유하는 술만 마셔 대고 있었다. 그동안 내쫓은 기녀의 수가 열을 넘겼다. 기필코 예전의 자신을 찾고 말겠다는 일념으로 유하는 끊임없이 새로운 기녀들을 불러들였다. 그러나 아무리 뛰어난 춤을 추는 기녀를 보아도, 아름다운 미색을 갖춘 여인을 보아도 유하는 단 한 점 욕구를 느낄 수 없었다. 결국 오늘 소홍의 현란한 기교도 그를 흥분시키지 못했다.

유하는 자신에게 화가 났다. 그깟 노비 계집 하나 때문에 다른 여인을 안을 수 없다니. 유하는 분노와 욕구불만으로 터질 것 같았다. 그러나 가림원으로 돌아갈 수는 없었다. 그의 삶에서 단 한 번도 육체적 욕구가 그의 이성을 앞지른 적은 없었다. 지금에 와서 그 건방진 노비 때문에 그럴 이유가 없었다.

여인들은 다 똑같았다. 그가 전장에 있을 때 찾던 영기(군영에 설치된 기녀)들이나 여타의 기녀들. 그들 모두 단순한 욕망의 배출구였을 뿐 유하에게는 아무것도 아니었다. 여인들은 그에게 한 가지 이유로만 존재했다. 특정한 여인 따위가 그에게 있을 수 없었다.

그런데 지금 한 여인에 대한 욕구로 인해 다른 여인들은 유하의 눈에 들어오지도 않았다. 그동안 여인이라는 이름으로 존재했던 그의 욕망이 이제 아리라는 유일한 이름으로 바뀌어져 있었다.

용납할 수 없었다. 특히나 그 상대 여인이 그를 거부하고 싫어하는 마당에야. 날카로운 아픔이 심장 언저리에서 느껴졌다. 스물일곱 생애를 통틀어 이런 비참함을 느껴본 적은 없었다. 이런 모습은 유하 그가 아니었다. 스스로 받아들일 수 없는 이 감정을 처리하기 전에는 다시 가림원으로 돌아갈 수 없었다.

그녀를 어떻게 해야 할까. 술잔 가득 백주를 채우며 유하는 어지러운 머릿속을 억지로 굴렸다. 그의 마음을 병들게 하는 아리. 곪은 상처는 파내야 하는 법. 그러니 그녀도 도려내야 했다, 그의 마음속에서. 그러나 어떻게?

그녀를 죽여? 몸을 타고 흐르는 오싹함에 유하는 고개를 저었다. 다른 데로 보내 버릴까? 두 번 다시 그녀를 볼 수 없게? 갑자기 숨이 막혀오자 유하는 그 방법은 포기하기로 했다. 아니면 딴 사내에게 주어버릴까? 다른 사내에게 안긴 아리를 상상하는 것만으로도 사흘간 마신 술이 모조리 올라올 것 같았다.

제길, 유하는 거칠게 탁자를 내려쳤다. 요리 그릇이 튀어 오르고 술병이 넘어져 술이 넘쳐흘렀다.

"주공, 소신 석천입니다."

문밖에서 낮게 깔린 조용한 음성이 들려왔다.

"들어와라."

석천은 흐트러진 탁자와 유하의 모습에도 예의 그 무표정한 얼굴로 예를 갖추었다.

"폐가에서 주공이 처리하신 자들은 군적(軍籍)에도 속하지 않고 사유 노비도 아니어서 배후를 캐기가 어려울 것 같습니다. 열흘 전 진번성에 흘러들어 온 자들이었습니다."

그래, 그런 자들을 알고 있었다. 은자 몇 푼이면 얼마든지 살 수 있는 자들. 진번 태수가 사주했다는 물증은 없었다. 증인이 될 수 있는 자들은 자신의 손에 이미 황천길을 걸어가고 있을 터이니. 유하의 입술은 비틀린 냉소를 머금었다. 심증만으로는 부족했다.

"그리고 주목이 태수가 소금 전매와 관련된 부당한 축재의 증거를 발견한 것 같다고 전해왔으니 조만간 태수가 공조와 결탁한 물증들을 모두 찾을 수 있을 것 같습니다."

석천이 목소리를 낮추어 속삭였다.

"그래."

이것이 유하가 이곳 진번군에 온 또 하나의 이유였다. 겉으로 드러난 명목은 유배였지만 황제가 은밀히 건넨 백서 안에는 그를 비밀리에 자사(부정감찰관)로 파견하니 진번군 태수의 동태를 살피라는 지시가 있었다. 그동안 유하가 알아낸 바로는 태수와 진번군 내의 막강한 호족인 공조가 결탁하여 부정한 축재를 하고 있음이 분명했다. 단지 대부분의 관리가 태수의 영향권 아래 있어 그 증거를 찾기가 쉽지 않을 뿐이었다. 군승의 직책을 지닌 주목이라는 자만이 그 부정에 관련돼 있지 않은 것 같았다. 유하와 내밀히 연락하며 주목은 내부에서 태수의 부정을 조사하고 있었다. 또 유하의 호위무사 중 몇은 몇 달 전부터 장사치들로 신분을 위장하고 성내에 잠입하여 얻은 정보를 그에게 알려 주고 있었다. 분명히 무료했던 그의 생활을 흥미롭게 해주는 일이긴 했지만 그것조차 지금은 어떠한 감흥도 일지 않았다.

"……그분도 우울해하고 계셨습니다."

유하의 한쪽 눈썹이 치켜 올라갔다. 석천이 말하는 그분이 누군지 알고 있었다. 석천은 단 한 번도 그의 사생활에 관련된 말을 한 적이 없었다. 오직 맡은 일에만 열중하는 지나치게 과묵한 사내였던 것이다. 내 허우적대는 모습이 그렇게도 쉽게 보일 정도란 말이지. 수하에게조차 드러난 자신의 한심한 모습에 분노가 타올랐다.

"누구 말이냐?"

이 사이로 뱉어내듯 한 말이었다.

"……."

"물러가라."

"호위 둘을 두고 가겠습니다."

인사를 마치고 석천은 밖으로 나왔다.

아리에 대한 말은 꺼내지 말 것을……. 그러나 십 년간 곁에서 모시면서 저토록 자학하는 주공을 석천은 본 적이 없었다.

석천은 알고 있었다, 그의 주인을 괴롭히는 저 감정의 정체를. 자신도 한때는 그런 사랑을 한 적이 있었다, 남월의 말발굽 아래 고향이 파괴되고 삶의 빛이었던 여인이 짓밟혀 사라지기 전까지는.

자원하여 들어간 군에서 복수를 다짐하며 수년을 보냈다. 아내를 죽인 남월의 장수를 찾아 적진 깊숙이 혼자 들어간 석천은 원수의 목을 베고 자신도 곧 죽으리란 사실을 의심치 않았다, 온몸을 붉은 피로 물들인 젊은 장수가 눈앞에 나타나기 전에는.

'죽으려거든 내 군대에서 나가 목을 매라. 감히 나더러 부하가 눈앞에서 개죽음당하는 꼴을 보란 말이냐!'

병사들을 이끌고 뒤쫓아 온 유하는 그를 보자마자 호통부터 쳤다. 아군의 승리로 끝난 그날의 전투 후에 유하는 석천에게 삼십 대의 태형을 내리고 옥에 가뒀다. 석 달의 옥살이가 끝난 후에 직접 뇌옥까지 찾아온 유하는 그를 자신의 호위대장으로 삼았다. 다시 한 번 자진하려 하면 직접 목을 베어주겠다는 말과 함께.

적의 칼날 아래서 그의 목숨을 구해준 그 순간부터 유하는 자신의 하나뿐인 주인이었다. 하여 언젠가 그 빚을 갚을 수 있는 때가 오리란 기다림이 석천의 삶을 지탱해 주고 있었다.

그 여인……. 몇 번인가 자신에게도 다가와 친절하게 말을 걸고 웃어주었던 여인이었다. 그가 지켜본 십 년간 유하를 스쳐 간 여인은 결코 적은 수가 아니었으나 이토록 그를 번민하게 한 이는 아리가 처음이었다. 아니, 오히려 유하는 함께 잔 모든 여인에게 초연했다. 오만하고 냉정한 그의 주공에게 사랑은 인정할 수 없는 약점처럼 느껴졌으리라.

하지만 그는 아직 모르고 있었다. 사랑에 굴복하는 것이 얼마나 달콤한 패배인가를, 잃어버린 사랑의 고통을 곱씹는 삶보다는 죽음이 차라리 편안한 안식이라는 것을. 석천은 유하가 자신과 같은 경험을 하지 않기를 간절히 바랐다.

六章

그가 돌아오지 않은 지 닷새째였다.

　창문을 선명한 주홍색으로 물들인 채 지는 태양의 흔적을 바라보며 아리는 유하의 침상에 앉아 있었다. 유하가 화를 내며 나가버린 후 아리는 노비들의 처소로 돌아가려 했지만 왕마가 그것을 막았다. 닷새를 주인 없는 방을 지키며 아리는 잠을 이루지 못했다. 유하의 팔 안에서 잠드는 것에 어느새 익숙해졌는지 그의 빈자리가 눈에 시렸다.

　유하는 기루에 갔다고 했다. 기루가 뭐 하는 곳인지 알지 못하는 아리가 왕마에게 물었다. 왕마는 그녀를 안쓰럽게 쳐다보며 대답을 회피했다. 그러자 옆에서 듣던 여연이 냉큼 나서며 왕마의 만류에도 불구하고 답을 해주었다. 사내들이 돈을 주고 즐거움을 위해 여자를 사는 곳, 그것이 대답이었다. 돈이란 것은 지난번 시장에 갈 때 왕마가 사용하던 쇳조각으로 꽤 흥미로운 물건이었다. 여자를 '산다'는 것이 무슨 뜻인지 알 수 없었지만 유하가 그녀와 나누었던 즐거움을 다른 여인과도 공유한다는 생각은 아리를 창백하게 만들고 식욕을 사라지게 만들었다.

여연이 사악한 웃음을 띠며 말한 바로는 유하는 그녀가 오기 전에도 수많은 여인과 그런 행위를 했다고 한다. 그 사실이 무딘 칼날처럼 아리의 가슴을 아프게 했다. 남녀 관계에 대해선 이곳에 와서 안 것이 전부인 아리였다, 그것도 그에게서.

사람들은 그런 친밀한 관계를 여러 명과 함께 나누는 걸까? 그런데 왜 나는 다른 사람을 원하지 않는 걸까. 자신을 납치했던 그 기분 나쁜 사내가 자신의 몸을 더듬던 느낌이 되살아나자 다시금 역겨워졌다. 그와 자신이 가진 그 특별한 느낌을 다른 사람과 나누고 싶지 않았다. 본 적도 없는 그 여인들이 싫어졌다. 이렇게 격한 감정을 느끼다니. 아리는 자신의 가슴속에서 이는 아픔과도 닮은 그 느낌이 싫었다.

유하를 보면 가슴이 두근거렸다. 뜨거운 뭔가가 뱃속에서 온몸으로 퍼지는 기분. 그를 좋아하는 걸까 하고 생각하면 그건 아닌 것 같았다. 아리가 아는 사랑의 감정은 할머니에게 느꼈던 것과 같은 따뜻하고 부드러운 햇살 같은 것이었다. 이렇게 강하고 격렬하며 자신을 삼킬 것만 같은 감정의 파동은 느껴본 적이 없었다. 두려웠다, 이런 변화를 불러일으킨 그가. 따스하고 안락한 집 안에서 거친 비바람이 몰아치는 바깥으로 갑자기 끌려나온 것만 같았다.

눈길이 횃대에 걸쳐진 그의 붉은 옷가지들에 이르자 아리의 몸에 한기가 스쳐 갔다. 피범벅이 된 유하의 모습이 떠올랐기 때문이었다.

그동안 곰곰이 생각한 결과 유하가 그토록 생명을 경시하는 것은 아무도 그에게 살인이 나쁜 것이라고 가르쳐 주지 않았기 때문이란 생각이 들었다. 그녀의 할머니는 아리에게 모든 것을 가르쳐 주었는데 유하에겐 그럴 만한 사람이 주위에 없었다. 이 집 안에 있는 그 누구도 그에게 반박의 말을 하는 것을 보지 못했다. 모두 그를 두려워하고 복종하는 데 급급했다. 그는 그리 무서운 사람이 아닌데 왜 그리 모두 두려움에 떠는지 이해할 수 없었다. 지난번에도 아리의 말을 들어 여연과 노비 소년을 벌주는 것을 그만두지 않았던가. 유하는 해선 안 될 일이 있다는 것을 알지 못했을 따름이었다. 모르고 저지른 일에 대해 그만 탓할 수는 없었다.

게다가 그는 사실 그 끔찍한 사내들로부터 자신을 구해주었다. 유하가 그 순간 나타나지 않았다면 일어났을 다음 순간을 아리는 상상도 하기 싫었다.

유하는 나쁜 심성을 가진 이가 아니었다. 그녀에게 잘 대해주었고 잠자리와 음식을 주었다. 그가 돌아오면 그날 구해주어 고마웠다고 말하고 싶었다. 그리고 생명의 귀중함에 대해 알려주리라.

밖이 소란스러워졌다. 유하가 돌아왔다고 생각한 아리는 벌떡 일어나 방문을 열고 그를 맞기 위해 나갔다.

유하만큼 키가 크고 화려한 옷을 입은 사내가 성큼성큼 중문을 들어서고 있었다. 그는 시종에게 고개를 돌린 채 무언가를 묻고 있었다.

"없다고?"

"예, 전하. 장원을 비우신 지 닷새째이옵니다."

전갈도 없이 찾아온 연왕(燕王) 유단의 방문에 당황한 시종이 대답했다.

"어디로 갔는지는 알고 있느냐?"

"저…… 그것이…… 뒤따라간 종자가 전하기로는 만화루에 계신다고……."

"하하. 기루에서 두문불출 닷새째란 말인가? 사촌이 이곳에서 적적할까 하여 내 먼길을 왔더니 괜한 걱정이었나 보군."

호쾌하게 웃음을 터뜨리던 그의 눈길이 회랑 끝의 흰 그림자에 머물렀다.

"누군가?"

"……노비이옵니다."

잠시 머뭇거리던 시종이 대답했다. 어쨌든 아리의 신분은 노비였으니.

"노비라고?"

노비다운 기색이라고는 조금도 없는 여인이었다. 범접하기 어려운 신비함과 우아함을 가진 아직 여인이라고 하긴 그렇고, 소녀라기엔 성숙한 묘한 분위기를 가진 여인. 태생이 노비인 것 같지는 않았다.

"비단옷을 설친 노비라……?"

"주인 나리께서 곁에 두시는 노비인지라……."

아하, 그렇게 된 것이었군. 하긴, 저 정도의 미색을 가진 노비를 유하가 내버려 둘 리가 없지. 저런 미녀를 두고 기루에 있다니, 저여인 역시 사촌의 마음을 사로잡지는 못했나 보군. 웃음을 지으며 유단이 돌아섰다.

"유하를 만나러 가야 되겠다. 안내할 자를 데려오너라. 나를 수행하고 온 시위들은 이곳에 거처를 마련해 주도록 하고."

"예."

뒤돌아 문을 빠져나가는 그에게 시종이 머리를 조아렸다.

만화루에 들어선 유단은 주인의 극진한 영접을 받았다. 흔치 않은 훌륭한 자수가 놓인 비단장포(두루마기)와 심의를 걸친 옷차림, 자연스레 풍기는 위엄으로 첫눈에 범상치 않은 인물임을 직감한 주인의 머리는 그의 신분을 전해 듣자 거의 땅에 닿을 듯 숙여졌다.

유하가 머물고 있다는 방으로 올라가는 유단의 입가에 미소가 떠올랐다. 황제의 셋째 아들인 그는 일찍이 연왕(燕王)으로 봉해지기는 하였으나 나이가 찰 때까지 황궁에서 자랐다. 함께 황궁에서 자란 그와 유하는 의기투합하여 황자나 종실이라는 신분을 떠나 지기가 되었다. 수년 전 유단이 영지인 연나라로 부임하고, 유하 또한 출정이 잦아지면서 이제는 자주 보지 못하는 사이였으나 그들은 여전히 가장 절친한 사촌 간이었다.

지난해 유하가 흉노와의 전투에 출전한 이후로 둘은 만나지 못했다. 오랜만에 보는 사촌을 놀래주고 싶어 유단은 그의 왕림을 알리려는 주인과 시종을 물리치고 직접 문을 열고 들어갔다.

방 안 풍경은 그가 예상했던 모습과는 상당히 달랐다. 기녀들과 주지육림에 빠져 있을 줄 알았던 그의 사촌은 초췌한 얼굴로 탁자 위에서 혼자 술을 마시고, 아니, 거의 입 안에 들이붓고 있었다. 방 안에 진동하는 술 냄새와 흐릿한 눈동자를 보건대 닷새 내내 이 상태이지 않았나 싶었다.

문이 열리는 소리에 유하가 고개를 들어 유단을 바라보았다. 초점을 맞추려는 듯 그가 미간을 찡그리며 노려보았다.

"단……?"

이미 상당히 취기가 돈 듯 그의 발음이 어눌했다.

"그래, 날세."

유단은 문을 닫고 유하의 맞은편 의자에 앉았다.

"무슨 일이 있었나? 자네 행색이 말이 아니로군."

묵묵부답으로 일관하며 다시 술잔을 입으로 가져가던 유하는 잔이 비었음을 알고 술병을 집어 들었다. 유단은 앞에 놓인 잔을 들어 그에게 가져갔다.

"자넬 보기 위해 먼길을 마다 않고 달려온 내게 술 한 잔도 권하지 않을 셈인가?"

유하는 피식 웃음을 흘리며 그에게 술을 따라주었다. 잠시 술잔이 오가는 동안 침묵이 흘렀다. 유단이 조심스럽게 말문을 열었다.

"자네가 이러는 게 혹시 아바마마께서 자넬 이리로 보내신 것 때문인가? 그 이유라면 섭섭해 할 필요가 없네. 자네도 알다시피 아바마마는 자넬……."

"그런 것 따윈 상관없어!"

유하가 탁자를 치며 벌떡 일어나더니 다음 순간 휘청거렸다. 유단은 그를 부축해 옆에 놓인 침상으로 데려가 눕혔다.

"자네 너무 과하게 마신 듯싶군. 아무래도 그만 쉬는 게 좋을 듯하네."

이런 그를 보는 것은 처음이었다.

"그녀가…… 날 미치게 해……."

웅얼거리듯 흘러나오는 말에 유단은 자신의 귀를 의심했다. 그녀? 여자 문제였나, 그의 사촌을 이토록 무너지게 한 게? 믿기지 않았다.

"그녀라니?"

"날 놔주지 않아……. 아리……."

붉게 충혈된 눈으로 침상에 드리워진 휘장을 바라보며 유하가 말했다. 아리? 한족의 이름이 아니었다.

"겨우 여인 하나 때문에 자네가 이러는 건가? 내 눈으로 보지 않았다면 믿지 않았을 걸세. 대체 그 여인이 누군지 궁금하군그래. 아리가 대체 누군가?"

유하가 피곤하다는 듯 눈을 감았다.

"내…… 노비……."

유단의 머릿속에 아까 보았던 흰옷의 여인이 떠올랐다. 그 여인인가. 그런데 놔주지 않는다고? 사내에게 매달릴 여인으로 보이지는 않던데, 대체 어찌했기에 그가 이 정도란 말인가.

"자네 이제껏 여인의 품에서 빠져나오는 데 아무런 문제가 없지 않았나."

유단은 갑자기 유쾌해졌다. 유하가 그 어떤 여인도 곁에 두지 않는다는 것은 익히 알고 있는 사실이었다. 같은 연배인 자신도 이미 왕비와 세 명의 후궁을 두고 있었다. 물론 그는 황자라는 신분 때문에 더 일찍 혼인을 해야 하긴 했지만. 유하의 나이 이제 스물일곱, 종실의 일원으로 드물게 아직까지 혼인을 하지 않았던 것은 그가 조실부모하여 혼인을 종용할 만한 이가 없고 워낙 전장에만 떠돌아다닌 탓도 있거니와 정작 본인이 원치 않았기 때문이었다.

언젠가 그에게 왜 혼인이나 축첩을 하지 않는지 물은 적이 있었다. 그때 유하의 답변은 여인에게 얽매이는 것을 참을 수 없다 했다. 그래서 기녀들만을 상대한다 했다, 쉽게 안고 쉽게 떠날 수 있기에.

그런 그가 이토록 힘들어하는 것을 보니 아무래도 그 여인은 예사 여인이 아닌 듯했다.

"아리…… 널…… 어떻게 해야 할까……. 너를…… 죽여야 할까…… 보내 버릴까…… 주어버릴까……."

한쪽 팔로 눈을 가린 유하가 혼잣말을 하듯 중얼거렸다.

죽인다고? 섬뜩함을 느낀 유단이 그를 바라보았다. 하여간 사촌의 심장은 여인에 대해 겨울날 북풍한설보다 더 차갑고 무정했다. 어찌 그 아름다운 여인을 죽인단 말인가. 단지 원치 않는 그에게 달라붙는다는 이유만으로 죽임을 당하기에는 너무 아까운 여인이었다.

"내가 도와주겠네. 그녀를 원치 않는다면 내가 갖지. 내 기꺼이 자네에게서 그녀를 데려가겠네."

얼결에 나온 말이었지만 그리 나쁜 생각은 아니었다. 아까 그녀를 보는 순간 욕망을 느낀 것은 사실이었으므로. 자신의 말에 유하는 잠들려는지 아무 대답도 없었다. 그에게 이불을 덮어주며 유단은 일어섰다.

"내일 정신을 차리거든 오게나. 난 먼저 자네 집으로 가겠네."

돌아서던 유단이 유하에게 문득 장난기 어린 질문을 던졌다.

"그 아리라는 여인, 어떤가? 잠자리에서 적극적인가?"

아리라는 이름에 반응하듯 유하가 움찔했다.

"아리…… 날…… 불타오르게 해……. 그녀는……."

"하하. 오늘 밤은 상당히 즐거운 밤을 보낼 수 있을 것 같군. 걱정 말게. 내일 아침이면 그녀는 자넬 까맣게 잊어버릴 걸세. 내 장담하지. 하하. 좋은 꿈 꾸게나."

웃음을 터뜨린 유단이 밖으로 나갔다. 몽롱한 머리로 유하는 누가 저렇게 크게 웃는 것일까 생각하며 잠에 빠져들었다.

유단은 왕마를 불러 아리에게 그의 시침들 준비를 하게 하였다. 한단성을 찾아온 그와 몇 번의 면식이 있는 왕마로서는 이 같은 분부에 크게 놀라지 않을 수 없었다. 그와 주인 나리는 친형제처럼 절친한 사이였다. 왕마도 유하와 달리 침착하고 사려 깊은 그의 인품에 여러 번 감복한 적이 있었다. 하지만 하필 아리를 지정해 부르다니.

"전하, 다른 여인을 부르심이 어떠하실는지요? 그 여인은 무시 후 나리께서 매우 아끼시는 여인인지라……."

"혹시 그가 저어할까 두려운 것인가? 걱정 말게나. 유하도 아는 일이라네."

그럴 리가? 왕마는 믿을 수 없었다. 사내들이 아리 주위에 그림자만 비쳐도 펄쩍 뛰는 그인데. 무언가 잘못되었다. 그러나 유단은 이 나라 황제의 셋째 아들이자 연나라 왕이 아닌가. 일개 노비인 자신이 가타부타 할 수는 없는 입장이었다.

"그녀를 데려오게."

낯선 객이 묵고 있다는 바깥채의 방문 앞에 아리는 서 있었다.

아리를 부르러 와서 내내 안절부절못하던 왕마는 최대한 천천히 그녀를 목욕시키고 새 옷으로 갈아입혔다. 왕마가 급히 만화루로 보낸 종자는 유하가 이미 만취해 있어 깨어나지 않는다는 말을 전해 주었던 것이다. 무슨 일이냐는 물음에도 차마 말이 떨어지지 않아 머뭇거리던 왕마는 연왕이 부른다는 말 한 마디만 하고 아리를 이곳으로 데려왔다.

"전하, 데려왔습니다."

"들여보내라."

뒤에서 방문 닫히는 소리를 듣자 아리는 왠지 모를 불안감에 가슴이 두근거렸다. 저녁나절에 보았던 사내는 탁자 앞에 앉아 무언가를 마시고 있었다.

가까이서 마주한 여인은 더욱 신비롭게 보여 마치 선계에서 하강한 천녀 같았다. 소매 끝과 깃 부분에 수놓인 푸른 꽃들만 제외하면, 온통 새하얀 심의에 감싸인 가늘고 호리호리한 몸은 가히 감탄할 만했다. 무엇보다도 시선을 내리지 않고 똑바로 바라보는 맑은 눈과 붉은 입술은 빼앗고 싶을 만큼 탐스러워 보였다. 자신 앞에서 이렇듯 당당한 눈길로 마주 보는 여인을 본 적이 없는 유단은 더욱 흥미를 느끼며 그녀에게 말을 건넸다.

"이리 와 앉아라."

왠지 그래서는 안 될 것 같았다. 아리는 그린 듯 그 자리에 선 채 미동도 하지 않았다. 당돌한 그녀의 행동에 유단이 부드럽게 웃었다.

"내가 누군지 아느냐?"

조용한 침묵만이 되돌아왔다.

"나는 네 주인인 유하의 사촌형으로 연왕 유단이라 한다. 내 너를 거두어 연국으로 데려가고 싶다. 유하의 노비로 있는 것보다는 내 후궁의 자리가 낫지 않겠느냐? 너는 네 궁과 시비들을 가질 수 있고 지금보다 높은 지위와 안락함을 영유할 수 있을 것이다. 어떠냐?"

그는 그 정도면 충분히 그녀의 마음을 사로잡을 수 있으리라 여겼다. 노비의 신분에서 연나라 왕의 후궁이 될 기회를 어느 여인이 마다하리오.

아리는 후궁의 뜻이 뭔지는 몰랐지만 그가 다른 나라로 자신을 데려간다고 하는 말은 똑똑히 알아들었다.

"저는 천산으로 돌아가야 해요. 여기 머물 수도 없고 다른 곳으로 가지도 않을 거예요."

"천산에 무엇이 있기에?"

"그곳이 집이에요."

유단은 눈앞의 여인이 여태껏 보았던 많은 여인들과 다름을 느꼈다. 재물과 신분 상승의 유혹에 넘어가지 않는 이가 있다니. 아름다운 여인을 취하는 데 있어 강압적인 수단을 쓰는 건 자신과 어울리지 않았지만 그는 은근슬쩍 으름장을 놓았다.

"그대의 주인이 내게 그댈 주었다. 그래도 싫다 할 셈인가?"

"누구요?"

"유하."

"그는 내 주인이 아녜요. 난 노비가 아닌걸요."

뭐라고? 의아해진 유단이 머뭇거리며 되물었다.

"모두들, 그대가 유하의 노비라 하던데……?"

"그는 날 자신의 노비라 생각해요. 하지만 난 노비였던 적이 없어요."

노비이길 거부하는 노비……. 기묘한 여인이라 생각하며 그가 다시 물었다.

"그대가 노비이든 아니든 그건 큰 문제가 아니니, 나와 함께 가지 않겠는가?"

유단이 손을 내밀었으나 아리는 고개를 저었다.

"내게 손대면 안 돼요. 그가 알면 큰일나요."

자신에게 경어를 쓰지 않는 말투임에도 무례하다는 생각은 전혀 들지 않았다. 유하에게도 이런 식으로 대했던 것일까. 아리의 이런 모습이 유단에게는 신선하게 다가왔다.

"그는 내게 손대는 사람은 다 죽인다고 했어요. 이미 두 사람이 목숨을 잃었다고요."

생각만 해도 소름이 끼치는지 그녀가 몸을 떨었다. 유하가 그런 이야기를 했다고? 뭔가 이상했다. 유하는 이 여인을 떨치고 싶어하는 게 아니었나? 그런데 그답지 않은 독점욕이라니. 내가 잘못 알았던 것일까? 유단은 좀 더 자세한 속사정을 알아봐야겠다고 생각했다.

"여기 잠시 앉아보겠는가? 손대지 않을 테니 걱정하지 말고."

그가 자신의 앞자리를 손짓했다.

"유하가 기루에서 술독에 빠지기 전에 무슨 일이 있었는지 말해보겠소?"

"왕마와 시장에 갔었는데 처음 보는 두 사람이 절 강제로 데려 갔어요. 싫다고 했는데도 억지로 끌고 갔어요. 여기 사람들은 가끔 이해하기 힘들어요. 그런데 그중 한 사람이 제게……."

여인의 얼굴이 붉어지더니 목소리가 작아졌다. 유단은 그자가 그녀를 겁탈하려 했으리라 추측했다.

"그때 그가 와서 그 두 사람을 죽이고 절 구해줬어요. 전 그에게 고맙다는 말도 하지 않았어요. 너무 무서웠거든요. 그는 화가 나서 나가 버렸어요. 하지만 그는 사람을 죽였는걸요. 그건 가장 무거운 죄예요."

풀이 죽은 목소리로 말하는 그녀를 바라보며 유단은 왠지 자신이 두 정인의 다툼에 잘못 끼어든 것 같다는 생각이 들었다. 어쨌든 이 미인을 얻는 것은 이미 물 건너간 일이 분명했다.

"그의 사촌이라고 했지요? 그럼 그와 친한 사이인가요? 혹시 그가 목숨을 하찮게 여기는 걸 알고 있나요? 왜 나쁜 짓이라고 말리지 않았어요?"

다시 고개를 들고 자신을 질책하는 그녀에게 유단은 난처한 미소를 띠었다. 어린아이처럼 맑은 눈을 가진 여인에게 질시를 당하자 왠지 진땀이 흘렀다.

"그는 겉으로 보이듯 그렇게 극악무도한 자가 아니라오. 그가 매우 거칠고 잔인해 보일지 몰라도 단 한 번도 이유 없이 사람을 해치는 걸 보지는 못했소. 사람들은 대개 그의 명성 때문에 그를 처음부터 두려워한다오. 부풀려지고 덧붙여진 소문들은 그를 거의 악귀 수준으로 끌어내리는 데 큰 공헌을 했소."

유단의 미소가 씁쓸하게 바뀌었다.

"난 그를 어릴 때부터 봐왔는데 사실 유하가 그렇게 냉정해진 데는 내 아바마마이신 황제 폐하의 영향이 컸소. 폐하는 총명한 그에게 거는 기대가 남달랐고 혹여라도 그가 사람들 앞에서 나약한 모습을 보이길 원치 않으셨지. 장차 자신의 영지를 다스리는 제후가 될 자에겐 약한 모습은 용납될 수 없었소. 황자인 나 역시 마찬가지였지만 내겐 그래도 어마마마가 계셨으니까. 그에겐 감싸줄 만한 어머니조차 없었으니 그가 부드러움을 모르고 자란 건 어찌 보면 당연한 일이겠지……. 유하가 처음 황궁으로 불려온 때는 그가 겨우 일곱 살 때였소. 장락궁에서 황제를 배알하던 그의 모습은 나이답지 않게 너무도 침착해 보였지. 폐하조차 그에게 감탄해 칭찬을 아끼지 않을 정도였으니 말이오. 그보다 연상이었던 나는 왠지 그가 얄미웠소. 그래서 어느 날 밤 몰래 그의 거처로 찾아간 적이 있었소. 치기 어린 마음에 그에게 나쁜 장난을 치고 싶었던 것이오. 그런데 몰래 숨어든 그의 방 안에서 나는 그토록 자신감에 차 있고 건방지게 보였던 그가 아버지를 부르며 숨죽여 우는 것을 보았소. 부모를 잃고 낯선 궁에서 기댈 곳 없던 어린 소년은 밤마다 그렇게 처절하게 속으로 울고 있었던 것이오. 어린 사촌동생을 질시한 못난 자신에게 부끄러움을 느낀 난 다시 뒤돌아서 방을 나갔소. 그 이후로 난 두 번 다시 그를 질투하지 않았소."

숨어서 혼자 우는 일곱 살짜리 소년을 떠올리자 아리의 가슴이 답답해져 왔다.

"그는 항상 강한 무인이었소. 폐하를 위해서라면 목숨을 아끼지 않았지. 실제로 전장에서 항상 선봉장을 맡는 그가 죽을 고비를 넘긴 것도 한두 번이 아니라오. 그러나 난 가끔 생각한다오. 그가 그토록 폐하께 충성을 하는 것은 그분에게서 혈육을 느끼기 때문이 아닌가 하고. 폐하를 위해 스스로 악귀가 되기를 자처하는 그의 안에는 아직도 어릴 때 아버지를 그리며 밤새 울던 그 어린 소년이 남아 있다고."

유하가 잠에서 깨어난 것은 정오가 조금 지나서였다.

눈을 뜨자 휘장 사이로 비쳐든 햇살에 눈이 아팠다. 지독히도 마셨군. 입 안이 거칠거칠하고 목이 탔다.

"물……."

목소리가 잔뜩 쉬어 말이 제대로 나오지 않았다. 그런데도 누군가 소리를 들었는지 인기척이 들렸다. 휘장이 걷히고 그에게 물이 담긴 잔이 건네졌다. 정신없이 물을 들이켜 갈증이 해소되자 그제야 정신이 좀 드는 듯했다. 만화루에서 일하는 아이인 듯 열두어 살 정도의 어린 소녀가 그의 앞에 서 있었다.

"일어나시겠습니까?"

"그래."

"곧 세숫물을 대령하겠습니다."

문으로 향하던 소녀가 다시 뒤돌아섰다.

"어젯밤 가림원에서 급한 전갈이 왔습니다. 나리께서 이미 침소에 드셨기에 전해 드릴 수 없었사옵니다."

"무슨 전갈이었느냐?"

"종자가 나리께서 취침 중이셔서 그냥 되돌아갔나이다. 단지, 매우 긴급한 일인 듯했습니다."

"그래?"

무슨 일이 생긴 것일까. 유하의 이마가 찌푸려졌다. 가림원으로 돌아가야 할 것 같았다.

"주인에게 계산을 할 터이니 올라오라고 전하여라."

"어젯밤 그분께서 이미 다 처리하셨습니다."

"그분이라니?"

"연왕 전하시라 하더이다."

말을 마친 소녀는 인사를 하고 문을 나갔다.

유단이? 그래, 어렴풋이 그의 얼굴을 본 기억이 났다. 그런데 어디 간 거야. 날 놔두고 혼자 가버렸나 보군. 그러다 문득 혼탁한 유하의 머릿속으로 섬광처럼 떠오르는 말이 있었다.

"……원치 않는다면…… 내가 갖지……. 그녀는……. 내일 아침이면 그녀는 자넬 잊어버릴 걸세……."

뭐야, 이게 대체 무슨 소리지? 문득문득 끊어진 기억이 되살아나자 유하의 얼굴이 밀랍처럼 하얗게 질렸다. 내가 무슨 짓을! 어젯밤 그는 완전히 이성을 잃었었다.

"말을 가져와!"

세숫물을 들고 들어오던 소녀가 그의 고함에 놀라 그릇을 떨어뜨렸다. 유하는 지체하지 않고 밖으로 달려나갔다. 안 돼! 아리는 내 것이야. 그녀의 머리칼 하나라도 건드렸다면 아무리 단 그라 해도 용서치 않아. 공포와 눈물로 얼룩진 아리의 얼굴이 떠올랐다. 제발, 안 돼. 위가 뒤집어지는 것 같은 욕지기를 느끼며 유하는 말 위에 올라탔다.

이미 해는 중천에 떠 있었다. 미친 듯이 말을 몰아가는 그의 마음 한구석에서 작은 속삭임이 들렸다.

'이미 늦었어. 넌 원래 그녀를 마음속에서 치워 버리려 했잖아. 좋은 기회야. 이젠 모든 것이 해결된 거야.'

"아냐!"

유하가 누구에겐지 모를 큰 소리로 외쳤다. 네가 틀렸어. 잃을지도 모른다는 생각만으로도 이렇게 심장이 찢겨 나가는 것 같은데 그녀를 보낼 수 있다고? 어리석기는. 아리에게 무슨 일이 생긴다면 절대 나 자신을 용서치 않겠어!

유하가 질풍처럼 뛰어 들어오자 부엌은 삽시간에 난장판이 되었다.

놀라서 그릇을 떨어뜨리고 서둘러 인사를 하는 노비가 있는가 하면, 자지러지게 비명을 지르며 숨는 노비에, 굳어서 벌벌 떠는 노비까지 반응이 모두 제각각이었다.

그 아수라장을 뚫고 유하는 곧장 멍하니 서 있는 아리에게 다가와 그녀를 세차게 끌어안았다. 놀란 아리는 그의 품속에서 굳은 채 가만히 있었다.

유하는 형편없이 흐트러진 옷차림을 하고 있었다. 고(바지)의 끈은 겨우 흘러내리지 않을 정도로 묶여 있었고 허리띠와 검집도 사라지고 없었으며, 여미지 않은 장포(두루마기)와 장유(긴 저고리) 사이로 가슴과 배가 다 드러나 있었다. 초췌하기 이를 데 없는 얼굴에 지독한 냄새까지 났다. 이건 무슨 냄새지? 아리가 콧등을 찡그렸다.

유하는 아리를 안아 들고 부엌을 나갔다. 놀란 노비들의 시선을 받으며.

자신의 방으로 들어선 유하는 아리를 내려놓기는 하였으나 끌어 안은 팔만은 풀지 않았다. 그는 아리의 목에 얼굴을 묻고 이러다 숨이 막혀 죽는 게 아닐까 싶을 정도로 꽉 끌어안고 있었다.

"미안해…… 미안해…… 미안해……."

뭐가? 화를 내고 나갔던 것 말인가? 지나치게 감정에 북받친 유 하의 모습에 아리는 어이가 없었다. 이토록 흔들리는 그를 본 적이 없었다. 항상 강하고 제멋대로인 사내인 줄로만 알았는데.

한참을 그렇게 서 있던 유하가 고개를 들어 아리의 눈을 바라보 았다. 그는 침을 꿀꺽 삼킨 다음 겨우 말문을 열었다.

"괜찮아……?"

"난 괜찮아요. 왜 그래요?"

그가 어디 아픈 것이 아닐까 하는 생각이 든 아리는 손으로 유하 의 이마를 만졌다. 땀에 젖어 있기는 하였지만 열이 나진 않았다.

"아파요?"

"난……."

갑자기 문이 활짝 열리며 유단이 들어오자 유하가 말을 멈추었 다.

"자네가 돌아왔다는 얘기는 들었네."

웃음을 지으며 두 팔을 벌린 채 다가오던 유단이 순식간에 험악 하게 노려보는 유하의 눈동자에 의해 저지당했다. 유단은 어젯밤 과 거의 똑같은 상태인 유하의 차림새와 여전히 지독하게 풍기는 술 냄새, 그에게서 아리를 보호하듯 안고 있는 팔을 보고 눈썹을 추켜세웠다.

아리를 등 뒤로 숨긴 유하는 검을 찾아 허리께를 더듬다 자신이 만화루에 검을 둔 채 돌아왔다는 것을 뒤늦게 깨달았다. 정신이 없어 검을 챙기는 평소의 습관마저 잊어버린 것이었다.

"석천!"

유하가 소리치자 방문 앞에 대기하고 있었던 듯 석천이 금세 모습을 드러냈다.

"검을 두 자루 갖고 와!"

"무슨 일인가, 사촌."

유단이 걱정스런 음성으로 묻자 유하의 눈이 그를 향해 매섭게 꽂혔다.

"자네를 무방비 상태로 죽이고 싶진 않아."

그의 눈이 농담으로 하는 말이 아님을 다시 한 번 증명했다.

"왜 이러나."

"왜 그래요?"

유단과 아리가 동시에 그에게 물었다.

"그가 널 범했어!"

처절한 음성으로 얼굴을 일그러뜨리며 유하가 소리쳤다.

그럼 저 여인 때문에? 유단은 유하의 등에 가리다시피한 여인에게 눈길을 주었다. 유단은 기가 막혔다. 그렇다고 황자를 죽일 생각을 다 하다니. 유하는 지금 제정신이 아닌 게 분명했다. 언제나 냉정하고 무감각하던 사촌에게서 이렇듯 감정적이고 인간답게 약하기 그지없는 면을 발견하기란 쉬운 일이 아니었다. 유단은 왠지 그를 놀려주고 싶어졌다.

"자네가 그걸 원하는 줄 알았는데, 아니었나?"

"아니야!"

유하가 피를 토하는 음성으로 절규했다.

"우리가 여인을 공유한 게 처음도 아닐 텐데."

"아리는 안 돼! 그 누구하고도 나누지 않아!"

석천이 건네준 두 자루의 검 중 하나를 유단에게 던져 주며 유하가 검을 뽑았다.

"검을 들어!"

"나는······."

그가 너무 고통스러워하는 것 같아 유단이 진지한 표정으로 건드리지 않았다고 얘기하려는데 유하 뒤에 있던 아리가 앞으로 나와 그와 검 사이에 끼어들었다. 아리의 가슴 부분 옷섶에 칼끝이 스치자 놀란 유하가 황급히 칼끝을 비켰다. 아리가 다시 막아섰다.

"비켜. 다칠 거야."

뜨겁게 이글거리는 눈이 굳은 결심으로 가득 찬 맑은 눈과 마주쳤다.

"안 돼요. 사람을 해치는 건 나쁜 짓이라고요. 그러지 말아요."

아리가 유하의 팔을 껴안아 가슴에 얼굴을 대고 부탁했다. 유하는 안타까운 눈빛으로 그녀를 바라보며 가만히 서 있었다. 피가 통하지 않을 정도로 세게 검을 잡아 하얗게 변한 유하의 오른손이 천천히 아래로 내려뜨려지자 유단은 자신의 눈을 의심하지 않을 수 없었다. 천하의 무시후가 여인의 말을 듣다니! 이제껏 황제 외에 유하의 의지를 꺾은 이는 단 한 명도 없었다. 유하가 팔을 빼내어 아리의 허리를 안아 그의 옆으로 붙이며 유단을 바라보았다. 수그러들지 않는 분노와 고통이 그의 눈 속에서 아직 불타고 있었다.

"이런, 더 이상 놀리다간 자네 검에 내가 남아나지 않겠군. 난 그녀에게 손끝 하나 대지 않았네."

"뭐라고?"

믿기 어려운 말에 유하의 눈이 부릅떠졌다.

"연왕을 거절할 만한 여인이 있을 줄 몰랐는데 어제 발견했지 뭔가. 게다가 이젠 내 목을 치겠다고 달려드는 사촌까지. 아무래도 내 운이 바닥났나 보군. 하하."

"정말인가?"

유하는 흔들리는 목소리로 재차 물어왔다.

"그렇다네."

일시에 긴장과 분노가 빠져나간 듯 유하는 눈을 감고 아리를 끌어안은 채 가만히 있었다. 잠시 후 눈을 뜬 그가 팔을 풀고 유단을 향해 걸어왔다. 다음 순간 유단은 명치에 엄청난 충격이 가해지는 것을 느꼈다.

"윽!"

"날 갖고 논 것에 대한 보상이네. 자네 방에 가서 기다리게나. 내 곧 합석하지. 간만에 만났으니 회포는 풀어야 하지 않겠나."

유단의 복부를 가격한 주먹을 쓰다듬으며 그가 싱긋 미소 지었다.

유단의 방에 앉아 술잔을 나누며 두 사람은 즐거운 이야기꽃을 피웠다.

목욕을 하고 옷도 제대로 갖춰 입은 유하에게서는 조금 전까지의 흐트러진 분위기는 찾아볼 수 없었다. 사실 유하는 유단에게 자신의 치부를 보인 것 같아 기분이 좋지만은 않았다. 다른 이에게 약점을 드러낸다는 것은 유하 자신이 가장 꺼리는 일이었다. 그것이 아무리 절친한 사촌형일지라도.

"흐음, 아바마마께서 그런 밀서를 주셨단 말이지?"

유단이 목소리를 낮추어 물었다.

"그래."

"아바마마다우신 일처리야. 일석삼조의 효과를 노리신 거군. 자네를 이 먼 곳까지 보내 외척의 불만을 누르고, 믿음직한 자사를 파견하여 태수의 부정을 감찰하게 할 뿐 아니라 자네는 이 일을 처리하느라 바쁠 테니 폐하께 불만을 가질 틈도 없었겠지. 하하."

그가 웃음을 터뜨렸다. 유하도 따라서 피식 웃었다.

"그래, 일에 진척은 있는가?"

"조만간 끝이 날 거야."

"흠, 역시 아바마마께서 자랑해 마지않는 뛰어난 무시후답군. 자네에게 가려 이 무능한 셋째 아들은 빛을 보지 못한다네."

유단의 장난스런 대꾸에 유하가 다시 웃음을 지었다. 그러나 다음 순간 유단이 꺼낸 화제에 그의 표정이 침울해졌다.

"특이한 여인이더군."

"……."

"평범한 노비가 아닌 듯싶던데 어디서 데려온 여인인가?"

"나도 몰라."

"뭐라고?"

"그녀에 대해선 아는 게 하나도 없어. 그래서 더 불안해."

지친 듯 유하의 말 뒤로 침묵이 내려앉았다. 그런 그를 바라보던 유단이 불쑥 한마디 했다.

"그녀를 사랑하는군."

놀란 유하의 고개가 휙 돌아갔다.

"뭐?"

"사랑한다고."

"그럴 리가……. 내가 여인을 사랑한다고? 그것도 일개 노비 따 윌? ……그럴 리 없어."

유하의 얼굴이 창백해졌다.

"그럼 자네가 내게 검을 들이댄 이유가 뭐였나? 그녀 때문 아니 었나? 자신을 속이진 말게."

사랑…….

사랑이라고? 이런 혼란스러운 감정이? 아리를 향한 이 설명할 수 없는 집착과 자신을 바라보지 않는 데 대한 분노, 고통스러울 정도의 이런 욕구가 사랑이라고? 나약한 문인들이나 읊어대는 것 이 사랑이라고 생각했는데. 자신은 결코 그런 어리석고 약한 감정 따위를 품을 일은 없을 줄 알았다.

가슴이 저릴 정도로 원하는 것, 웃는 모습을 볼 수만 있다면 자 신의 팔이라도 기꺼이 자를 수 있을 것 같은 이런 마음이 사랑이라 고…….

넋이 나간 유하를 보며 유단이 말을 이었다.

"그녀가 노비라든지 동이족인 것은 사실 큰 문제가 아니지. 자 네도 알다시피, 황후 폐하는 기녀 출신이시고 아바마마가 특히 총 애하시는 이부인은 거리의 창부였었네. 폐하는 인재등용에 출신을 가리지 않는다는 방침을 부인을 고르실 때도 충실히 지키셨지. 자네가 설사 그 여인을 부인으로 맞는다 해도 허물될 것이 없네."

약간의 비꼬임을 곁들인 말로 그가 유하를 격려했다. 그러나 아직도 충격에서 벗어나지 못한 유하에게 유단의 말은 제대로 들리지 않았다.

그는 황족으로 태어나 우수한 교육을 받았으며, 전장에서는 적을 공포로 벌벌 떨게 만드는 최고의 무인이었다. 그러나 그의 고귀한 태생, 부유한 재력, 뛰어난 무인으로의 자질 그 어느 것도 그가 사랑에 빠지는 것을 막지는 못했다.

사랑하는 여인에겐 어떻게 대해야 하는 거지? 그 누구도 이토록 강력한 영향력을 그에게 행사하지는 못했다, 황제조차도. 아리는 마음만 먹는다면 그를 완전히 파괴시킬 수도 있었다. 그녀가 항상 자신의 것이라 믿었던 그였는데……. 사로잡힌 것은 오히려 그였다.

"두려워."

유하가 심호흡을 하며 말을 뱉었다.

"무엇이 말인가?"

"아리가 날 싫어할까 두려워. 날 떠나고 싶어하지 않을까 걱정돼."

죽음조차 두려워 않는 이 강인한 사내가 이런 모습을 보이다니. 유단은 아리가 이미 어제저녁 집으로 돌아갈 것이라 굳은 의지를 내보인 것은 차마 밝힐 수 없었다.

"왜 그녀가 자넬 싫어할 거라 생각하나?"

"처음부터 강제로 끌고 왔으니……. 억지로 안고…… 그녀가 싫어하는 일만 했지⋯⋯. 다른 사람에겐 모두 웃어주면서 내겐 단 한 번도 기쁜 표정을 보여주지 않았다고⋯⋯."

자조적으로 중얼거리는 유하의 목소리에는 힘이 없었다.

원하는 것에 대해선 빼앗는 방법밖에 알지 못하는 자신의 사촌이 어떤 식으로 행동했을지 짐작이 갔다. 하지만 그렇게 해서는 여인의 마음을 얻지 못해. 유단은 그가 가장 아끼는 사촌의 첫사랑이 잘못되는 것을 원치 않았다. 그는 사려 깊은 음성으로 충고했다.

"자네가 조금만 정성을 기울인다면 그녀의 마음이 자네에게로 돌아설 게야. 다정하게 대해주게나. 거친 사내를 좋아하는 여인은 없는 법이지."

七章

밤이 늦도록 유하가 방으로 돌아오지 않자 아리는 오늘도 그
가 이 방에서 자지 않으려나 보다 생각했다. 그에게 할 말이 많았
는데. 낮에 손님이 있는 바깥채로 간 이후로 감감무소식이었다.

그동안 잠을 설쳐서 매우 피곤했던 아리는 유하가 집 안에 있다
는 사실만으로도 왠지 안심이 되었다. 하품을 하며 이불 속으로 들
어간 그녀는 엎드린 채 잠에 빠져들었다.

새벽녘에 옆자리로 따뜻한 몸이 미끄러져 들어올 때에도 아리는
깨지 않았다. 유하가 침의를 벗겨낼 때도 잠결에 신음 소리를 냈을
뿐이었다. 굳센 팔이 뒤에서 뻗어와 그녀의 몸을 가만히 끌어안았
다. 유하가 아리의 목 뒤부터 척추를 따라 입맞춤하기 시작했다.

잠에서 깨어난 아리는 한 치의 틈도 없이 내리누르는 사내의 맨

살과 엉덩이를 압박하는 뜨거운 남성을 느꼈다. 놀란 그녀가 벗어나려 하자 단단한 팔이 아리를 억세게 끌어안았다.

"돌아보지 마."

어둡게 가라앉은 음성의 주인을 알아듣고 아리가 저항을 멈췄다. 그의 양손이 눌려진 젖가슴을 파고들어 쓰다듬기 시작했을 때에도 뜨겁게 젖어든 그의 입술은 멈추지 않았다. 엎드린 채로 등을 따라 내려가는 유하의 입술을 느끼는 기분이 묘했다. 점점 아래로 내려간 입술이 허리와 엉덩이 사이 움푹 팬 곳에 머물러 깃털처럼 살갗을 간질였다. 그 감각에 전율한 아리가 낮은 신음 소리를 토해냈다. 그러나 유하의 얼굴을 보지 못한다는 것이 왠지 불안했다.

그가 그녀의 허벅지를 벌리고 그 사이에 다리를 밀어 넣었다. 가슴을 더듬던 손이 아랫배로 내려오더니 단숨에 아리의 엉덩이를 들어올렸다. 방 안이 어둑하긴 했으나 자신의 연약한 부분이 완전히 드러나는 야릇한 자세에 그녀가 낮은 소리로 저항했다.

"괜찮아. 널 해치지 않아."

낮고 부드러운 음성이 그녀를 달랬다.

"아리, 내 아름다운 아리. 절대 널 아프게 하지 않을게."

달콤한 속삭임과 끊임없이 어루만지는 손길, 따뜻한 입김이 가해지자 수치심이 사라졌다. 그의 손이 잠잠해진 아리의 허벅지로 다시 내려왔다.

촉촉한 그의 끝부분이 그녀의 문 앞에 닿았다. 그 순간 한 번의 미끄러지는 동작으로 그의 남성이 그녀 안으로 밀려들었다. 이불이 아리의 입에서 터져 나온 신음을 막아주었지만 떨리는 몸과 열기는 감출 수 없었다. 유하가 아리의 엉덩이를 두 손으로 잡고 최대한 깊게 들어간 후 멈췄다. 뜨겁게 부풀어 오른 남성이 그녀 안에서 두근두근 맥박 치고 있었다. 아리는 그를 잡기 위해 손을 뻗치다가 이 자세로는 그를 제지할 수도 만질 수도 없다는 사실을 깨달았다. 유하만이 아리의 몸을 만질 수 있었고 모든 행위의 주도권을 가지고 있었다.

그의 손이 가는 옆구리를 타고 내려오더니 가슴을 감쌌다. 손바닥으로 가슴의 융기를 가볍게 희롱하듯 쥐면서 그가 천천히 몸을 움직였다. 그는 뜨거웠다. 뜨겁고 뜨거워서 그에게 닿은 부분이 데일 듯했다. 그의 허리가 앞으로 깊숙이 내려올 때마다 등에 그의 단단한 가슴이 부딪쳤다. 유하는 자신의 움직임에 맞춰 아리의 배에서 가슴으로 손을 미끄러뜨렸다. 그의 남성이 깊게 들어올 때마다 단단한 손바닥이 가슴을 움켜잡았다. 흐느끼는 신음 소리가 아리의 입에서 터져 나왔다.

유하는 활활 타오르는 붉은 불꽃이 되어 아리를 가득 채우고 폭발하게 만들었다. 그녀의 몸이 발작적인 떨림으로 절정을 맞이할 때도 유하는 아리 안에 머물러 있었다. 터질 듯 부푼 그가 그녀를 지탱해 주고 있었다. 그녀의 세상이 다시 제자리를 찾기도 전에 유하가 다시 움직이기 시작했다. 아리는 더 이상 그가 주는 이 감미로운 고문을 감당할 수 없을 것 같았다.

오늘 밤 유하는 뭔가 달랐다. 이제까지의 능숙하고 오만한 유혹자의 모습은 어느새 사라지고 처절할 정도의 절박함만이 그에게서 흘러나왔다. 그는 몸으로 그녀에게 말하고 있었다. 자신의 욕구는 억누른 채 아리만을 위해 움직이는 간절한 몸짓으로 무언가를 전하고 싶어했다.

두 번째 절정에 이르자 아리는 엄청난 환희의 파도 앞에 정신을
잃어버렸다. 멀어지는 의식의 언저리에서 유하가 희미하게 속삭인
말이 무얼까 하는 생각이 들었다.

널 사랑해.
마지막으로 아리 안으로 강하게 파고들면서 자신도 모르게 터져
나온 말이 그의 귓가를 울렸다.
그녀 안에서 몸을 빼내며 유하는 거친 숨결을 가다듬었다. 아리
를 짓눌리게 하고 싶지 않아서 만족감과 진정되지 않는 흥분으로
떨리는 몸을 겨우 움직여 옆으로 쓰러졌다. 부드럽게 오르내리는
등과 낮은 숨소리가 아리가 잠에 빠져들었음을 알려주었다.
아리 가까이로 몸을 밀착시킨 유하는 잠든 그녀를 끌어안았다.
단 한순간도 그녀에게서 떨어지고 싶지 않았다.
난생처음 발견한 사랑이었다. 자신만의 것으로 소중히 지키고
싶었다. 누구와도 나누고 싶지 않았다. 아리가 나만 바라보고 내
팔 안에서 잠들기를 원해. 그 부드러운 입술 선에 살짝 입술을 댔
다.
'그녀는 널 싫어해.'
가슴 안쪽에서 들려온 섬뜩한 비웃음이 그의 심장을 관통했다.
귀를 막아도 그 소리는 속삭임을 멈추지 않았다.
'다들 널 싫어하고 두려워하지, 그녀라고 다를 것 같은가?'
나를 사랑하게 만들 거야, 유하가 이를 악물었다.
'그래도 그녀가 널 사랑하지 않는다면?'
유하의 심장이 멈췄다. 그녀가 나를 사랑할 수 없다면? 잠든 아

리의 얼굴에 어슴푸레 새벽달빛이 비쳐들었다. 그렇다 해도 난 놔주지 않을 거야. 부드럽게 맥박 치는 목덜미에 얼굴을 묻으며 유하가 다짐했다.

그날 밤 유하는 너무도 다정했다.

잠들어 있는 아리를 소중하게 안고 입맞춤으로 덮어주었다. 비몽사몽간에 아리는 몇 번이나 유하의 입술이 자신의 몸을 스치는 것을 느꼈다. 밤새도록 그녀의 귓가에는 그가 들려주는 부드러운 속삭임들이 맴돌았다. 그럴 때마다 아리는 잠결에도 미소를 지었다.

아침이 되자 유하가 다시 입술로 아리를 깨웠다.

아리가 눈을 떴을 때 그는 이미 그녀 안에 들어와 있었다. 남성의 느낌, 그녀 안에서 살아서 움직이는 느낌과 그 두근거림이 좋았다.

아리가 졸음이 묻어나는 미소로 그에게 물었다.

"꿈인 줄 알았는데…… 잘 잤어요?"

"아니……. 지금은 내가 꿈을 꾸고 있나 보군."

자신을 바라보며 웃음 짓고 있는 아리의 얼굴을 홀린 듯 바라보며 유하가 대답했다. 아침이 올 때까지 아리를 바라보던 자신이 어느새 잠든 게 틀림없었다. 꿈이라면 영원히 깨어나지 않았으면 싶었다.

아침 햇살 아래 숨을 내쉴 때마다 유하의 탄탄한 가슴 근육이 오르내리는 것이 보였다. 유하는 아름다운 사내였다. 문득 아리는 그의 매끈한 피부를 느껴보고 싶어졌다.

"내가 만져도 돼요?"

순간적인 근육의 움찔거림이 그녀에게까지 전해졌다.

"날 만지고 싶어?"

그가 잠긴 듯 꽉 막힌 목소리로 물었다. 아리가 고개를 끄덕이자 유하의 얼굴에 기쁨의 미소가 떠올랐다. 가슴속에서 우러나온 순수하게 즐거워하는 미소. 그것은 그의 딱딱한 얼굴선은 부드럽게, 매혹적인 입술의 곡선은 느슨하게 만들어 그를 마치 어린 소년 같아 보이게 했다.

아리의 손이 그의 입술을 스쳤다. 손가락 하나가 아랫입술의 윤곽을 더듬자 유하가 입술을 벌려 아리의 손가락에 입맞춤했다. 아리가 손을 떼자 유하는 아쉬운 한숨을 내쉬었다. 이토록 황홀한 꿈을 꾼 적이 있었던가.

다음 순간 아리가 작은 손바닥을 펼쳐 머뭇머뭇 그의 넓은 가슴에 댔다. 유하가 숨을 크게 들이켜는 소리를 내더니 이내 그의 남성이 더욱 부풀어 올라 그녀의 벽을 뚫을 듯이 압박해 왔다. 손아래 유하의 심장이 격렬히 뛰는 것을 느끼며 아리는 그가 그녀에게 해주었던 것을 기억했다. 그가 했던 대로 아리는 유하의 납작한 가슴 한가운데 짙은 색의 젖꼭지를 손끝으로 어루만졌다. 삽시간에 그것이 그녀의 것처럼 단단해졌다. 가슴이 돌처럼 굳어지고 마치 통증을 참기라도 하는 듯이 이를 악문 유하의 얼굴이 눈에 들어왔다.

"내가 아프게 했어요?"

"네가 낫게 해줘야 해."

떨어지려는 아리의 손을 자신의 가슴에 누르며 헐떡이는 호흡

사이로 그가 대답했다. 따스한 입김이 그의 가슴에 닿자 유하는 바로 그 자리에서 사정할 뻔했다. 촉촉한 입술이 그의 젖꼭지를 감싸더니 곧이어 그녀의 혀가 느껴지자 유하가 부들부들 떨기 시작했다. 아리는 자신이 그에게 무슨 짓을 하는지도 모른 채 그를 몰아가고 있었다.

"그만, 더 이상 참을 수 없어."

아리를 침상 위로 밀어붙이며 유하가 울부짖었다. 미친 듯이 그녀 안으로 파고드는 그에게서 아리의 이름이 쉴새없이 흘러나왔다. 지금껏 경험한 극치의 쾌락 속에서 전율하며 유하는 무의식의 세계로 빠져들었다. 그 와중에도 그의 팔은 아리를 놓치지 않고 있었다.

그날 이후로 많은 것이 달라졌다.

우선 유하는 아리의 출입을 안채로 제한시켰다. 그가 없는 낮 동안은 두 명의 호위가 중문에서 아리를 지켜보았다. 부엌일도 금지당했고 그녀의 시중을 들기 위해 향아라는 노비 소녀가 지정되었다. 열네 살의 향아는 아주 싹싹하고 귀여운 소녀였다.

유하의 태도에도 확실한 변화가 있었다. 매일 아리에게 선물을 안겨주었으며, 다정한 미소와 함께 아리가 원하는 것은 무엇이든 해줄 듯이 굴었다. 아리가 그에게 생명의 귀중함에 대해 장시간 설교하는 것을 묵묵히 들어주기까지 했다. 비록 '앞으론 네게 그런 모습 보이지 않도록 할게' 란 말로 답하기는 했지만. 그 말은 곧 내가 보지 않는 곳에서는 살인을 하겠다는 말인가? 어쨌든 유하의 갑작스런 태도 변화는 심히 당황스러울 정도였다.

하지만 아리가 가장 원하는 것은…….

아리의 눈빛이 어젯밤을 기억하자 금세 어두워졌다. 그녀는 자신의 집으로 돌아가야 한다고 그에게 넌지시 말을 꺼냈다. 그러자 유하의 반응은 즉각적이었고 놀라울 정도로 격렬했다. 불같이 화가 난 유하는 '안 돼' 라는 한마디 말로 입을 막아버리고는 거칠게 아리를 소유했다. 밤새도록 한숨도 자지 못하게 수없이 그녀를 탐하는 유하의 눈빛에서 아리는 그의 상처를 본 듯했다. 아니, 어쩌면 불빛 때문에 일으킨 착각이었을지도 몰랐다. 단 한 마디 말도 없이 이루어진 거친 애무 속에서도 그녀를 배려하고자 하는 마음이 있었는지 유하는 아리를 상처 입히진 않았다. 다만 격렬했던 행위 탓에 아침에 눈을 뜬 아리는 몸 여기저기가 아팠다.

새벽녘, 둘이 한 방을 쓴 이후 처음으로 그가 먼저 아리를 내버려 두고 방을 나가 버렸다. 만약…… 그녀가 반드시 천산으로 돌아가야만 하는 이유가 없었더라면……. 어쩌면 아리는 유하 곁에 남아 있고 싶어했을지도 모른다. 아리는 그를 떠나야 한다고 생각할 때마다 가슴이 답답해져 왔다.

한숨을 내쉬며 아리는 잉어들에게 먹이를 던져 주었다. 안채 뒤편의 이 조그만 정자는 그녀가 가장 좋아하는 장소였다. 가림원 안채의 뒤편 작은 정원, 그 한가운데를 가로지르는 물길 위에 자주색으로 칠해진 정자는 세워져 있었다. 어느새 여름으로 접어들었는지 정원에 심겨진 붉고 흰 꽃들이 피어나기 시작하면서 그 향기를 가득 내뿜고 있었다.

연왕 유단은 닷새간 가림원에 머문 후에 연나라로 돌아갈 예정이었다. 친절하고 부드러운 그의 면모에 호감을 느낀 아리는 그와 많은 이야기를 나누고 싶었지만 왠지 그럴 때마다 눈을 부릅뜨는 유하와 그것을 즐거워하는 유단 사이에서 혼란스러움을 느껴야만 했다.

난간에 비스듬히 기대어 정원을 바라보는 그녀의 뒤쪽에서 인기척이 들렸다. 정자 안에 들어온 사람은 유하였다. 여전히 붉은 장포(두루마기)와 장유 차림의 그를 보자 아리는 멍하니 생각했다. 이 사람은 붉은색 말고는 다른 옷은 하나도 가지고 있지 않나 보다.

자신을 주시하는 아리의 눈빛에 고개를 돌린 유하가 어색하게 말을 꺼냈다.

"이곳이 마음에 드는가 보군. 늘 이곳에 나와 있는 걸 보니."

잔뜩 긴장한 그의 눈 주위로 붉은 기운이 스며 있었다. 얼굴을 붉힌 건가?

일어서려던 아리는 자신도 모르게 작은 비명을 지르며 다시 주저앉았다. 한걸음에 옆으로 다가와 앉은 유하가 다급하게 물었다.

"왜 그래? 어디 다친 거야?"

이번엔 아리의 얼굴이 붉게 물들었다.

"저기……."

"말해. 어디가 아픈 거야?"

유하의 손이 아리의 붉어진 뺨에 닿으며 걱정스레 물었다. 아리는 그의 목 아래 옷깃이 교차된 부위에 시선을 고정시키고는 대답했다.

"어젯밤 때문에……."

유하의 손이 허공에서 멈추었다. 창백해진 그의 얼굴이 아리의 눈언저리에 비쳤다. 유하는 아리 몸에 작은 생채기 하나라도 나는 걸 극도로 싫어했다. 하여 가끔 아리 피부 위에 자신이 남겨 놓은 자국들을 발견할 때면 그녀가 지나치게 약하다고 불평했다. 그런 날의 유하는 평소의 몇 배나 부드러운 손길로 아리를 안았던 것이다.

"약간 쓰라릴 뿐이에요. 괜찮아요."

아리가 유하를 위로해 주기 위해 말했다. 그가 스스로를 책망하는 것이 역력히 드러났던 것이다. 유하는 아무 말 없이 두 다리 사이로 그녀를 뒤에서 끌어당겨 안았다. 유하의 강인한 팔에 감싸인 아리는 그의 품에 완전히 갇힌 형색이 되었다.

"미안해……."

유하가 아리의 귓전에 대고 속삭였다.

"널 아프게 하고 싶지 않은데 자꾸 상처 입히게 돼. 미안해……."

유하는 그렇게 그녀를 안고 한참을 가만히 있었다. 아리도 안긴 채 그의 체취를 느끼고 있었다. 싱그러운 나무 향내와 같은 유하의 체취가 따뜻한 공기에 섞여 아리의 전신을 휘감았다. 상처를 주고서는 아리가 아파할까 전전긍긍하며 정작 자기가 더 아파하는 사람. 아리는 그런 그를 미워할 수 없었다. 한 몸처럼 보일 정도로 가까이 끌어안은 두 사람은 정자로 연결된 회랑 끝 부분에 나타난 커다란 형체 하나가 그 모습에 미소를 띠며 왔던 길을 되돌아가는 것을 보지 못했다.

비단보다 매끄러운 아리의 머리칼에 얼굴을 묻은 유하는 가슴 가득 차오르는 평화로움을 느꼈다. 늘 그의 마음속에 존재하던 얼어붙은 빈자리가 이렇게 아리를 안고만 있어도 흔적도 없이 사라짐을 느낄 수 있었다. 어둡고 공허한 냉기는 아리의 따뜻함에 맥없이 스러져 버렸다.

새벽에 아리를 두고 침상에서 빠져나오던 그 순간부터 유하는 후회로 속이 타 들어가는 것만 같았다. 떠나고 싶다는 그 잔인한 한마디로 그의 기대를 산산이 부서뜨린 여자. 실망과 아픔으로 분노한 유하는 그만 아리를 거칠게 다루고 말았다. 그리고는 자신을 비난할 그 눈동자를 똑바로 볼 수 없어 오전 내내 바깥채에 머물러 있었다.

당장이라도 보고 싶은 마음을 어쩌지 못해 초조하게 서성이는 그를 보다 못한 유단이 충고의 말을 건넸다. 하여 그 즉시로 유하는 날듯이 내성으로 달려갔다 돌아오는 길이었다. 보편적인 여인들에 대한 유단의 이론은 아리에겐 그다지 맞지 않는 것 같았지만 아무리 보잘것없는 가능성이라도 용서를 받을 수만 있다면 기꺼이 시도해 보고 싶었다.

그러나 정자에 들어서기 전 아리의 모습이 보이기 시작한 순간부터 유하의 발걸음은 제대로 떨어지지 않았다. 어색하게 말을 건넨 그가 자신이 그녀에게 엄청난 고통을 주었다는 사실을 깨닫자 비참해졌다. 떠나지 말라고, 제발 자신을 사랑해 달라고 애원이라도 하고 싶은 심정이었다. 이렇듯 밑바닥까지 자신을 밀어뜨리다니 유하는 아리가 원망스러웠다. 붙들 수만 있다면 무슨 짓이라도 할 수 있을 것 같은 자신이 한심스러울 지경이었다.

유하는 아리의 머리에 꽂혀 있던 머리꽂이를 빼내고 소맷자락에서 뭔가를 꺼내어 그녀의 손바닥 위에 올려놓았다.

그것은 금으로 만든 아름다운 머리꽂이였다. 실처럼 가는 줄기가 무수한 가닥으로 퍼져 있어 마치 공작의 깃털을 연상시키는 역삼각형의 얇은 금 조각 위에 수십 개의 조그만 꽃 모양의 옥구슬들이 매달려 있었다. 아리가 손을 움직이자 미세한 꽃들의 움직임이 공기를 흩뜨려 놓았다.

"예뻐요."

감탄 어린 목소리에 안심한 유하가 손수 아리의 머리에 그것을 꽂아주었다. 유단의 조언은 '화해의 선물을 하라'였다. 흔한 것이 아닌 뭔가 특별한 것이어야 했다. 진정 그녀가 원할 만한 물건이라면……. 유하는 순간 머릿속을 스치고 지나가는 생각에 당장 진번군 내 제일 가는 장인을 찾아가 닦달했다. 이 머리꽂이는 겁에 질린 장인이 그가 원하는 물건을 만드는 것을 기다리는 동안 눈에 들어온 물건이었다.

"이것도 다른 사람에게 주어버리면 안 돼."

유하가 미소 지으며 나직하게 말했다. 그가 주었던 장신구들이나 비단옷들이 제대로 아리의 손에 남아 있지 않기에 하는 말이었다. 유하가 처음으로 주었던 은팔찌는 한 노비 어미의 약값으로 탕진되었고 비단옷 몇 벌은 이미 여러 노비 여인들의 수중에 들어가 있었다. 누군가의 딱한 사정을 듣거나 부러워하는 눈길을 보면 아리는 자신의 것을 아낌없이 주어버렸다. 어이없는 일이었지만 유하는 화를 낼 수조차 없었다. 그녀가 기뻐하는 모습을 보자니 그까짓 팔찌 수백 개쯤은 아깝지도 않았다.

아리는 아름다운 것을 보면 즐거워하기는 하였으나 굳이 자기 것으로 하려는 소유욕은 거의 없었다. 문제는 그것이 유하에게까지 영향을 미친다는 것이었다. 아리에 대한 그의 소유욕은 거의 광

적일 정도인데 반해 그녀는 유하에 대해 한 치의 미련도 없는 것
같았다. 그러니 그를 떠난다는 말이 그토록 쉽게 나오는 것이겠
지…… 서글퍼진 유하가 한숨을 깊게 내쉬었다.

"눈을 감아 봐."

"왜요?"

"이번이 진짜야. 널 놀라게 해주고 싶어."

아리가 얌전히 눈을 감자 유하는 또 다른 물건을 꺼내 그녀의 목
에 걸어주었다. 그리고 아리가 느낄 수 있도록 손을 잡아 올려 그
것을 잡게 했다.

"아……!"

기쁨과 놀라움에 눈을 뜬 아리가 손 안의 물건을 확인했다. 그녀
의 목걸이, 그토록 원했던 그것이 아리의 손안에 들어와 있었다.
목걸이 줄은 무명실에서 금으로 만든 줄로 바뀌어 있었지만 자신
의 목걸이가 분명했다.

"돌려주는 거예요?"

"그래."

짧은 대답에 아리의 얼굴이 환해지자 유하는 모험을 할 만한 가
치가 있었다고 생각했다. 왠지 그녀를 붙잡을 수 있는 보루인 듯
느껴져 그냥 돌려주기가 망설여졌지만 유하는 지난밤 자신의 행동
을 용서받고 싶었다. 예상대로 목걸이는 아리의 얼굴에 웃음을 가
져다주었다.

바로 눈앞에서 기쁨에 찬 아리의 얼굴을 마주 대하자 유하의 가
슴이 벅차올랐다. 아리의 사소한 표정이나 행동 하나하나에 온통
휘둘리는 자신이 한심할 정도로 소심하게 생각되었지만 유하는 이

제 자신의 마음과 싸우는 데 지쳐 버렸다. 아리가 행복해 하면 그걸로 된 거야.

"잠시 시간을 내어줄 수 있겠소?"

마구간에서 말들을 쓰다듬어 주고 있던 아리는 누군가의 정중한 음성에 뒤돌아섰다. 자신이 이곳에 있는 걸 유하가 싫어하긴 했지만―아리는 그 이유를 알 수 없었다―어느새 친숙해진 말들은 아리를 하루라도 보지 않으면 불안해했다. 그래서 아리는 매일 잠깐씩이라도 이렇게 말들에게 인사를 하고는 하였다. 돌아보니 마구간 입구에 서서 그녀를 묘한 시선으로 바라보는 유단이 보였다.

"유하는 지금 좀 바쁘다오."

그의 옆자리에 눈길을 주는 아리를 보며 유단이 싱긋 웃었다. 아리와 말할 시간을 벌기 위해 방금 전 자신의 출발 준비를 모조리 유하에게 떠맡기고 오는 중이었다. 그동안 유하의 날카로운 감시 아래 제대로 그녀와 얘기조차 못했기에 오늘 떠나기 전 이렇게라도 대화를 하고 싶었다. 입구에 서서 잠시 바라보자니 아리는 말 한 마리 한 마리에게 일일이 다정하게 인사를 하며 쓰다듬어 주고 있었다. 말들에게 관심을 가지는 여인이라, 정말 특이하군.

"그를 어떻게 생각하시오?"

아리가 가까이 다가오자 유단이 말을 건넸다. 예상치 않은 질문에 아리가 짧게 숨을 들이마셨다.

"유하 말이오. 그를 싫어하시오?"

아리가 강하게 고개를 저었다.

"아니요, 싫어하지 않아요."

"그럼 그를 사랑하고 있소?"

"……."

그를 사랑하느냐고? 아리는 자신의 마음을 향해 그 질문을 던지고 싶지는 않았다. 왠지 무서웠다. 알고 싶지 않은 사실을 대면하게 될 것만 같았다.

"모르겠어요."

혼란과 두려움으로 당혹스러워하는 여인의 얼굴을 보자 유단이 이해한다는 듯 미소를 지었다. 이 아름다운 여인은 그의 사촌을 사랑하고 있었다. 다만 아직 본인이 그것을 깨닫지 못할 뿐. 유단은 그것을 확인하고 싶었을 따름이었다.

"내가 한 말을 기억해 주기 바라오. 겉으로는 강하고 무정해 보일지 몰라도 유하는 자신이 사랑하는 존재에 대해선 한없이 약한 사내라오."

특히 당신이라는 존재에 대해선 말이오. 유단이 말을 이으려는 찰나 성급한 사내의 고함이 그의 말을 잘라 버렸다.

"아리!"

이런, 잠시도 눈을 떼지 않는 모양이군. 유단이 속으로 웃음을 터뜨렸다. 저만치서 잔뜩 화가 난 유하가 마치 붉은 폭풍처럼 성큼성큼 다가오고 있었다.

"그를 부탁하오. 다음에 만날 땐 어쩌면 우린 친척 간이 되어 있을지도 모르겠군."

아리에게만 들리게끔 재빨리 속삭이고 돌아선 유단은 자신에게 날아오는 매서운 눈초리를 마주 보았다. 친척이라니? 그의 아리송한 발언에 아리는 멍하니 서서 유단의 뒷모습과 굳어진 유하의 얼굴을 번갈아 보았다.

유단과 나란히 서서 정답게 이야기를 나누고 있는 아리의 모습을 발견하자 유하는 심사가 뒤틀렸다. 둘 다 흰옷을 입고 있어 한 폭의 선남선녀가 그려진 그림인 듯 잘 어울려 보였다. 그러나 오히려 유하는 그 사실에 더욱더 화가 치밀어 올랐다. 유단의 부드럽고 정중한 언변과 행동들이 많은 사람들의 호감을 자아낸다는 사실은 익히 알고 있었지만 유하는 요 며칠처럼 그를 질투해 본 적이 없었다.

자신은 무인이었다. 무인에게는 부하들을 호령할 수 있는 강함과 결단력만이 필요했지 부드러움 따윈 스며들 여유조차 없었다. 그러나 유단을 볼 때마다 아리의 얼굴에 퍼지는 부드러운 미소를 대할 때면 자신에게 없는 그의 재능에 불편한 기색을 감출 수 없었다.

"오늘 떠날 사람이 예서 이렇게 한가로이 있어도 되나?"

"하하. 자네 나를 어서 쫓아내고 싶어 안달이 난 것 같군."

"석천이 모든 준비를 마쳐 줄 거야."

"아, 알았네. 내 자리를 비켜주지."

자신을 조각낼 듯이 노려보는 눈길에도 여유롭게 웃음을 띠며 유단이 멀어져 갔다.

"마구간엔 오지 말라고 했잖아."

공격의 화살이 아리에게 날아들었다. 나 외엔 그 누구에게도 미소 짓지 마. 진심으로 하고픈 말은 삼킨 채 유하는 엉뚱한 말을 내뱉었다.

"왜 오면 안 되죠?"

"그건……."

대답할 말이 궁색해진 유하가 입을 다물었다.

얼마 전 비영을 보러 그가 마구간으로 온 적이 있었다. 평소에는 노비를 시켜 말을 끌고 나오게 하였으나 전날 아침 비영의 상태가 좋지 않은 것 같아 그가 직접 찾아갔었다. 마구간에 들어선 유하가 처음 본 것은 그의 거대한 말에 가깝게 붙어선 작고 호리호리한 여인의 뒷모습이었다. 그 순간 머릿속이 새하얗게 비어버렸다. 단숨에 아리를 말 옆에서 끌어낸 유하는 놀란 심장을 진정시키느라 한참 동안 그녀를 안고 있어야 했다.

"내 말 가까이엔 절대 가지 마."

그의 애마인 비영은 한혈마(汗血馬:피가 나오도록 빨리 달린다는 말)라 불리는 대완(大宛) 천마의 후손이었다. 황제가 여러 번 자신을 골탕 먹인 흉노족의 기마전법에 대항하기 위해, 대완을 쳐 천마를 구하여 사육하기 시작하였을 때 유하가 직접 대완의 왕이 타던 말에서 받아낸 최고의 명마였다. 그러나 성격이 급하고 거칠어 그 외엔 제대로 제어할 만한 이가 없어 마구간지기들조차 여간 애를 먹는 게 아니었다. 그토록 애지중지하는 말이었지만 그 사나운 말 옆에 아리가 서 있는 것을 보자 당장에 비영이 그녀에게 발길질이라도 할까 싶어 숨조차 제대로 쉴 수가 없었다.

"왜요?"

"저놈은 위험해. 네가 다칠지도 몰라."

"무슨 말이에요? 얼마나 착한데요."

아리가 자신의 품에서 벗어나려 하자 유하는 손아귀에서 힘을 뺐다. 자신이 있으니 비영이 성질을 부리진 않으리라 생각한 유하는 아리가 이끄는 대로 말 옆으로 가까이 다가섰다. 아리와 유하의 친숙한 냄새를 맡은 비영은 고개를 돌려 곧장 아리의 어깨에 코를 가져다 대고 비벼댔다. 아리가 머리를 쓰다듬어 주자 기쁜 듯 울음소리를 내더니 그녀의 손을 핥기 시작했다. 주인인 그에게만 항상 복종하던 비영이었으나 저토록 친밀한 애정 표현은 그조차도 받아 보지 못한 것이었다.

더욱 그의 화를 북돋운 것은 기뻐하는 아리가 비영의 커다란 머리에 얼굴을 비벼대며 나직이 속삭이는 모습이었다. 사내놈들만으로도 모자라 이젠 말까지 아리에게 현혹되는군. 내가 말보다 못하단 말인가. 뭐야, 저 모습. 그녀의 작은 손길 하나에도 목말라하는 자신을 앞에 두고 한낱 짐승에게 다정하게 대하는 아리가 야속하기 그지없었다. 내가 점점 미쳐 가나 보군. 말의 처지를 부러워하다니. 심기가 불편해진 유하는 그녀에게 마구간 출입금지 명령을 내리고 그 자리를 떠나 버렸다.

그런데 오늘 또 아리를 마구간에서 발견한 것이다. 자신의 명령을 아주 우습게 여기는 이 작은 여인을 어찌해야 할까.

"내가 명령하는 건 무조건 따라야 해. 너는……."

내 노비니까, 라고 말하려 하였으나 그것은 더 이상 사실도 아닌 데다가 그녀에게 그 말이 먹히지 않으리란 것도 잘 알고 있었다. 날 사로잡은 건 오히려 너니까.

유하가 말을 멈추고 침울하게 바라보자 아리도 그의 시선을 마주 보았다. 요즈음 그는 자주 이런 표정을 지었다, 슬퍼 보이기도 하고 아파 보이기도 하는. 그런 그에게 아리도 전염된 것인지 그녀도 금세 우울해지고 말았다.

"그럼 나와 같이 오도록 해."

"나랑 같이 매일 아침마다 이곳에 오겠다고요?"

"그래."

네가 내게로 오지 않는다면 내가 갈 수밖에.

유단이 떠났다. 떠나면서 마지막으로 그녀에게 남긴 말 때문에 아리는 좀체 잠을 이룰 수 없었다.

'내 질문에 대한 답은 그대의 머리가 아닌 가슴속에 있다오.'

잠들지 못하는 그녀에게 유하가 무슨 일이냐고 물었지만 아리는 대답하지 않았다. 자신조차 아직 알 수 없는 것을 그에게 무어라 얘기할 수 있을까. 다만 한 가지 확실한 것은 속히 떠나지 않는다면 영영 돌아갈 수 없을 것만 같은 예감이 든다는 것뿐이었다.

"넌 마치 여기 없는 사람 같아. 무슨 생각을 그렇게 하는 거지?"

아리의 관심을 돌리기 위해 유하가 민감한 귓불 근처를 살짝 깨물었다. 가볍게 떨리는 숨소리를 들으며 유하의 손이 아리의 몸을 일깨우기 시작했다.

"네가 잠이 오지 않는다면 기꺼이 도와 줄 수 있어……."

그의 말대로 유하는 밤늦도록 그녀의 혼을 완전히 빼놓을 만큼 뜨겁게 사랑해 주었고, 아리는 깊은 잠에 빠져들었다.

八章

오늘 밤 아리는 떠날 것이다.

초조한 마음을 누를 길 없어 아리는 방 안을 서성이기 시작했다. 방 안은 이제 유하가 사다 준 그녀의 물건들이 여기저기 자리를 차지하고 있어 여인과 함께 쓰는 방임을 한눈에 알 수 있을 정도였다. 아무것도 가져가지 않으리라. 어차피 자신의 것이라 생각해 본 적도 없고 왠지 그가 준 물건들을 보면 그가 떠올라 마음이 아플 것 같았다.

준비는 다 되어 있었다. 약간의 음식은 몰래 부엌에 숨겨놓았고 목걸이가 수중에 있으니 길을 잃을 염려는 없었다. 바람이 천산으로 가는 길을 인도해 줄 것이다. 걸어서 가기엔 분명 먼 거리였으나 아리는 말을 탈 줄 모르는 데다 마구간에서 말을 빼내려 했다가는 필시 소란이 일 것이었다. 그리고 며칠 전부터 아침마다 속이 안 좋아 흔들리는 말 위에 붙어 있을 자신도 없었다.

문제는 유하인데, 그는 밤뿐만 아니라 아침에도 잠에서 깨어나면 아리를 안는 일이 잦았다. 밤사이 아리가 없어진다면 그가 알아채지 못할 리 없으니 아침까지는 시간을 벌어야 했다. 그것에 대해서도 아리는 이미 생각해 둔 바가 있었다. 다만 자신이 잘할 수 있을지 그것이 문제였다.

아직 아리가 마음의 준비를 채 마치기도 전에 문이 열리더니 유하가 들어섰다. 그의 얼굴이 밝았다.

"좋은 일이라도 있어요?"

"음, 황제 폐하의 전령이 왔어."

그가 옷을 벗으며 대꾸했다. 아리는 입 안의 침이 마르는 것을 느꼈다. 거짓말 같은 건 한 번도 해본 적이 없었다. 심장이 너무 거세게 뛰어 자칫 그에게 그 소리가 들킬까 두려웠다. 아리가 생각에 빠져 있는 사이 유하는 고(바지)만 남기고 옷을 죄다 벗더니 그녀의 팔을 잡아끌어 품에 안았다.

"곧 한단성으로 돌아갈 수 있을 거야. 그곳에 내 성이 있어. 이 가림원보다 몇 배는 큰 곳이지. 너도 그 곳을 좋아하게 될 거야. 아름다운 곳이거든."

아리의 얼굴이 창백해졌다.

"한단성으로 간다고요?"

아리의 표정을 본 유하의 입술에 미소가 걸렸다.

"처음 듣는 건가? 내 영지는 이곳이 아니야. 이곳은 잠시 머무르는 곳일 뿐이지. 처음 여기 왔을 땐 많이 화가 났지만 지금은 폐하께 감사하고픈 심정이야. 내가 이곳에 오지 않았다면 결코 널 만나지 못했을 테니까."

유하가 환하게 웃었다. 요사이 그는 이 아름다운 미소를 자주 지어보였다. 그녀가 좋아하는 해맑은 아이 같은 웃음. 그럴 때마다 아리의 가슴은 주체할 수 없이 설레었다. 얼핏 보기에 잔인하고 제멋대로인 것 같은 이 남자 안에 부드럽고 뜨거운 피를 가진 소년이 살아 숨 쉬고 있었다.

온통 비위를 맞추거나 무조건적인 복종만 할 뿐인 사람들에 둘러싸여 자란 유하였지만 진정으로 그를 위해 신경을 써주거나 배려를 해준 이는 아무도 없었다. 하여 아리의 작은 미소와 마음씀씀이에도 뛸 듯이 기뻐하는 유하였다. 무엇 하나 부족할 것 없어 보이는 그였으나 실상 유하는 정에 굶주린 어린아이와 같았다.

화 잘 내고 직선적인 성격의 이 남자는 가끔 이렇게 숨겨진 어린애의 모습을 드러내고는 하였다. 백부로부터의 소식 하나에 저렇게나 기뻐하다니. 사랑에 굶주린 그를 안아 깊게 새겨진 그의 상처를 모조리 치료해 주고 싶었다.

안 돼. 난 떠나야 할 몸이야. 설사 내가 원한다 해도 그의 곁에 머물 순 없어.

목 언저리를 맴도는 입술의 감촉에 아리의 상념이 깨어졌다. 아랫배를 누르며 점점 더 단단해지는 그가 느껴졌지만 아리는 그에게서 빠져나오려 했다.

"안 돼요."

"왜?"

유하의 눈빛이 날카로워졌다.

"저, 저기, 오늘은…… 그날이라…… 그, 그럴 수 없어요……. 그러니까 전 왕마와 함께 잘게요."

익숙지 않은 거짓말로 붉어진 얼굴을 수줍음 탓이라 생각한 듯 유하의 굳은 표정이 풀렸다.

"그런 거였나? 괜찮아. 여기서 자도록 해. 널 안지 않을 테니까."

유하가 아리를 침상으로 이끌었다.

"저, 저는 오늘 바깥채에서 자도 되니까 다른 여인을 부르면……."

삽시간에 유하의 입가가 경직되고 눈빛이 차가워졌다.

"날 다른 여인에게 보내고 싶어? 나랑 있는 게 그렇게 싫은 건가?"

"아니요! 그렇지 않아요. 단지 당신이…… 그걸 원한다면……."

반사적으로 부정의 말이 튀어나왔다. 그가 자신이 그를 싫어한다고 생각하게 하고 싶진 않았다.

유하의 눈에 깃들인 얼음 같은 차가움이 사라졌다.

"난 괜찮아. 널 이렇게 안고만 있어도 난 좋아."

유하가 아리의 머리칼에 볼을 비벼댔다. 그녀와 나란히 누운 유하가 이불을 끌어당겨 덮어주었다.

아리의 마음속에 기쁨과 함께 안도감이 내려앉았다. 그가 다른 여인을 원할지도 모른다는 사실이 자신도 모르는 사이 마음을 짓누르고 있었던 것이다. 그러나 안심도 잠시, 곧 자신의 계획에 중대한 차질이 생겼다는 것을 깨달았다.

내일이면 두 번 다시 그를 보지 못하겠지. 다정하게 자신을 안고 있는 그를 보고 있으려니 왠지 눈물이 날 것만 같았다. 이 포근한

품도, 강하게 그녀를 안아주는 이 팔도 오늘이 마지막이었다. 그를 볼 수 없다고 생각하자 심장을 결박당한 듯 숨쉬기가 힘들어졌다. 어느새 이 사람을 많이 좋아했었나 보다.

유하의 손이 그녀의 등을 부드럽게 쓰다듬고 있었다. 그 규칙적인 움직임에 몸을 맡기고 있자니 그동안 그가 그녀에게 베푼 그 모든 것들이 떠올랐다. 친절함과 배려는 그에게 낯선 단어임이 분명했다. 그럼에도 나름대로 아리에게 최선을 다하는 모습이 역력한 유하의 모습은 때로는 안쓰럽기까지 했다.

한 번은 지나가는 말로 후원의 꽃이 예쁘다고 하자 그가 한 포기도 남기지 않고 모조리 꺾어 그녀에게 가져다준 적이 있었다. 아리가 썰렁해진 후원을 보며 기막혀 하자 유하는 자신의 노력에도 기뻐해 주지 않는다며 반나절이나 말을 하지 않았다. 화를 주체할 수 없어진 그가 바깥채에 나가 노비들과 호위무사들을 들볶았다. 아무 죄 없이 주인의 신경질에 된통 혼이 난 노비들이 집단으로 아리에게 몰려와 사정했다. 아리는 거의 등을 떠밀리다시피 하여 유하를 찾아갔다. 아리를 본 그가 심술난 어린애처럼 고개를 돌리며 말했다.

"바깥채엔 나오지 말라고 했잖아."

"왜 사람들을 괴롭혀요?"

"제길, 그들이 네게 고자질하러 갔군그래."

"그러지 말아요. 내게 화났어요? 그럼 내게 말해요."

"……."

"당신이 준 꽃들, 너무 예뻐요."

"거짓말하지 마."

"정말이에요. 하지만, 사실 너무…… 음, 많아요."

"많으면 많을수록 좋은 거 아냐?"

"그렇지만 이제 후원엔 꽃이 하나도 없는걸요. 한번에 그렇게 다 꺾어버리면 불쌍하잖아요."

다음날 유하는 모든 노비와 호위병들을 동원해 후원에 새로운 꽃들을 다시 옮겨 심었다. 십여 대의 수레를 가득 채운 것이 아무래도 성내의 꽃이란 꽃들은 모조리 사들인 것 같았다. 졸지에 후원의 흙을 파헤치게 된 노비들은 다들 엄한 주인의 눈길을 피해 투덜거렸다. 그나마 호위무사들은 무조건적인 복종에 익숙해져 있어서인지 겉으로 불만을 드러내진 않았다. 아리는 자신의 경솔한 한 마디가 불러온 사태에 어쩔 줄 몰라 하며 미안해했다.

유하의 표현이 거칠고 다소 지나친 감이 없지 않았지만 그가 아리를 아끼는 것은 누구의 눈에도 분명해 보였다. 자신을 기쁘게 해주기 위해 애쓰는 유하. 항상 무언가를 갈망하듯 아리를 바라보는 유하. 늘 유하에게 받기만 하는 것 같아 아리는 무언가 그에게 되돌려 주고 싶었다. 마지막으로 그가 자신에게 주었던 만큼의 환희를 아리도 주고 싶었다.

"당신을 기쁘게 해주고 싶어요."

"난 지금 충분히 기뻐."

유하가 다시금 웃었다. 아리의 입술이 머뭇머뭇 가슴에 와 닿자 유하의 웃음소리가 잦아들었다.

"아리……?"

긴장한 듯 유하의 꿀꺽 침 넘기는 소리가 크게 울렸다. 촉촉한 혀끝이 그의 작은 젖꼭지를 휘감아 수줍게 빨아들이자 유하가 거친 신음을 내뱉었다.

"그러면…… 안 돼……. 넌……."

아리를 멈추게 하기 위해 유하의 팔이 뻗어오자 그녀가 그의 손을 잡았다. 아리의 볼이 은은하게 물들어 있었다.

"제발 날 막지 말아요. 부탁할게요. 당신에게 내가 느꼈던 것을 알게 해주고 싶어요."

"맙소사!"

아리가 유하의 가슴을 혀로 핥자 그의 입에서 낮은 외침이 터져 나왔다. 그의 양팔은 순순히 옆으로 떨어져 손바닥 아래 요를 힘껏 움켜쥐었다. 아리는 이불을 제치고 유하를 똑바로 눕게 한 뒤 그의 허벅지 위에 앉았다. 단단한 근육의 움직임이 얇은 옷을 통해서 뚜렷하게 느껴졌다. 거의 압력을 느낄 수 없는 손끝이 가슴을 스치는 감각에 유하는 눈을 감아버렸다. 아리의 입술이 아랫배로 미끄러져 내려가자 그의 헐떡임이 격해졌다. 아리는 유하의 고(바지) 끈이 묶인 바로 윗부분을 혀로 쓸어내렸다. 그의 아랫배 근육이 순간 경련을 일으키듯 떨렸다.

"날 죽일 셈이야? 이런 고문을……."

작은 손이 이미 눈에 띌 정도로 부푼 고(바지)를 더듬어 끈을 풀어 내리자 그의 허벅지가 바위처럼 굳어졌다. 아리는 고를 그의 무릎까지 내리고 그의 벌린 다리 사이에 앉았다. 단련된 근육의 허벅지 한가운데 한껏 팽창되어 위로 솟구쳐 오른 남성이 당당하게 제 모습을 드러냈다. 그것은 또 다른 생명력을 가진 생물처럼 두근두근 고동치고 있었다. 아리가 그를 두 손으로 잡자 발작적인 떨림이 유하의 몸을 훑고 지나갔다. 유하는 몸을 한껏 뒤로 젖힌 채 잡아

찢을 듯 이불을 두 손으로 움켜잡고 있었다. 눈을 감은 그의 목구멍 사이로 끊임없이 거친 신음 소리가 흘러나왔다.

자신이 그에게 주는 희열을 목격한 아리는 흥분이 되었다. 그와 동시에 다리 사이가 아릿해져 왔다. 그러나 지금은 오직 그를 위한 시간이었다. 유하에게 기쁨과 즐거움만이 있는 기억을 남겨주고 싶었다.

아리가 그의 남성에 꽃잎처럼 세심한 입맞춤을 퍼붓자 그의 허리가 급격히 뒤로 꺾였다.

"아리!"

유하의 입술 사이로 비명처럼 그녀의 이름이 흘러나왔고 아리가 그 끝을 살짝 물자 또 다른 비명이 터졌다.

"아파요?"

아리가 놀라 입술을 떼며 그를 올려다봤다.

"지금 손을 떼면…… 난 죽어버릴 거야."

유하가 힘겹게 헐떡거리며 아리의 머리를 다시 끌어 내렸다. 아리가 천천히 혀로 그를 핥자 그의 손아래에서 비단천이 찢어지는 소리가 났다. 아리의 입술이 그를 완전히 빨아들여 혀로 자극했다. 유하는 숨이 넘어가는 듯 억눌린 비명을 참을 수 없었다.

더 이상 견딜 수 없는 순간에 다다랐을 때 유하가 아리의 얼굴을 끌어 올려 뜨거운 입맞춤을 퍼붓기 시작했다. 자신에게 이런 환희를 안겨준 그녀에게 보상이라도 하듯 유하의 입술과 혀가 아리의 입속으로 끊임없이 파고들었다. 유하의 신음 소리가 아리의 입속으로 사라져 버렸다. 입술이 유하에게 점령당해 있는 사이에도 아리의 두 손은 여전히 그를 부드럽게 감싸고 있었다.

갑자기 유하의 온몸이 뻣뻣하게 경직되더니 아리의 손에 격렬한 진동이 전해졌다. 숨을 쉬기 위해 그의 입술에서 벗어나 시선을 돌린 아리는 자신의 손을 타고 흐르는 액체를 경이로운 시선으로 바라보았다. 유하는 온몸을 늘어뜨린 채 거친 호흡을 뱉고 있었다. 땀으로 젖은 온몸에서 빛이 나고 행복한 나른함이 눈을 감은 유하의 얼굴에 떠올랐다.

아리가 일어나 손을 닦고 돌아오자 유하가 기묘한 눈빛으로 바라보고 있었다. 그는 아직도 진정되지 않았는지 가슴이 거칠게 오르내리고 있었다.

"왜……?"

유하의 물음에 조금 전 자신의 행동이 떠오르자 아리는 볼을 살짝 붉혔다.

"당신을 기쁘게 해주고 싶었어요."

유하는 아리를 끌어안더니 이마에 입술을 대고 속삭였다.

"네가 조금만 더 날 기쁘게 해줬다면 난 이미 이 세상 사람이 아니었을 거야."

유하가 잠든 것을 확인한 아리는 살며시 자리에서 빠져나왔다. 유하가 깨지 않도록 조심하며 조용히 옷을 입고 아리는 마지막으로 그를 바라보았다. 잠든 유하의 얼굴에는 만족스런 미소와 편안함이 어려 있었다. 유하의 얼굴을 만지고 싶었으나 행여나 그가 깨어날까 두려워 아리는 그러지 못했다.

"고마워요."

그가 듣지 못하리라 생각하면서도 조그맣게 속삭인 아리가 이내 몸을 돌려 방을 빠져나갔다.

　온몸을 나른하게 휘감는 만족감과 아침이면 늘 느껴지는 약간의
흥분 상태로 유하는 눈을 떴다. 자신을 이렇게 만든 장본인을 찾아
손을 뻗던 유하는 빈자리가 만져지자 실망했다. 또 내 말을 어겼
군. 아침에 그를 혼자 깨도록 하지 말라고 그렇게 얘기했건만.

　이불에 남겨진 아리의 체취가 느껴지자 뜨거웠던 어젯밤의 기억
이 그를 덮쳤다. 배를 간질이던 비단 같은 머릿결, 어색한 듯 망설
이면서도 확고하게 그를 어루만지던 손길, 그를 완벽하게 감싸던
뜨겁고 촉촉한 입술을 떠올리자 유하의 입에서 자신도 모르게 신
음이 터져 나왔다. 떠올린 기억만으로도 자극받은 아랫도리가 단
단해지자 유하는 그것을 지그시 손으로 눌렀다. 안 돼, 아리는 지
금 그럴 수 있는 상태가 아니라고.

　옷을 입고 얼굴을 씻던 유하의 머릿속에 문득 떠오르는 의문이
있었다. 그녀가 왜 그런 행동을 했을까? 어떤 가능성에 그의 심장
이 퍼덕거리기 시작했다. 어쩌면 아리가 날 좋아하기 시작했는지
도 몰라. 요즘 아리는 서서히 그를 받아들이는 듯 보였다. 여태껏
잠자리에서도 유하의 요구에만 응하던 그녀가 얼마 전부터는 스스
로 그의 몸에 손을 대기 시작했다. 게다가 어젯밤엔……. 다시 거
칠어지는 숨결을 억누르며 애써 기억에서 빠져나왔다. 아직 자신
을 사랑하진 않는다 해도 조금씩 마음을 여는 것이 분명했다. 온몸
가득 차오르는 희망에 유하는 아찔함을 느꼈다.

　이런 것이 행복이란 걸까. 심장이 아플 정도로 두근거리고, 온몸
이 공중에 떠 있는 기분. 유하는 자신의 눈빛이 점점 따뜻하게 일

렁이고 입가에 웃음이 걸린다는 것을 알지 못했다.

아리를 한단성으로 데려가서 평생 내 곁에 둘 거야. 그 누구에게도 뺏기지 않게 소중한 나만의 여인으로, 오직 기쁨과 즐거움만 느끼게 해주겠어. 누구도 상처 입히지 못하게, 모두가 그녀를 우러러보게 만들 거야. 아무도 손댈 수 없는 고귀한 여인으로, 제후의 아내로.

그래, 아리와 혼인을 하자. 그러면 평생 날 떠나지 못하겠지.

한시라도 빨리 자신들의 혼인 소식을 전하고픈 마음에 유하가 성급히 방을 나섰다. 아리는 나의 아내가 되는 것에 대해 어떻게 생각할까? 불안한 마음을 애써 감추며 그는 후원과 안채 여기저기를 찾아다녔다. 바깥채에서도 아리의 흔적을 찾지 못하자 불안감이 스멀스멀 그의 등을 타고 올랐다.

모든 노비와 호위무사들을 동원해 찾은 지 한 식경도 못 되어 유하는 아리가 집 안 어디에도 없음은 물론이요, 어젯밤 이후로 아무도 그녀를 보지 못했다는 것을 알게 되었다.

아리가 떠났다.

그 단순한 사실이 유하의 폐부에서 공기를 모두 빼내 버리고 날카로운 칼날들을 박아 넣은 것처럼 고통스러웠다. 숨을 쉴 때마다 베어 내는 듯 통증이 느껴졌다.

동상이몽. 자신이 그녀를 신부로 맞는 어리석은 꿈을 꾸는 동안 아리는 그에게서 달아날 꿈을 꾸고 있었다. 그녀가 자신을 좋아하기 시작했다고 착각한 자신의 순진함을 비웃으며 유하는 입술을 피가 날 정도로 깨물었다. 아리. 어젯밤 네 다정한 몸짓은 날 안심시키기 위한 계책이었을 뿐인가.

새하얗게 질린 주인의 얼굴에 벌벌 떨며 감히 머리를 들지 못하던 노비와 무사들의 머리 위로 불호령이 떨어졌다.

"지금 당장 말을 준비해!"

아리, 넌 내게서 절대 벗어나지 못해. 널 놔주느니 차라리 날 죽일 만큼 증오하는 너를 보는 것을 택하겠다. 광기 어린 눈빛과 상처 입은 가슴으로 그가 맹세했다.

해가 떠오른 지도 한참이 지났다. 가림원이 있는 중성을 지나 진번성 전체를 둘러싸고 있는 외성문(外城門)을 빠져나왔을 때는 캄캄한 시각이었으나 지금은 높이 솟아 있는 태양이 그녀의 온몸 위로 그 뜨거운 열기를 사정없이 내려 보내고 있었다. 완만한 언덕을 지나는 동안은 그런대로 나무 그늘에 가려 서늘했다. 그러나 아리는 햇살의 따가움이나 그늘의 고마움 같은 것을 느낄 겨를이 없었다.

가림원을 벗어나 얼마 되지 않아서부터 그녀를 괴롭히던 마음의 소리를 이제는 더 이상 무시할 수 없었다.

그래, 그를 사랑해.

그동안 스스로 감춰왔던 것뿐이야. 알고 싶지 않았던 거지.

한 걸음씩 옮길 때마다 몸이 두 갈래로 찢겨 나가는 것 같았다. 그를 사랑해. 그를 떠나고 싶지 않아. 처절하게 부르짖는 마음의 외침과 싸우느라 기진맥진할 지경이었다.

하지만 난 그와 함께 있을 수 없어. 그를 만나기도 전에 이미 그녀의 운명은 정해져 있었다. 아무리 유하를 사랑한다 해도, 어색하게 속삭이는 그의 다정한 말투가 듣고 싶어도, 미칠 것 같이 그의 품으로 돌아가고 싶어도 아리는 그럴 수 없었다.

왜 이렇게 눈물이 나는 걸까. 유하를 만난 이후로 흘린 눈물이 십팔 년 동안 흘린 양보다 많았다. 그의 곁에 있으면 기대고 싶고 한없이 약해지는 자신을 다시금 추슬러야 했다.

순간 바람의 움직임이 달라졌다!

누군가, 혹은 어떤 무리가 가까이 다가오고 있었다. 아리는 가까스로 작은 체구를 감출 만한 바위 뒤에 몸을 숨겼다. 꽤 많은 수의 발자국 소리와 풀이 스치는 소리, 작은 나뭇가지가 부러지는 소리들이 한데 뒤섞여 점점 가까워지기 시작했다. 아리는 덫에 걸린 작은 짐승이 사냥꾼을 발견했을 때와 같은 기분을 느꼈다.

그다. 보지 않아도 알 수 있었다. 그가 날 찾으러 왔어. 다시 한 번만, 한 번만 더. 유하를 보고 싶은 마음을 다잡으며 아리는 발소리들이 멀어질 때까지 온몸을 경직시킨 채 숨을 죽였다.

더 이상 아무런 소리도 들리지 않는 것을 확인하고 바위 뒤에서 몸을 일으키던 아리는 바로 앞에 서 있는 그림자를 발견하고 소스라쳤다.

아명이었다. 소년 역시 놀란 듯 아리를 바라보았다. 물을 마시기 위해 일행에서 떨어져 잠깐 멈춰 섰는데 그녀를 보게 될 줄은 그도 몰랐다.

"그를 부르지 마. 난 돌아갈 수 없어."

아리가 급하게 말을 꺼냈다. 소년은 애원하듯 자신을 바라보는 그녀를 잠시 물끄러미 보더니 그들이 올라간 반대 방향을 가리켰다.

"저쪽으로 돌아서 가세요."

말을 마친 아명은 사람들을 쫓아 서둘러 언덕을 올라갔다. 소년의 뒷모습에 무언의 감사를 보낸 아리는 그가 가리킨 방향으로 걸음을 옮겼다. 유하가 보고 싶었다. 무척이나 화가 나 있겠지. 사랑한다는 말을 해주지 못한 것이 가슴 아팠지만 그 말을 한다면 그의 곁을 떠날 수 없었으리라.

눈물에 가려 앞이 잘 보이지 않자 눈을 비비던 아리는 순간 그녀 앞에 서 있는 유하의 모습이 자신의 환상이라 생각했다. 하지만 환상이라면 저토록 분노한 표정을 지을 리 없어. 유하가 그녀를 노려보며 길을 가로막고 있었다. 유하의 눈은 언젠가 그녀가 납치되었던 그날처럼 불타오르고 있었다.

"그 바위 뒤에 어설프게 숨어 내 눈을 속일 수 있다고 생각한 건 아니겠지?"

가림원에 도착하자마자 유하는 아리를 끌다시피 방으로 데려갔다.

주인 나리의 심상치 않은 표정에 모두들 아리의 불운한 앞날을 걱정하며 고개를 내저었다. 아리가 제아무리 유하의 총애를 받았다 하나 노비는 노비였다. 달아났다 잡혀 온 노비는 보통 태형이나 혹은 더 가혹한 벌을 받기 마련이었다. 설사 나리가 그녀를 죽인다 해도 그 누가 감히 나서서 반대할 수 있으리오.

거칠게 방 안으로 떠밀려진 아리가 바닥에 쓰러졌다. 그 앞에 다가선 유하는 아리의 작은 턱을 아플 정도로 쥐어 위로 젖혔다.

"왜 달아난 거지? 내가 그렇게나 참을 수 없었나? 편안한 잠자리와 네가 가질 수 있는 모든 것을 버리고 그 척박한 땅으로 돌아갈 만큼 내가 혐오스러웠던 거야?"

거칠고 황량한 눈동자와 슬픔으로 흐려진 눈동자가 마주쳤다.

"난 돌아가야만 해요……."

유하의 눈 속에서 다시금 억제되지 않은 분노가 불타올랐다. 거친 손이 상(치마) 속을 헤집어 속옷을 벗기려 하자 아리가 저항했다. 유하는 아리 위에 타고 앉아 그녀의 허리띠를 풀더니 가는 두 손목을 위로 잡아 올려 묶어버렸다.

"제발, 내 말을 들어줘요. 여긴 내가 속한 곳이 아녜요. 난 돌아가지 않으면 안 된다고요."

유하의 손아귀에서 얇은 속옷이 찢겨져 나갔다. 아리가 자유롭지 못한 두 손 대신 다리를 버둥거리자 그마저 유하는 자신의 체중으로 쉽게 눌러 버렸다. 싫어, 이렇게 거칠게 하는 건. 그를 사랑했다. 그래서 난폭한 행동 뒤에 가려진 상처 입은 유하의 마음을 느낄 수 있었다. 내일이면 이이는 후회할 거야, 이런 자신의 행동을. 그래서 더 고통스러워할 거야.

"이러지 말아요, 유하. 아악!"

그가 자신을 거칠게 삽입하자 아리가 비명을 질렀다.

"넌. 내. 게. 속. 해. 있. 어. 네 마음은 어쩔 수 없다 해도 네 몸은 확실한 내 소유지."

한 마디 한 마디 끊어서 거칠게 내뱉은 말과는 달리 유하는 아리에게 더 이상 고통을 주지 않으려는 듯 몸을 고정시킨 채 손을 뻗어 한삼 속에 감춰진 그녀의 가슴을 어루만졌다. 천을 사이에 두고서도 유하의 익숙한 손놀림에 젖꼭지가 단단히 곤두서는 게 느껴졌다. 그가 두 손으로 가슴을 단단히 움켜잡자 아리의 가슴이 부풀어 올랐다. 허벅지에 와 닿는 차가운 바닥에 비해 아리 안에 있는 유하는 지나치게 뜨거웠다.

"날 봐."

유하가 아리의 시선을 요구하며 바닥에 흐트러진 머리칼을 한 움큼 쥐어 입술을 댔다.

"이 머리칼은 내 것이야."

턱을 아프게 움켜잡은 그가 상체를 숙이자 몸 안에서 느껴지는 마찰에 아리가 신음했다.

"이 입술도."

입술 위에 닿을 듯 말 듯 입을 가져간 채 유하가 말을 이었다. 그의 손이 한삼 자락을 풀어헤쳐 길을 열자 뒤따라온 입술이 가슴을 덮었다. 산호색 봉오리를 입 안에 넣은 그가 이로 깨물자 아리는 아픔과 쾌락이 뒤섞인 미묘한 감각에 몸을 휘었다. 미끄러져 내려간 손끝이 아랫배를 지나 두 사람의 몸이 결합된 곳에서 멈췄다. 감춰진 조그만 꽃잎을 희롱하듯 유하가 그곳을 건드리자 아리가 신음을 흘렸다.

"여기도. 넌 머리에서 발끝까지 완벽한 내 것이야. 네 몸은 내게 길들여져 있어."

유하가 또다시 움직이기 시작하자 통증이 밀려왔다. 그러나 이미 아리의 몸은 그에게 반응해 뜨겁게 달아올라 있었고 그가 어서 자신을 채워주길 바랐다. 거칠고 뜨거운 몸짓으로 유하가 아리 안에 자신을 밀어 넣었다.

"말해. 두 번 다시 날 떠나지 않겠다고."

유하는 격렬하게 하체를 움직이면서 아리에게 강요했다. 그러나 아리는 고통스런 쾌락에 휩싸여 가는 흐느낌 소리만 낼 뿐이었다. 자신이 원하는 대답이 돌아오지 않자 그는 상처 입은 야수처럼 고함을 지르더니 절정에 올랐다. 아리를 전혀 배려하지 않은 채 자신의 욕구만을 채우는 냉정한 모습은 처음 만났을 때의 그를 연상시켰다.

아픔과 혼란으로 아리가 채 정신을 수습하기도 전에 유하가 그녀를 안아 들었다. 침상에 눕혀지고 손목이 풀리는 동안 아리의 눈에서 쉼 없이 눈물이 흘러내렸다. 가련한 나의 사람. 내가 당신을 이렇게 상처 입게 했어. 아리가 그를 끌어안고 뺨에 입을 맞추자 유하가 몸을 확 잡아 뺐다.

"무슨 뜻이지, 이건?"

"미안해요……."

유하의 손이 다가와 아리의 뺨을 적시는 눈물을 닦아냈다.

"네 눈물은 거짓을 말하지 않아. 날 받아들이는 게 그렇게 끔찍한 일인가?"

아리의 얼굴이 처참하게 일그러졌다.

"아네요. 다만 난 돌아가지 않으면 안 되는 이유가……."

"그만! 내가 듣고 싶은 말은 그게 아냐!"

다리가 난폭하게 벌려지더니 그가 다시 뚜렷하게 부푼 자신의 남성을 잡아 아리 안을 파고들었다. 갑작스런 침입에 다시 통증이 느껴졌다.

"네 입에서 날 떠나지 않겠다는 말이 나올 때까지 넌 끊임없이 날 받아들여야 할 거야."

"유하……."

그녀의 손이 다가오자 거칠게 뿌리친 유하는 아리의 팔을 잡아 침상에 내리눌렀다.

"거짓으로 날 안을 필요는 없어. 네가 응하지 않아도 상관없으니까."

상처로 얼룩진 유하의 눈동자를 보자 아리의 목에서 절망의 흐느낌이 터져 나왔다.

九章

아리는 결코 그 말을 입 밖에 내지 않았어. 후원 정자에 앉아 술을 들이켜던 유하가 혼잣말로 중얼거렸다. 그가 셀 수 없으리만 치 무자비하게 유린하는 동안 아리는 내내 낮게 소리 죽여 울기만 했다. 부드럽고 다정한 애무 따윈 없었다. 분노로 미쳐 버린 그는 오직 그녀를 상처 입히고 싶었다.

자신의 짐승 같은 행동을 기억한 유하가 탁자를 내려치자 섬세 한 자기 술잔이 그의 주먹에 깔려 깨어졌다. 이로써 아리가 자신을 사랑할 가능성은 완전히 사라져 버렸다. 몸은 강제로 가질 수 있어 도 마음은 그렇지 않았다. 이제 그녀는 자신을 증오하리라. 두 번 다시 내게 미소 짓지 않겠지. 빛이라곤 전혀 보이지 않는 앞날에 절망하며 유하는 다시 술잔을 비웠다.

발소리가 들렸다. 고개를 든 유하의 눈에 왕마가 나무 소반에 술병과 음식 접시를 들고 서 있는 것이 보였다.

"에구머니나! 손을 다치셨습니다. 나리, 어서 치료를……."

"별거 아냐. 술이나 내려놔."

"오전 내내 드셨습니다. 그만 하심이……."

"상관 말고 가버려!"

한숨을 내쉰 왕마가 탁자 위에 술병을 내려놓고는 돌아섰다.

"기다려!"

"예?"

왕마가 다시 돌아와 그의 앞에 섰다.

"……왕마는 여인이고 또 오래 살아왔으니 알지도 모르지. 알고 싶은 게 있어……."

"무엇이신지요?"

순간 유하의 준수한 얼굴에 홍조가 떠올랐나 싶어 왕마는 자신의 눈을 의심했다.

"어떻게 하면 여인이 날 사랑하게 만들 수 있지?"

"예?"

너무나 의외의 질문에 놀란 그녀가 반문했다.

"아냐. 제길, 잊어버려."

홍조가 목까지 번져 가더니 유하가 고개를 돌려 버렸다. 어린아이였을 때조차 이런 그의 모습을 본 적이 없는 왕마의 마음에 홍미로움과 측은함이 동시에 밀려들었다.

"아리 말씀이신가요?"

유하가 날카롭게 왕마를 노려보더니 비틀거리며 일어서 기둥에 몸을 기댔다. 유하는 등을 돌린 채 연못을 뚫어져라 바라보고 있었다.

"점점 더 나빠지는 것 같아. 강제로 하고 싶지 않은데 아리는 날 화나게 만들어. 그리고 싶지 않은데도 거친 말이 먼저 나가 버린다구."

잠시 말을 끊은 유하가 다시 말을 이었을 때 그의 목소리는 더욱 낮아지고 쉬어 있었다.

"날 사랑하게 만들고 싶은데 이젠 손쓸 수 없을 정도로 어긋나 버렸어."

처량하게 흘러나오던 목소리가 갑자기 노기를 띠었다.

"제길, 아리는 무얼 해줘도 기뻐하지 않아! 아름다운 비단옷도, 아무리 진귀한 장신구를 주어도 내게 웃음 지어주지 않는다고."

대다수의 여인들, 특히 그가 상대하던 기녀들은 그런 것을 받으면 언제든 기꺼이 웃음을 주었으리라. 그녀들은 그것이 업이니까. 그러나 그 소녀라면……. 아리의 얼굴을 떠올리며 왕마가 얼굴을 찌푸렸다. 힘든 상대를 선택하셨군요. 아니, 오히려 그래서 이 오만하고 냉정한 주인 나리의 마음을 사로잡았는지도 모르지.

"그녀에게 다정하게 나리의 마음을 얘기해 보셨나요?"

"난 부드럽게 말하는 법 따윈 몰라."

"명령으로 사람의 마음을 가질 순 없지요."

왕마가 씁쓸한 얼굴로 말을 이었다.

"그녀가 원하는 걸 해주세요."

"보내주라고? 그건 절대 안 돼! 왕마, 물러가."

고개를 흔들며 왕마가 사라져 갔다.

유하가 흐릿한 눈으로 멍하니 하늘을 바라보는데 뒤쪽에서 다시 옷자락 스치는 소리가 들렸다.

"날 내버려 두라고 했잖아!"

그가 버럭 소리를 지르는데 부드러운 손가락이 피가 배어나는 주먹을 감싸는 게 느껴졌다. 고개를 돌리자 아리의 얼굴이 눈에 들어왔다.

깃과 소매 끝단에 수놓인 흰 매화를 제외하면 온통 푸른 비단옷에 둘러싸인 조그만 얼굴이 햇살 아래 드러났다. 창백한 안색과 살짝 부푼 눈 밑이 그녀가 어젯밤 내내 울었음을 보여주고 있었다. 유하는 차마 아리를 마주 볼 수 없었다. 자신이 상처 입힌 그녀의 모습을.

"무슨 일이야?"

얼굴을 돌려 아리를 외면한 채 그가 무뚝뚝하게 물었다.

"피가 나요."

"내버려 둬."

"당신 상처는 모두 내 것이에요. 기억하죠?"

네가 원하기만 한다면 내 몸 전체가 네 것이야, 유하가 우울하게 생각하는 동안 아리는 상처 위로 조심스럽게 술을 부어 씻어 내렸다. 아리가 상처에 입을 대 핥더니 얼굴을 찡그렸다.

"음, 이게 뭐죠? 물이 아닌가 봐요. 굉장히 써요."

아리의 잔뜩 찌푸린 얼굴과 내민 혀끝을 보고 유하가 쿡 하고 웃었다.

"진짜라니까요. 당신도 해봐요."

아리가 그의 손을 들이밀었지만 대신 유하는 그녀의 입술을 살짝 훑었다.

"아니, 네가 틀렸어. 너무나 달콤한걸."

유하의 얼굴을 응시하던 아리의 표정이 점점 슬픔으로 가라앉았
다. 아리는 넓은 그의 가슴에 얼굴을 묻고 유하를 꼭 끌어안았다.
유하의 빨라진 심장 고동 소리가 전달되었다.

"잠시만 이렇게 안아줄래요?"

유하의 강한 팔이 아리를 감쌌다.

"내가 널 아프게 했지."

그것은 질문이 아니라 확신이었다.

"아파요."

유하의 얼굴이 침울하게 흐려졌다.

"하지만 당신만큼은 아니겠죠."

아리가 유하의 눈을 바라보며 손으로 그의 얼굴을 쓰다듬었다.

"옛날 얘기 좋아해요?"

뜬금없이 아리가 물었다.

"어릴 때 할머니가 항상 해주시던 얘기가 하나 있어요. 당신에
게 들려주고 싶어요."

유하가 침묵하자 동의의 뜻으로 받아들인 아리가 이야기를 시작
했다.

"아주 오랜 옛날, 하늘님의 막내아들이 땅으로 내려오셨어요.
인간 세상을 널리 이롭게 다스리기 위해 천부의 인(印) 세 가지를
가지고 태백산에 내려오셨대요. 그가 지상으로 내려올 때 세 명의
신이 함께했죠. 바람을 다스리는 풍백, 비를 일으키는 우사, 구름
을 부리는 운사가 그들이에요. 아주 오랜 세월이 지난 뒤 그들은

다시 하늘로 돌아갔지만 천부의 인 세 가지는 남겨졌어요. 사람들은 그 보물들을 성지에 두고 신의 기를 이어받은 자들로 하여금 그것을 지키도록 했죠. 그리고 수 세대를 거치는 동안 우리의 땅은 한족 왕에게 지배당하게 되었대요. 그러나 그 왕조차도 성지에 허락 없이 출입하거나 보물을 가질 순 없었어요. 신을 모시는 성역이었기에 왕일지라도 감히 함부로 침범할 수 없는 곳이었거든요. 그런데 어느 날 그 왕이 보물을 탈취하려 계획하는 것을 시종 하나가 엿듣고 성역에 그 사실을 고했어요. 풍백을 모시는 바람의 일족 수장은 여인이었어요. 그녀는 그곳을 떠나기로 결정하고 그날 밤 수십 명의 일족과 함께 고향을 떠났어요. 그들은 새로운 삶의 터전으로 사람들이 범접하기 어려운 깊은 산속을 택했어요. 그리고 일족만의 결계를 쳐 범인들이 들어올 수 없도록 했죠. 하지만 그들이 정착하고 몇 년 되지 않아 마을에 퍼진 병으로 대부분의 일족들이 세상을 떠났어요. 일족의 수장이었던 여인과 태어난 지 얼마 안 된 손녀, 둘만이 살아남았죠. 세상과 고립된 곳에서 둘은 그렇게 서로를 의지하며 살았어요. 그러던 어느 날 나이 든 여인은 갑작스레 죽음을 맞게 되었고 손녀에게 보물을 지키라는 마지막 말을 남겼어요. 모든 일족의 희생으로 지켜진 보물이었기에 소녀는 이제 마지막 수호자가 된 거예요. 혼자 남은 소녀는 할머니의 유언에 따라 산을 내려왔어요. 그리고 난생처음 사람들을 만났죠."

정체를 알 수 없는 불안감이 유하의 온몸에 스며들기 시작했다. 유하는 더 이상 아리의 이야기를 듣고 싶지 않았다. 이야기의 끝을 알고 싶지 않았다. 그러나 그가 내려다보자 흔들림 없는 아리의 눈빛과 부딪쳤다. 그녀는 멈추지 않을 것이다.

"사람들은 그녀를 경계하고 두려워했어요. 낯선 사람들이 그녀를 잡아 가뒀죠. 그리고 보물을 내놓으라고 했어요. 그녀가 입을 열지 않자 그들은 그녀를 끌고 이곳까지 왔어요. 그런데 또 다른 사람이 나타나 그녀를 데려갔죠. 그는 보물에 대해선 아무것도 모르는 사람이었지만 그녀를 그들에게서 구해주었어요."

아리가 유하의 눈을 올려다보았다.

"당신이에요."

"그런 말도 안 되는 이야긴 듣고 싶지 않아."

유하는 거부했다. 그런 거짓말 같은 이야기 따위에 내가 널 포기할 것 같아? 절대 안 돼. 마음이 저릿했다.

"보여줄게요."

아리가 유하의 품에서 벗어나 옷깃 사이로 그 비늘 같은 목걸이를 꺼내 손으로 감쌌다. 순간 그녀의 손가락 사이에서 눈이 시릴 정도의 푸른빛이 사방으로 뻗어나왔다. 빛이 닿는 모든 곳에서 공기의 일렁임이 멈추고 한곳으로 뭉치기 시작했다. 놀랍게도 유하의 발치로 모여든 그것은 그의 키의 두 배가 넘는 회오리바람을 일으켰다. 거대한 돌풍은 아니었지만 그 위력은 무시 못 할 정도여서 바닥의 모든 흙과 나뭇잎을 쓸어가고 작은 돌멩이마저 삼켜 버렸다. 유하는 그들 사이에서 끊임없이 빙글빙글 도는 바람을 멍하니 바라보았다. 유하의 옷은 세찬 바람의 기세에 펄럭였지만 아리의 옷자락은 한 치의 흐트러짐도 없이 고정되어 있었다.

"……바람은 내게 아무런 영향을 줄 수 없어요. 나는 바람을 지배하는 신의 힘을 이어받았거든요."

아리가 목걸이에서 손을 떼자 순식간에 바람이 스러졌다. 공중에 떠 있던 돌과 자잘한 잎사귀들이 일시에 바닥에 딱딱거리며 떨어졌다.

"바람을 일으키는 청룡을 부르지 않고선 이 정도밖에 할 수 없어요. 이 목걸이는 청룡의 역린(목 비늘)으로 그와 나를 연결시키는 매개체예요. 일족의 직계는 이것을 갖고 태어나죠."

아리의 목소리가 떨리기 시작했다.

"당신에게 모두 얘기해야겠다고 생각했어요. 내가 돌아갈 수밖에 없는 이유를……. 난 마지막 일족이에요. 내겐 지켜야만 할 사명이 있어요. 그건 인간이 어찌할 수 없는 하늘의 뜻이죠."

아리의 눈에서 눈물방울이 떨어져 내렸다.

유하는 망연자실, 넋을 잃고 아리의 눈물을 바라보았다. 믿고 싶지 않았다. 신의 힘을 가진 보물? 보물을 지키는 마지막 일족이라고?

왜, 왜 하필 그녀여야 해! 유하는 소리 없는 거부로 절규하고 있었다. 추우영이 노리는 보물 따위 유하에겐 거추장스러운 방해물일 뿐이었다. 아리와 그 사이를 가로막는 증오스런 장애물. 아리가 평범한 여인이었다면 좋았을 것을. 바람의 일족이니, 사명이니 그런 것 따위 무시해 버리고 싶었다. 하지만 이렇게 억지로 잡아둔다면 아리는 평생 눈물지을 테고 날 증오하겠지……. 그러나 아리를 떠나보낸다는 것은 그로선 생각조차 할 수 없는 일이었다.

갑자기 아리의 얼굴에 핏기가 가시더니 소리 없이 바닥으로 허물어졌다. 유하는 아리의 머리가 바닥에 부딪히기 전 아슬아슬하게 붙잡을 수 있었다.

"아리!"

사색이 된 그가 놀라 외쳤으나 아리는 의식을 잃어버렸다. 재빨리 목에 손을 대 천천히 맥박이 뛰는 것을 확인하고서야 그는 멈추었던 숨을 내뱉었다. 아리를 품에 안은 채 유하는 바닥에 주저앉았다.

기절을 하다니, 이런 일은 한 번도 없었는데. 내가 어젯밤 너무 거칠게 대해 그런 걸까? 아리는 아프다고 말했다. 그 기억을 떠올리며 유하는 자신을 저주했다. 그의 가슴에 안긴 아리는 작고 연약한 소녀 같아 보였다. 목도 너무 가늘고, 손목도 지나치게 약해 보였다. 투명하도록 푸른 정맥이 내비치는 손목에 난 붉은 자국을 발견하자 그가 이를 악물었다. 숨을 쉬기 편하도록 허리띠를 풀어주고 옷깃을 느슨하게 벌리자 새하얀 목과 가슴 언저리에 무수하게 찍힌 그의 손자국들과 멍이 아프게 눈을 때렸다.

대체 아리에게 무슨 짓을 한 거야! 자신을 질책하던 그는 두 번 다시 강제로 아리를 취하지 않으리라 결심했다.

"아리? 아리!"

낮은 음성으로 아리를 부르며 유하는 머리칼을 차가운 뺨 위에서 치워주었다. 짙은 속눈썹이 파득거리더니 아리가 눈을 떴다.

"유하……?"

"그대로 있어. 넌 기절했었어."

아리의 눈동자가 점차 또렷해지더니 힘없는 목소리로 중얼거렸다.

"한 번도 기절한 적이 없었는데……."

"내 탓이야. 내가 어제 널 그렇게……."

스스로를 자학하는 그의 말에 아리가 손으로 유하의 입을 막았다.

"자책하지 말아요. 당신 탓이 아네요."

"의원을 부를게."

"아니, 이젠 괜찮아요. 잠시만 이대로 있어줘요."

품으로 파고드는 아리의 여린 몸을 유하가 꼭 끌어안았다. 서로에게 말을 하지는 않았으나 둘 다 이대로 시간이 멈춰 버렸으면 좋겠다고 생각했다.

오후 내내 유하는 아리의 이야기를 들은 적도 없다는 듯 행동했고 그런 그를 아리는 아픈 마음으로 바라보았다.

아리는 왕마와 함께 중정을 걷고 있었다. 날씨가 꽤 더워져 산책을 할 때도 회랑의 처마를 따라서 걸어야 했다. 그리고 마침 한 여인이 눈에 띈 것은 그때였다. 놀란 아리는 왕마의 소매를 잡아당기며 물었다.

"왕마, 저 여인은 어디가 아픈 거죠?"

"누구 말씀이신지?"

왕마가 두리번거리자 아리는 다급히 그 여인을 가리켰다.

"저기 있는 저 여인이요, 배가 저렇게 커다랗게 부풀다니, 큰 병이 난 게 틀림없어요."

아리가 가리킨 곳에는 성안에서 바느질할 일감을 받기 위해 가끔 가림원에 오는 여인이 더운 햇살을 피해 회랑 아래 서 있었다.

"무슨 소립니까? 아이가 들어선 여인네를 처음 보는 건가요? 대체 어떤 세상에 살다 왔는지 정말 알고 싶군요. 하늘에서 떨어지기라도 했습니까?"

아이. 아이를 가진 여인이라고? 저 모습이? 아리의 눈동자가 휘둥그레졌다.

"어, 어떻게 하면 아이를 가질 수 있죠?"

왕마의 소매를 붙든 아리의 손이 떨리고 있었다. 왕마가 웃으며 대답했다.

"나리가 밤마다 애쓰고 계시잖습니까. 한 여인이랑 이토록 오랫동안 침소에 들다니 나리답지 않은 일이죠. 기루에도 완전히 발길을 끊으시고. 처자가 퍽이나 마음에 드시나 봅니다."

멍해 있는 아리의 손을 토닥이며 왕마가 말을 이었다.

"모르지요, 지금쯤 벌써 들어섰을지도……."

유하와의 잠자리가 생명을 만드는 일이라는 사실은 몰랐었다. 단지 즐겁기 위한 것인 줄 알았는데……. 아리는 가만히 자신의 배에 손을 대어보았다. 아기가 생기면 나도 저렇게 될까? 아기. 그의 아기. 그를 닮게 될까? 잊고 있었다. 산을 내려온 이유가 그 때문이었는데.

"아기가 생기면 알 수 있나요? 저, 저렇게 배가 커지기 전에요."

아리는 왕마가 일러주는 모든 말을 주의 깊게 들었다.

방문을 열자 초조하게 방 안을 서성이는 아리가 보였다. 유하의 모습을 본 아리가 이내 멈춰 섰다.

"누워 있으라고 했잖아."

유하가 걱정스럽게 다가가 아리의 이마에 손을 얹었다. 다행히 열은 없는 듯했다.

"당신에게 물어볼 게 있어서 기다렸어요."

"말해봐."

유하가 검을 끌러 놓으며 대답했다.

"당신도 아기가 필요했나요?"

"뭐라고?"

난데없는 질문에 놀란 유하가 아리를 향해 돌아섰다.

"왕마가 그러는데, 당신이 내게…… 그러니까, 저…… 그러면 아기가 생긴대요."

"내가 너에게 어쩐다고?"

유하가 쿡쿡 웃으면서 물었다. 난처해하는 아리를 짓궂게도 놀리고 싶어졌다. 아리의 창백했던 뺨이 엷게 홍조를 띠자 너무 아름다웠던 것이다.

"당신이…… 저기…… 내……."

아리가 다시 더듬거리자 붉은 기운이 홍화처럼 퍼져 나가 목까지 새빨개졌다.

"내가 네 안에 들어가 씨를 뿌리면 말이지."

유하는 미소를 띠며 아리를 도와주었다. 그녀가 놀란 눈을 크게 뜨고 고개를 끄덕였다.

"당신도 알고 있었나요?"

알고 있었냐고? 당연히, 알고 있었다. 단지 한 번도 아이에 대해 생각해 본 적이 없었을 뿐이었다. 뭐, 언젠가는 대를 잇기 위해 혼인을 해야겠지 하는 막연한 생각만 가졌을 뿐. 그가 함께 지냈던 기녀들은 아이가 들어서지 않게 하는 법을 알고 있었기에 그런 문제는 한 번도 대두된 적이 없었다. 아리와 잠자리를 하는 동안도 그런 것엔 신경 쓰지 않았고, 그녀 또한 그쪽으로는 어처구니없을 만큼 순수하니 당연히 조치를 취할 수 없었겠지. 지금 이 순간도 자신이 그 사실을 안다는 데 대해 저렇게 놀란 눈으로 쳐다보는 아리가 아닌가.

"아이가 필요해서 내게 그런 거예요?"

"아니, 아이 문제는 생각해 본 적이 없어."

유하가 솔직하게 말하자 아리의 얼굴이 다시 창백해졌다.

"내 아이를 가지는 게 싫어?"

아리의 표정에 상처입지 않으려 애쓰며 유하가 건조하게 물었다.

"아뇨. 그게 아니라, 어떡해요……. 당신은 아기를 원하지 않았는데 생겨 버렸어요."

울상이 된 아리의 표정에 신경 쓰느라 마지막 말은 뒤늦게야 뇌리에 전달되었다.

"뭐?"

유하는 자신이 잘못 들었다고 생각했다.

"아이가 있어요. 미안해요."

두 손으로 복부를 감싸며 아리가 작은 목소리로 대답했다.

유하는 잠시 그녀가 한어가 아닌 동이족의 언어로 말한 게 아닌가 하는 착각이 들었다. 아리의 말이 얼른 이해되지 않았다.

내 아이. 아리와 나의 피를 이어받은 아이가 이 안에 있다고? 유하는 아리 앞에 무릎을 꿇고는 치맛자락을 허리까지 들어 올려 아직 밋밋한 그녀의 아랫배에 입술을 가져다 댔다. 가슴이 터질 듯 두근거렸다. 아리와 내가 창조한 작은 생명체가 여기에서 자라고 있어. 유하의 손은 이제껏 피로 물들어 있었다. 그가 만들어낸 것이라고는 파괴와 죽음뿐이었다. 그런데 생명을 만들었다고? 아리가 이루어낸 이 작은 기적 앞에 유하의 손이 떨려왔다.

"저, 화나지 않았어요?"

자신의 배에 입을 맞추는 유하를 보며 아리가 물었다.

"너무 기뻐. 네가 내 아일 가지다니. 행복해. 너는?"

북받치는 감정으로 쉬어 버린 목소리로 응답하는 유하를 보는 아리의 얼굴에 기쁨과 슬픔이 섞인 묘한 표정이 떠올랐다.

"나도 기뻐요. 하지만……."

"왜?"

"아이가 필요했어요. 할머니의 유언이죠. 바람의 일족이 대가 끊기면 안 된다고 하셨어요. 그래서 산을 내려온걸요."

아리의 슬픈 표정에 유하의 심장은 칼이 박힌 듯 에였다.

"내 아이까지 가진 널 돌려보내리라 생각하는 거야? 네가 또다시 달아나면 왕마와 노비들을 죽여 버릴 거야. 널 놓친 무사들까지 모조리 다. 그리고 널 찾아내 데려와 평생 동안 방 안에 묶어놓을 거야."

아리의 눈에 눈물이 고이는 것을 보자 유하는 비참해졌다. 방금 전엔 그토록 행복했었는데.

十章

나흘이 지났다.

아리가 아이를 가진 것을 알자마자 유하는 그녀가 손가락 하나 까딱하지 못하게 했다. 그전에도 유하는 아리에게 항상 예민했지만 이제는 아예 깨질세라 지나친 과보호를 하고 있었다. 유하가 생각하기에 힘든 모든 일은 아리에게 금지되었고, 식탁 위에는 각종 산해진미가 가득 올라왔다. 뿐만 아니었다. 아리가 조금이라도 움직이기라도 할라치면 어디선가 유하가 나타나 다시 침상으로 데려갔다. 유하는 더 이상 그녀를 안으려 하지도 않았다.

오늘 아침 아리가 구역질을 하자 유하는 새파랗게 질리고 말았다. 의원이 급히 불려왔고 결국 유하는 그것이 정상적인 입덧이라는 다짐을 몇 번이나 받고서야 그를 돌려보냈다. 탈진된 상태로 힘없이 누운 아리의 이마에 젖은 물수건을 올려주며 유하가 속삭였다.

"아기를 갖는 일이 이렇게 널 힘들게 하는 건지 몰랐어. 미안해. 내가 널 이렇게 만들었어."

"제발 미안해하지 말아요. 이 아긴 당신이 내게 준 가장 아름다운 선물이에요."

아리가 그를 바라보며 희미하게 미소 짓자 유하의 가슴이 부풀었다.

"고마워."

아리의 손바닥에 입술을 대며 유하가 말했다.

아리의 입덧은 달포 정도 계속되다 사라졌다. 아리가 음식을 먹지 못하는 일이 많아지자 유하는 자신까지 끼니를 걸렀다. 그는 초조하고 걱정스런 얼굴로 내내 아리 옆을 서성이며 죽이나 과일이라도 먹이려 애썼다. 그나마 더위가 극성을 부리지 않아 다행이었다.

아리뿐만 아니라 유하에게도 고통스럽던 시기가 지나고 식욕이 돌아온 아리가 충분히 음식을 먹어 유하를 기쁘게 만들었다. 창백하고 파리하던 아리의 안색이 생기를 되찾았다. 요사이 아리는 갓 피어난 꽃처럼 살결은 빛이 나고 더욱 아름다워져 유하의 숨을 막히게 했다.

아기는 착실히 자라고 있었다. 이제 아리의 아랫배는 살짝 부풀어 만져 보면 둥근 곡선을 느낄 수 있었다. 매일 밤 유하는 아리의 복부에 손을 대고 그 감촉을 즐겼다. 그러나 그가 스스로에게 허용한 것은 거기까지 뿐이었다.

밤마다 아리 옆에 누워 끌어안고만 있는 것은 유하 스스로를 거의 말라죽게 만들었다. 유하는 거의 잠을 이루지 못했다. 흥분한 몸을 이를 악물고 참으며 새벽이 오길 기다리는 밤들이 계속됐다. 유하의 얼굴은 살이 빠져 날카로움이 더해졌고, 눈가의 푸르스름한 그늘은 그가 수면 부족임을 알려주었다. 그래도 딴 방에서 잘 생각은 하지 못했다. 스스로에게 가하는 고문일지라도 아리를 품에 안는 작은 기쁨마저 빼앗기고 싶지 않았다.

매일 아침 지칠 때까지 말을 달리고 밤마다 냉수로 목욕을 해도 아리 곁에 누워 있는 한 소용이 없었다. 유하는 점점 초조하고 신경질적으로 변해갔다. 날카롭게 곤두선 그의 신경은 해소할 곳을 찾지 못해 폭발 일보 직전이었다. 그러나 호위무사나 노비, 집 안의 그 누구에게도 화풀이를 할 수는 없었다. 아리가 놀라거나 걱정하는 모습을 보고 싶지 않았기 때문이었다.

계절은 어느새 가을의 향기를 풍기고 있었다. 하늘은 푸르렀고 아침 햇살은 따가웠지만 공기는 서늘했다. 절기상으로는 여름의 끝이었지만 겨울이 빨리 찾아오는 이곳은 이미 가을이 시작되고 있었다.

황제는 그가 맡긴 일의 진행 상황을 묻고는 어서 임무를 해결하고 돌아와 자신을 배알하길 기대한다는 내용의 칙서를 보내왔다. 겨울이 오면 여행하기도 힘들뿐더러 유하는 아리가 만삭의 몸으로 오랜 여행의 위험을 감수해야 하는 것을 원치 않았다. 곧 떠날 준비를 해야 했다. 그렇지 않으면 겨우내 이곳에 발이 묶여 버릴 것이다. 그러나 아리를 강제로 끌고 갈 수도 없었다. 이러지도 저러지도 못하는 유하의 심장만 하루하루 타 들어갔다.

피곤한 눈언저리를 비비며 유하가 한숨을 내쉬었다. 오늘은 그 문제를 잊고 싶었다. 사실 그들은 그 문제에 대해선 한 마디도 하지 않았다. 서로가 암시적인 묵계라도 이루어진 듯 지체할 수 있는 데까지 최대한 그 결정을 미루고 싶어했다. 마치 그날그날을 살아가는 하루살이처럼.

방으로 들어서자 제일 먼저 침상으로 눈길이 갔다. 조금 전 자신이 빠져나온 그대로 아리가 곤히 잠들어 있었다. 침상에 걸터앉아 사랑스러운 얼굴을 바라보자니 자연스레 유하의 표정이 부드러워졌다. 요사이 아리는 늦잠을 자는 일이 많아졌다. 아기의 영향인 듯했다. 유하는 이불 위로 아리의 배를 살며시 쓰다듬었다. 아리가 눈을 떴다.

"잘 잤어? 깨우려고 한 건 아닌데."

아리가 유하의 손을 잡아 볼에 가져가 댔다. 유하의 심장이 쿵하고 내려앉았다.

"손이 차가워요. 나갔다 온 거예요?"

"응."

손등에 닿는 보드라운 피부 감촉이 유하의 몸에 생기를 불어넣는 것 같았다. 이것도 아기의 영향인지 아리는 요즘 그와의 접촉을 피하지 않았다. 굶주린 그에게 이런 행동들은 사막에 떨어지는 한 줄기 빗물처럼 감질나게 만들었다. 또한 견딜 수 없으리만치 달콤한 고문이기도 했다. 얇은 침의를 통해 뚜렷이 드러나는 가슴의 굴곡으로 저도 모르게 뻗어가던 손을 단호히 멈춘 유하는 침상의 기둥을 붙잡았다. 그러지 않으면 유혹에 져버릴 것만 같았다. 유하는 깊게 숨을 들이마셨다.

"옷을 입어. 나랑 같이 갈 데가 있어."

"밖으로 나갈 거예요?"

아리가 놀라 일어나 앉으며 물었다.

"그래, 향아를 불러다 줄게."

아리의 눈 속에 비친 흥분을 보고 유하는 즐거워졌다. 사실 아리
는 이제껏 거의 갇혀 살다시피 했고 그나마 최근에는 입덧 때문에
방에만 있어야 하는 날이 많았다. 요즘 들어 점점 더 갑갑해하는
아리를 위해 유하는 오늘의 이 특별한 계획을 세웠다. 아리의 눈동
자가 기대감으로 반짝이는 것을 보자 유하는 고통스런 욕구 불만
을 모두 잊어버렸다.

아침을 먹은 후 그들은 곧 출발했다. 아리를 위해 작은 수레가
준비되었고 말을 탄 유하를 선두로 향아와 두 명의 호위무사가 따
라왔다. 성을 빠져나가는 사이 유하는 수시로 수레 옆으로 말을 몰
고 와 혹시 불편한 점이 없는지 아리에게 물었다. 그들의 행선지에
대해서 유하는 아리가 아무리 물어도 대답해 주지 않았다.

낮은 산 어귀에 다다르자 말과 수레는 더 이상 산을 올라갈 수
없었다. 아리가 걸을 수 있다고 했지만 유하는 굳이 그녀를 팔에
안고 낮은 언덕을 올라갔다.

늦여름의 녹음 사이로 가을은 이미 그 발자취를 확실히 새기기
시작하고 있었다. 푸른 산자락 군데군데가 황금색과 붉은색으로
타 들어가는 듯 보였다. 유하의 가슴에 안긴 아리는 연신 감탄사를
내뱉었다.

"유하, 여긴 너무 멋진 곳이에요."

유하가 장소를 정하자 뒤따라온 향아와 무사들이 재빨리 풀 위에 비단 자리를 펼치고 들고 온 바구니를 내려놓고 멀어져 갔다.

"다들 어디 가는 거예요?"

"산 아래서 우릴 기다릴 거야. 너와 있는데 저들의 방해를 받고 싶지 않아. 걱정 마. 나 혼자서도 충분히 널 안전하게 지킬 수 있어."

아리는 단 한 번도 그 사실을 의심해 본 적이 없었다. 유하는 언제나 완벽하게 그녀를 보호해 주고 있었다.

유하가 자리 위에 아리를 내려놓고 그 곁에 앉았다.

"너와 둘이서 소풍을 오고 싶었어."

갑자기 아리가 안겨오자 유하는 놀라움을 금치 못했다.

"고마워요."

그들 주위에는 꽃잎을 떨어뜨리기 시작한 들꽃들이 가득 펼쳐져 있었다.

"이것 봐요. 꽃들이 많이 져버렸어요. 음, 꽃이 피기 시작하는 봄이나 여름이었다면 당신에게 꽃목걸이를 만들어줄 텐데."

아리가 장난스럽게 말하자 유하가 웃으며 맞받았다.

"내년 봄에 다시 오면 되지."

"……아, 저기 벌써 붉은 단풍이 들기 시작한 나무가 있어요."

갑자기 말을 돌린 아리는 자리에서 일어나 나뭇잎이 쌓이기 시작한 나무 아래로 걸어갔다. 내년 봄, 그때도 당신 곁에 있을 수 있을까……. 안 돼. 오늘만이라도 이런 생각은 하고 싶지 않아. 아리는 제멋대로 솟아오르려는 눈물을 삼켰다.

아리는 유하의 걱정스런 만류에도 불구하고 나뭇잎을 줍고 여기 저기 뛰어다니며 아이처럼 즐거워했다.

"유하."

아리가 소리치며 그가 앉아 있는 곳으로 뛰어오자 유하가 얼굴을 찌푸리며 조심하라고 말하려는 순간 무언가에 걸린 듯 아리가 넘어졌다.

유하의 세상이 그 순간 얼어붙었다. 자리에서 벌떡 일어난 유하는 단숨에 아리에게 달려갔다.

"아리! 아리!"

그가 미친 듯이 그녀를 부르며 웅크린 아리의 몸을 안아 일으켰다.

"아기는…… 괜찮아요. 넘어질 때 배를 감쌌거든요."

아리가 숨을 들이쉬며 말했다. 유하의 양손은 그녀가 무사한지 확인하기 위해 온몸을 헤매고 있었다. 아리가 연신 괜찮다 말해도 유하는 쉽사리 충격에서 벗어나지 못했다. 그의 손이 뚜렷이 보일 정도로 덜덜 떨리고 있었다.

격하게 치미는 감정을 억제하지 못한 유하는 아리의 머리에 얼굴을 묻은 채 흔들리는 목소리로 말했다.

"네가 다친 줄 알았어. ……날 죽이고 싶지 않다면 제발 두 번 다시 이런 짓은 하지 마."

떨리는 입술을 아리의 이마에 대며 유하가 중얼거렸다.

"사랑해. 날 사랑하지 않아도 돼. 날 미워하고 싫어해도 괜찮아. 그런 건 익숙하니까 견딜 수 있어. 네 몸에 손대는 게 싫다면 두 번 다시 널 안지 않을게. 그러니까……."

질릴 정도로 창백한 얼굴로 유하가 말했다.

"……그러니까, 제발 떠나지 않겠다고 약속해."

유하는 평생 처음으로 애원하고 있었다. 충격으로 흥분 상태에 빠진 그의 입에서 평소에 억눌러 왔던 말들이 봇물 터지듯 흘러나왔다. 아리를 잃을 뻔했던 충격에 비하면 자존심 따위는 아무것도 아니었다.

이렇듯 자신의 약한 면을 속속들이 드러내 보이다니 그답지 않았다. 눈물이 솟는 걸 느끼며 아리는 유하의 얼굴을 잡아 애틋한 입맞춤을 했다. 당신을 사랑해요. 싫어하지 않아요. 얼마나 당신을 사랑하는데……. 밖으로 소리 내어 말하지 못하는 자신의 마음을 담아 유하에게 뜨겁게 입을 맞추었다. 간절히 기다리던 비를 만난 듯 그는 아리를 열렬하게 받아들였다. 아리의 입술이 주는 모든 온기와 부드러움을 흡수하려는 것마냥 한 치의 틈도 주지 않고 유하는 자신을 밀어붙였다.

상(치마) 아래서 유하의 남성이 거세게 솟구치는 것을 느낄 수 있었다. 하지만 유하는 아리를 약간 떼어 놓더니 그녀의 이마에 자신의 이마를 댔다. 유하의 살갗에서 차갑게 배어나오는 땀이 느껴졌다.

"안 돼."

"유하?"

"걱정 마, 두 번 다시 널 강제로 덮치는 일 따윈 없을 거야."

유하가 억지로 웃어 보이며 말했다. 그동안 이이가 그렇게 행동한 이유가 그것이었어…….

"강제가 아네요. 당신을 원해요."

아리가 미소 지었다.

"그래도 안 돼. 넌 방금 전에 다쳤어."

유하의 의외의 반항에 아리가 어쩔 수 없다는 웃음을 띠며 몸을 밀착시켜 그의 귓가로 입술을 가져가 작게 속삭였다.

"난 괜찮아요. 그리고 당신이 안아주길 간절히 원하고 있어요."

아리가 그의 귓불을 살짝 깨물자 애써 신음을 삼키던 유하가 다시 한 번 확인했다.

"정말이야?"

아리가 고개를 끄덕이자마자 그녀를 안아 든 유하가 성큼성큼 자리로 걸어가 아리를 눕히고 자신은 옆자리에 앉았다. 아리가 그의 소맷자락을 잡아당기자 유하는 고개를 흔들며 말했다.

"널 보고 싶어. 널 안은 지 너무 오래됐어."

대낮에 야외에서 옷을 벗는다는 사실에 얼굴이 붉어진 아리는 눈을 감았다. 유하가 그녀의 허리띠를 풀고 하얀 심의를 벗기자 사각— 비단 스치는 소리가 들렸다. 한삼이 미끄러져 내리고 상체가 드러나자 홍조가 가슴까지 번졌다. 서늘한 바람이 뜨겁게 달아오른 살갗에 느껴졌다. 더 이상 그의 움직임이 느껴지지 않자 아리는 눈을 떴다. 그는 세상에 처음 드러난 보물을 발견한 표정으로 빨아들일 듯 아리를 보고 있었다. 유하가 손가락을 뻗어 왼쪽 가슴 주위에 천천히 원을 그리기 시작했다. 그의 손바닥이 젖꼭지를 스치자 미세한 전율이 아리의 몸을 타고 흘렀다. 가슴 봉오리 부근의 색이 짙어지며 단단해지자 유하가 놀랍다는 듯 속삭였다.

"가슴이 약간 커졌어. 그리고 더 예민해진 것 같군."

유하가 고개를 숙이더니 오른쪽 가슴을 입으로 덮고 혀로 끌어

올리듯 훑았다. 고개를 젖히며 신음을 참지 못하던 아리는 유하를 만지려고 손을 내밀었다. 그가 아리의 손목을 잡으며 달랬다.

"안 돼, 지금 날 자극하면. 지금도 참기 힘들다고. 너무 오랜만이라 자신이 없어."

유하는 입술과 손으로 정성껏 아리의 가슴을 애무해 나갔다. 부서질 듯 약한 꽃잎을 만지는 것 마냥 조심스러운 손길로. 유하의 눈이 아리의 팔꿈치에 난 긁힌 상처를 발견했다.

"넘어질 때 다쳤군."

그의 입술이 안타까운 듯 팔로 내려가 상처를 훑는 동안에도 유하의 손은 양쪽 가슴을 천천히 왕복하고 있었다. 마침내 유하의 입술이 겨드랑이를 타고 다시 가슴을 지나 배로 내려올 때쯤 아리는 정신을 잃을 것만 같은 흥분과 환희에 휩싸여 있었다. 그러나 살짝 부푼 아랫배의 곡선에 매료된 그는 한참을 그곳에서 떠날 줄 몰랐다.

"사랑해. 너의 감촉, 너의 향기, 너의 미소, 네 모든 걸 사랑해. 네가 날 너 없인 살아갈 수 없게 만들었어."

유하의 떨리는 음성이 계속되는 동안 상(치마)의 끈이 풀리고 곧 아리는 따뜻한 초가을 햇살이 마치 그의 사랑처럼 전신에 와 닿는 걸 느꼈다. 아리가 그를 끌어당겨 안으려 하자 유하가 다시 제지했다. 재빨리 옷을 벗어 던진 그는 앉은 상태로 아리를 안아 올려 자신의 넓적다리 위에 앉혔다. 유하의 다리 위에 걸터앉은 아리는 그와 마주 보는 모양새가 됐다.

"유하?"

"네가 내 밑에 있으면 내가 아기를 압박할지도 모르니까. 이편이 네가 힘들지 않을 거야."

유하는 싱긋 웃으며 아리의 허벅지를 들어 그의 허리를 감싸게 했다. 행여 아리가 다칠세라 조심스레 그녀의 몸을 자신에게로 내리는 그의 온몸에서 땀이 쏟아졌다.

"아리…… 내 사랑, 넌 내게 완벽해."

아리의 목덜미에 격한 호흡을 내뱉으며 유하가 속삭였다. 마침내 그녀 안에 돌아온 유하는 이제야 다시 몸속의 피가 뜨겁게 휘도는 것을 느꼈다. 그러나 따뜻하게 젖어든 상태로 조여든 아리는 두 달간의 금욕 생활로 위태해진 유하의 자제심에 저항하기 힘든 큰 위협으로 다가왔다.

"아프지 않은 거야?"

그가 남아 있는 의지력을 긁어모으기 위해 숨을 조절하며 물었다.

"아뇨."

유하가 애가 탈 만큼 느린 동작으로 그녀를 들어 올렸다가 내리자 아리가 신음했다. 그의 팔뚝에 힘줄이 불거졌고 가슴이 고통스럽게 꿈틀거렸으나 아리의 엉덩이에 닿은 유하의 손은 한없는 부드러움을 담고 있었다. 아리가 받아들이기 쉽도록 유하는 최대한 천천히 자신의 움직임을 조절하고 있었다. 아직도 자신을 아프게 할까 봐 그가 스스로를 극도로 억제하고 있다는 것을 깨달은 아리는 손을 돌려 유하의 등 한가운데 움푹 팬 곳으로 미끄러뜨렸다. 아리의 팔이 그의 등을 감싸 안아 가슴이 서로 부딪치자 유하가 부르르 떨었다. 유하가 그녀의 팔을 붙잡아 앞으로 끌어 내렸다.

"이러지 마."

급격하게 오르내리는 유하의 가슴은 곧 터질 듯 보였다.

"당신은 절대 날 아프게 하지 않아요."

부드럽게 속삭인 아리는 손이 그에게 잡혀 움직일 수 없자 입술로 가슴을 공략했다. 아리의 입술이 젖꼭지를 쓸자 헉 하는 소리를 내더니 엉덩이를 감싼 유하의 손에 힘이 들어갔다. 그의 손가락이 아리의 부드러운 살 속에 파고들었고 유하는 그녀에 대한 자신의 반응을 숨김없이 보여주었다. 유하의 목에서 관능적인 헐떡임이 흘러나와 아리를 흠뻑 적셨다. 아리는 그가 했던 대로 자신의 허리를 움직여 스스로 그를 받아들였다. 아리가 움직이자 그가 주도했을 때보다 훨씬 강렬한 자극이 두 사람을 덮쳤다. 둘은 동시에 신음했다.

가느다란 실 끝에 매달린 그의 자제력이 마침내 끊어졌다. 유하의 입술이 아리의 것과 만남과 동시에 그의 몸이 강하게 그녀 안으로 밀려들었다. 아리 역시 그에 맞춰 몸을 움직였다. 몇 번이나 유하의 하체가 격하게 부딪쳐 오는 동안에도 두 사람은 입술을 떨어뜨리지 않았다. 유하의 등과 엉덩이 사이를 아리의 손이 쉴새없이 쓰다듬고 있었다. 유하는 아리의 조그만 손이 주는 환희에 완전히 사로잡혀 그 자신의 몸이 재빨리 절정으로 치닫는 걸 막을 수 없었다.

유하는 아름다웠다. 햇살에 비친 땀방울들이 그의 피부 위에서 구슬처럼 영롱하게 반짝였으며, 완벽한 근육들의 떨림은 매혹 그 자체였다. 유하의 뒤를 이어 아리도 절정에 다다랐다. 유하는 아리를 안은 채 그대로 뒤로 쓰러졌다.

몽롱한 정신이 돌아오자 아리는 그가 잠에 빠져들었음을 알았다. 두 달간의 긴장이 단 한 번의 행위로 모두 빠져나간 듯 유하는 편안하고 느긋하게 잠들어 있었다. 그를 깨우고 싶지 않았다. 유하에게 잠이 여실히 필요하다는 것은 아리도 알고 있었다. 유하는 불면으로 수척해져 있었다. 아리는 유하의 따스한 품속으로 파고들며 하품을 했다. 이이는 날 사랑해. 행복한 미소가 잠든 아리의 입가에 떠올랐다.

무언가 따뜻한 바람이 아리의 뺨을 간질였다. 잠결에 아리는 고개를 돌려 피했다. 매끄럽고 단단한 살갗에 부딪히자 그녀는 만족스런 한숨을 내쉬고 뺨을 비볐다. 낮은 신음 소리가 들렸다.

"아리."

졸린 눈을 뜨자 유하의 눈이 바로 코앞에 있었다.

"너무 오래 자면 밤에 잠이 오지 않을 거야. 뭐, 내가 쉽게 잠드는 법을 알고 있긴 하지만."

유하가 아리의 입술을 바라보며 관능적인 웃음을 지었다. 갑자기 그가 표정을 바꾸고 걱정스레 물었다.

"춥지 않아? 이런 데서 잠들어 버리다니. 감기라도 걸린다면 큰일인데."

두 사람의 몸 위에는 어느새 그가 덮었는지 유하의 장포(두루마기)가 놓여 있었다. 그러나 자신들이 누군가 나타날 수 있는 산 속에서 벌거벗은 채 잠들었다는 생각에 아리의 얼굴이 붉게 물들었다.

"당신이 따뜻하게 해줘서 춥지 않아요."

아리가 다시 그의 품으로 찾아들자 순식간에 유하의 몸이 뚜렷한 반응을 일으켰다.

"잠깐, 기다려. 네가 이렇게 있으면 내가 참기 힘들어."

유하가 아리를 떼어내더니 빠른 손길로 자신의 포(두루마기)를 입혀주었다. 어리둥절한 눈으로 바라보자 유하가 환하게 웃었다.

"너와 아기에겐 먹을 게 필요해. 무슨 일이 있어도 식사를 거르면 안 된다고."

아리가 임신한 뒤로 유하는 식사 시간과 휴식 시간을 철저히 지키도록 했다. 유하가 원하는 만큼의 양을 먹지 않으면 아리는 결코 식사를 마칠 수 없었다.

"나 살찌워서 잡아먹으려는 거 아니죠?"

약간 뾰로통해진 표정으로 아리가 물었다. 유하가 커다란 소리로 웃음을 터뜨렸다.

"하하하. 아니, 잡아먹을 거야. 네가 식사를 마치면 그 다음은 내 차례거든. 내가 그동안 얼마나 굶주렸는지 안다면 그렇게 여유롭진 못할걸?"

장난스럽게 입맛을 다시며 아리를 바라보는 그의 시선에 아리의 온몸이 붉어지자 유하가 다시 웃었다. 그가 이렇게 큰 소리로 웃는 모습을 보는 건 처음이었다. 상쾌한 유하의 웃음이 공기 중에 부서졌다. 아리는 이렇게 아름다운 소리를 들어본 적이 없었다. 그가 웃고 있어, 저렇게 행복한 소리로. 아리의 눈가가 희미하게 젖어들었다.

그들은 향아가 놓아둔 대나무로 짠 바구니를 열고 음식을 나눠 먹었다. 고기를 먹지 않는 아리를 위해 왕마는 과일을 넉넉히 넣어주었다. 유하를 위한 술도 들어 있었다.

아리가 좋아하는 복숭아를 하나 꺼내어 베어 물자 과즙이 턱을 타고 흘러내렸다. 손가락으로 턱을 훔치는데 유하의 손이 뻗어와 그녀의 손을 멈추게 했다. 진지한 눈동자가 갈망을 담고 아리를 바라보고 있었다. 유하는 아리의 손가락 하나하나를 세심하게 빨았다. 그리고 그녀의 입술에 혀를 대고 복숭아 즙의 흔적을 남김없이 빨아들였다. 유하의 입술은 섬세한 턱을 따라 목으로 내려갔다.

"달콤해."

유하가 입혀준 도포는 아리의 가슴이 시작되는 부근에 살짝 겹쳐 있을 뿐이어서 그 계곡의 그림자가 아까부터 내내 그를 유혹하고 있었던 것이다. 그런데 복숭아 즙이 그 사이로 흘러들어 가는 것을 보자 더 이상 이성을 붙잡고 있을 수가 없었다.

"복숭아가 먹고 싶었어요?"

"아니, 널 맛보고 싶어."

유하는 결국 유혹을 참지 못하고 다시 아리를 안았다. 그러나 이번에는 그녀와 아기를 생각하는 다정하고 사려 깊은 몸짓으로 천천히 아리 안에 머물렀다.

나중에 유하는 아리의 옷차림 때문에 정신이 산란해졌다고 변명했다. 아리는 그 말에 아예 벌거벗고 있던 그의 상태를 지적하며 말도 안 된다고 반박했다. 유하는 이번에는 그녀의 옷을 다 입혀주고 나서 억지로 음식을 다 먹게 했다. 그들은 오후 내내 안고 장난치며 함께 웃었다.

노을이 지고 유하에게 안겨 다시 산을 내려오는 동안 아리는 설핏 잠이 들었다. 유하는 아리를 안은 채 말에 올랐다. 잠든 그녀에게 좁은 수레보다는 자신의 품이 훨씬 편안하리라 생각했기 때문이었다. 자신의 허벅지 위에 그녀를 앉히고 말을 천천히 걷게 해 아리가 잠이 깨지 않도록 주의했다. 규칙적으로 흔들리는 말의 움 직임과 유하의 따스한 팔 안에서 아리는 곤히 잠들었다. 오후 내내 나눈 열정적인 사랑이 그녀를 완전히 지치게 만든 것 같았다. 유하 는 자신의 가슴에 얼굴을 묻고 자는 아리를 내려다보며 가림원으 로 가는 길이 영원히 끝나지 않았으면 했다.

오후 늦게 그들은 가림원에 도착했다. 말에서 내리기 위해 유하 는 잠시 아리를 노비 하나에게 건네주었다.

그때 모여 있던 무리 중 한 얼굴이 그의 눈에 들어왔다. 여연이 라는 이름의 계집. 왜 갑자기 그쪽에 시선이 향했는지는 알 수 없 었다. 아마도 시선 속에 섞여 있던 옅은 살기가 신경을 건드린 것 같았다.

눈을 마주친 여연이 짙은 눈웃음을 치자 유하의 눈빛이 차갑게 일그러졌다. 아리만 아니었다면 이미 예전에 내쳤을 계집인데. 감 추려 해도 교활한 눈 속에 추악한 시기심과 탐욕이 넘실거린다. 그 러고 보니 무슨 꿍꿍인지 요사이 부적 밤마을이 잦다고 왕마가 잔 뜩 불평했었지. 여연이 얼마나 많은 사내를 후리고 다니든 알 바 아니지만 저런 꺼림칙한 눈을 가진 계집을 더 이상은 집 안에 두는 게 마땅치 않았다. 유하는 조만간 아리가 알지 못하게 은밀히 내보 내도록 일러야겠다고 다짐했다.

"유하?"

아리가 눈을 비비며 그를 찾자 재빨리 말에서 내린 유하가 그녀 를 받아 안았다. 순식간에 여연은 그의 머릿속에서 흔적도 없이 잊 혀졌다.

"괜찮아. 도착했어. 계속 자도록 해."

유하의 말 때문인지 아니면 그의 가슴에서 전해진 온기 때문인지 안심한 아리는 그의 목에 팔을 두르고 다시 얼굴을 묻었다. 유하는 자신들의 방으로 걸음을 옮겼다.

유하의 다정한 말투와 행동에 지켜보던 노비들 모두 서로 의미심장한 눈길을 주고받았다. 적귀는 달라졌다. 최소한 저 작은 여인 앞에서만은 그는 더 이상 붉은 귀신이라 불리는 그 무서운 나리가 아니었다. 그는 사랑에 빠진 한 사내일 따름이었다.

그들은 매번 마지막인 듯 서로를 안았다. 자신들에게 주어진 시 한부의 행복을 마음껏 탐닉하고 있었다.

한밤중에도 가끔 유하는 소스라치게 놀라 깨어나는 일이 많았다. 유하는 아리가 두 팔 안에 안겨 있는 것을 확인하고 나서야 다시 잠들 수 있었다.

十一章

푸른 새벽녘에 주목은 자신의 서재에서 등잔을 밝히고 있었다.

사람들의 눈에 띄지 않기 위해 모두 잠든 이 시간까지 기다렸다. 그는 탁자 아래의 비밀장소에 숨겨둔 물건을 꺼내 감싼 천을 풀기 시작했다.

어젯밤 드디어 이것을 입수할 수 있었다. 분명히 어딘가 확실한 물증이 있으리라 믿었던 자신의 생각이 맞아떨어졌다. 이것은 태수와 부패한 그 무리를 일거에 몰아낼 수 있는 결정적인 증거가 되어줄 것이었다. 그동안 그가 의심했듯이 관에 기재되어 있는 소금의 양과 시중에 유통되고 있는 양은 상당한 차이를 보이고 있었다.

주목은 천을 옆으로 밀쳐 두고 내용물을 읽기 시작했다. 그들이 그동안 빼돌린 양은 실로 엄청났다. 나라의 재정을 위해 쓰여야 할 황금이 이런 썩어 빠진 자들의 기름진 배를 채우기 위해 사사로이 유용되다니…….

탁자 위의 물건에만 몰두하고 있던 그는 낯선 그림자 하나가 소리 없이 방문을 열고 뒤로 다가서는 것을 미처 알아채지 못했다.

주목은 비명을 지를 기회조차 얻지 못했다.

"헉."

외마디 숨소리를 끝으로 그는 탁자 위로 엎어졌다. 날카로운 비수는 곧장 뒷목을 관통해 그의 숨통을 끊어놓았다.

살인자는 조용히 시신에 박힌 칼을 빼내고 주목의 손가락 사이에서 뜨거운 피에 물들어가는 물건을 끄집어냈다.

물건을 품속에 집어넣은 자가 천천히 서재 안을 뒤지기 시작했다. 마치 도둑이라도 든 것처럼 온통 물건을 헤집어놓던 사내는 더 이상 뒤질 물건이 없다는 판단이 서자 들어올 때와 마찬가지로 기척도 없이 사라졌다.

"우리 아이 사내애일까, 계집애일까?"

저녁나절이었다. 막 아리를 안고 난 뒤의 나른함에 잠긴 목소리로 유하가 물었다. 그의 손바닥이 아리의 아랫배를 부드러운 손길로 쓰다듬고 있었다.

"어서 보고 싶어. 아가, 빨리 나와라."

유하가 고개를 숙여 뱃속의 아기에게 속삭였다. 아리는 피곤함에도 불구하고 그의 조급한 태도에 웃음이 나왔다.

"왕마 말로는 다섯 달은 더 있어야 한대요."

"그때까지 어떻게 기다리지? 음, 내 인생에서 가장 긴 다섯 달이 되겠군."

유하의 시선이 아리의 눈동자를 붙잡았다.

"널 닮은 여자아이였음 좋겠어. 내 사랑하는 아리를 그대로 빼닮은 조그만 여자아이라니, 생각만 해도 황홀해져."

유하가 신음 소리를 냈다. 어느새 그의 손이 더 아래쪽으로 내려가 있었다.

"사내애면 어떡해요?"

다시금 자극하고 있는 유하의 손가락을 애써 무시하며 아리가 물었다.

"사내애라면 난 내가 네 곁에 없을 때 널 맡길 수 있는 최고의 아군을 얻는 거지. 우리는 너와 우리 딸들을 지키느라 평생 눈코 뜰 새 없이 바쁠 거야."

딸들이라고? 유하는 마치 그들이 앞으로도 함께 살 수 있는 것처럼 말하고 있었다. 순간 유하의 입술이 다가오자 아리는 머릿속에 맴돌던 생각들을 잊어버렸다.

"주공, 석천입니다."

숨이 막힐 정도로 깊은 입맞춤을 하던 유하의 입술이 떨어져 나갔다. 석천은 자신이 처리할 수 없는 중대한 일이 아니고는 그가 아리와 함께 있을 때는 결코 방해하지 않았다.

"무슨 일이냐."

"내성에 문제가 생겼습니다."

유하가 끙 소리를 내더니 침상에서 일어났다. 재빠른 동작으로 고(바지)와 장유를 걸친 그가 문을 열고 나갔다.

석천의 얼굴은 굳어 있었고 이마에는 깊은 주름이 잡혀 있었다.

"무슨 일이 생겼나?"

유하가 한껏 음성을 낮춰 물었다. 내성에서 생긴 문제라면 그들의 임무와 관계가 있을 터, 큰 소리로 토론할 만한 성질의 것이 아니었다. 자신의 호위병들과 왕마를 제외하고는 이 가림원 내의 사람들을 완전히 믿을 순 없었다. 그들은 이 진번성 출신의 노비들이었다.

"주목이 살해당했습니다."

"뭐라고! 언제?"

뜻밖의 소식에 유하의 음성이 노기를 띠었다.

"오늘 새벽인 듯싶습니다. 시신이 발견된 것은 오늘 정오로, 도둑이 들었다고 합니다."

"그렇다면……?"

미간을 찌푸린 유하가 눈짓을 하자 석천이 고개를 끄덕였다.

"예, 아마 없어진 듯합니다."

그들이 말하는 것은 태수의 부정을 증명할 수 있는 소금 전매와 관련된 비밀스런 목편(글이 쓰인 여러 개의 나뭇조각을 묶은 것)이었다. 며칠 전 주목이 그것을 입수할 경로를 마련했다고 전해왔었다. 조만간 추우영의 모든 부정행위를 낱낱이 드러낼 증거를 갖출 수 있었는데 오늘 주목이 죽었다니. 이것은 단순한 강도 사건이 아니었다.

"오늘 밤 그의 집에 잠입해 알아봐야겠다."

"친히 가실 생각이십니까. 위험하오니 저 혼자 가도……."

"내가 간다."

유하는 염려 섞인 석천의 말을 단호하게 잘랐다.

"아니면 부하 두 명을 데리고 가겠습니다. 주공께서 직접 움직이시는 것은 아무래도 너무 위험합니다."

재차 이어진 그의 만류에도 유하는 고개를 내저었다.

"안 돼. 여러 사람에게 알려져 좋을 것이 없다. 이 일은 너와 나만 알고 있어야 해. 달이 중천에 걸리기 전 이곳을 빠져나갈 테니 준비하고 있어라."

"예."

석천의 대답을 뒤로하고 유하가 다시 방 안으로 돌아왔다. 자신의 안색을 살피는 아리를 끌어안으며 유하가 그녀의 귓불에 입술을 눌렀다.

"오늘 밤 다녀올 데가 있어. 널 혼자 자게 두긴 싫지만 일이 빨리 끝난다면 새벽엔 돌아올 수 있을 거야."

"위험한 일이에요?"

아리의 고운 미간이 걱정으로 찌푸려졌다.

"아니, 별일 아니야."

자신을 걱정하는 아리의 말에 유하의 입가가 풀어졌다.

"네가 잠에서 깨어나기 전에 돌아올게."

그가 약속했다.

불안한 예감에 아리는 자신도 모르게 눈을 떴다. 방 안은 캄캄했다. 오늘은 그믐밤이라 달빛도 약했다.

휘장이 쳐진 침상 바깥에 누군가가 서 있었다. 부싯돌을 맞부딪치는 소리가 나더니 등잔이 밝혀졌다. 유하? 아니었다. 그러면 이렇게 낯선 느낌이 들진 않을 것이다. 얇은 휘장 너머로 한 사람의 형체가 다가오더니 휙 하고 휘장을 걷어냈다.

여연! 그녀가 왜 여기에? 침상 옆에 서서 차가운 눈으로 아리를 내려다보고 있는 것은 분명 여연이었다.

"잠귀가 밝은가 보군. 마침 잘됐어. 굳이 깨울 필요가 없게 됐군."

여연이 싸늘하게 내뱉었다.

"무슨 일이죠?"

아리는 영문을 알 수 없는 그녀의 행동이 불길하게 느껴졌다. 여연이 깊은 한밤에 함부로 이 방 안에 들어온 것 자체도 예사로운 일이 아니었다.

"일어나. 어서 옷을 입어."

"왜죠?"

아리가 침상 위에서 움직이지 않자 여연이 이불을 젖혀 버렸다. 얇은 저(모시)로 만든 침의 속으로 어렴풋이 아리의 속살이 비치고 있었다.

"그 차림으로 끌려가고 싶지 않다면 옷을 입는 게 좋을 걸? 뭐, 나야 네가 그 꼴로 사내놈들의 눈요기가 되는 걸 보고 싶긴 하지만."

불안한 눈으로 열린 문가를 바라보는 아리의 시선을 따라간 여연이 비웃었다.

"아무도 널 도와줄 수 없어. 모두 깊이 잠들었거든. 저녁때 먹은 고기 요리에 약을 좀 탔지. 너는 풀만 먹어서 중독되지 않았겠지만 지금 가림원 내의 모든 사람들은 불이 나도 일어나지 못할걸?"

아리의 두 손이 본능적으로 뱃속의 아기를 보호하듯 감싸자 여연의 눈에 증오심이 피어올랐다.

"네가 있는 그 자리는 내 것이 될 수도 있었어. 산더미 같은 비단 옷과 패물, 그 뱃속의 자식까지 원래 내 차지여야 했다고. 너 따위 오랑캐의 계집이 아니라 한족 귀족의 피를 이은 나여야 했어."

여연은 횃대에 걸린 색색의 비단옷을 불태울 듯이 노려보며 말을 이었다.

"나는 원래 장안의 귀족 집안에서 태어났어. 아비가 어쩌다 반역에 휘말리는 바람에 온 집안이 풍비박산이 나고 노비로 팔렸지만. 첫 주인에게 강간을 당해 애를 가진 게 열세 살 때야. 어느 날 밤 주인마님에게 끌려가 죽지 않을 만큼 맞고 강제로 애를 떼인 채 다시 팔렸지. 두 번째와 세 번째 주인도 날 자신들의 노리개로 이용했어. 애를 지운 것만도 수차례야. 이미 부인이 있는 주인의 눈에 든 노비는 애를 가지면 안 되는 법이거든. 쫓겨나고 싶은 게 아니라면 말이야. 어느 날 세 번째 주인의 집에 온 손님이 이곳에서 일할 노비를 차출한다는 말을 엿들었지. 무시후, 그는 내가 기다려 온 최상의 조건을 지닌 사내였어. 날 위협할 부인이 없는 젊은 황족. 그의 눈에 들기만 하면 평생이 보장되는 거였어. 자신있었어. 십 년간 이 몸뚱이 하나만으로 살아왔으니까. 이 집안으로 들어오기 위해 담당 관리와 거래를 했지."

여연의 매서운 눈길이 다시 아리에게 향했다.

"무시후의 아이를 배려고 몇 달이나 기회를 노려 겨우 성공했는데 애는 들어서지 않았어. 웃기지 않아? 지겹도록 생기던 그것이 막상 필요할 땐 죽어라 생기지 않다니. 그와 자지 않은 날은 다른 사내들과 계속 몸을 섞었어. 아이만 생긴다면 그의 자식이라고 말하면 되니까. ……그런데 네가 나타나 모든 것을 망쳤어."

그녀의 처절한 인생 이야기에 아리의 마음은 슬픔과 측은함으로 가득 찼다.

"뭐야! 그 눈빛은. 건방지게 지금 네가 날 동정하는 거야?"

여연이 탁자 위에 놓여 있던 주전자와 찻잔을 팽개치자 그것들은 바닥으로 떨어져 산산조각이 났다. 살기로 번득이는 그녀의 눈이 자신의 배를 주시하자 아리는 신변의 위협을 느꼈다.

"아직 상황 파악이 안 되는 모양인데, 불쌍한 건 내가 아니라 네 신세야."

옷장 위에 놓여 있던 바구니 안에서 여연이 가위를 꺼내 들었다. 바구니 안에는 얼마 전부터 아리가 왕마의 도움을 받아 짓고 있는 유하의 비단장포(두루마기)가 들어 있었다. 그리 뛰어난 바느질 솜씨는 아니었지만 무언가 그에게 선물을 해주고 싶었다. 아니, 사실은 붉은색이 아닌 눈처럼 흰 장포를 입은 훤칠한 그를 보고 싶은 욕심 때문이었다. 기뻐할 유하의 모습을 연상하며 매일매일 한 땀씩 정성을 들여 만들고 있는 중이었다.

"얼굴이 창백해졌군그래. 내가 이걸로 널 찌를까 겁나나? 흥, 나도 그러고 싶지만 애석하게도 널 살려둬야 황금을 받을 수 있거든. 자, 어서 이걸 입어."

말을 마친 여연은 심의 한 벌을 침상 위로 던지더니 나머지 옷가지를 모조리 가위로 갈가리 찢어 버렸다.

"네까짓 거한테 이런 비단옷은 너무 과분하지, 안 그래?"

음침하게 중얼거리는 여연의 음성이 소름 끼쳤다. 그녀가 뭘 꾸미고 있는지는 몰라도 여기서 벗어나야 했다. 아리는 여연이 눈치채지 못하도록 천천히 몸을 일으켰다.

방 안을 마구 흐트러뜨리던 여연의 움직임이 일순 멎더니 침을 삼키는 소리가 들렸다.

"넌 어차피 이제 이것이 필요없을 테니 내가 가지겠어."

유하가 주었던 금과 옥으로 만든 머리꽂이였다. 손안에 움켜쥔 장신구에 고정된 여연의 눈이 탐욕스러움으로 번득였다.

지금이야. 아리는 목걸이에 손을 대었다. 문밖에서 갑작스런 돌풍이 불어닥쳐 여연을 휘감자 그녀는 눈을 뜰 수조차 없었다. 날카로운 바람이 여연의 몸을 흔들고 이곳저곳을 할퀴었다.

"아악!"

여연이 비명을 지르며 휘청거리자 아리는 열린 문을 향해 뛰어나갔다. 그러나 방문을 나서자마자 누군가와 부딪쳐 곧장 그의 가슴에 뛰어드는 형상이 되고 말았다. 상대는 아리가 넘어지지 않도록 양팔을 잡아주었다.

"아명?"

낯익은 얼굴을 보며 아리가 안도했다.

"도와줘. 여연이……."

"왜 이렇게 늦게 온 거야! 그 계집을 잡았으니 망정이지 놓쳤다면 무사하지 못했을 줄 알아!"

아리의 말은 뒤쪽에서 들려온 표독스러운 목소리로 인해 끊어졌다. 뭐라고? 여연이 지금 뭐라고 하는 거야? 멍한 표정으로 아리가 자신을 강하게 붙들고 있는 아명을 바라보았다.

"아명, 넌……."

아리의 시선을 피하며 아명이 여연에게 말했다.

"당신이 서두르는 바람에 일을 그르칠 뻔했어. 모두가 잠들었는지 확인조차 안 했잖아. 호위무사 중 하나가 깨어 있었어. 그를 처리하고 오느라 늦은 거야."

아명은 아리를 계속 외면하고 있었다.

"아명……?"

"옷을 입어주시겠습니까."

아명이 아리에게 정중하게 요구했다.

"흥, 그대로 데려가는 게 어때? 아님 나리께 데려가기 전에 네가 즐기든지. 보아하니 이 계집에게 맘이 있는 것 같던데, 난 잠시 피해줄 수도 있어. 호호호."

"그만둬, 여연!"

여연의 비아냥거림에 아명이 큰 소리를 질렀다.

"좋아. 난 어차피 황금만 받으면 이곳에서 뜰 거니까. 이리 와."

여연이 아리의 팔을 사납게 잡아끌어 침의를 벗기고 옷을 입혔다. 아명은 그녀의 옷이 벗겨지자 황급히 뒤돌아섰다. 자신을 따랐던 그가 여연과 한 패라는 사실에 충격받은 아리는 아무 생각도 할 수 없었다. 도망쳐야 한다는 생각이 들었을 때는 이미 그녀의 두 팔이 단단한 끈으로 묶여 버린 후였다.

그들은 아리를 데리고 중문을 나섰다. 아명이 대문의 빗장을 여는 동안 그들이 멈춰 서자 아리가 말문을 열었다.

"아명, 왜……?"

커다란 붉은 대문이 큰 소리를 내며 열렸다. 문 밖에는 십여 명의 사람들이 말을 타고 그들을 기다리고 있었다. 중앙에 선 낯익은 얼굴을 발견하자 아리의 얼굴이 하얗게 질렸다.

"죄송합니다."

아명이 낮게 속삭였다.

유하는 불현듯 등을 파고드는 불안과 초조함에 비영의 속력을 높였다. 아리를 혼자 두고 오는 게 아니었는데.

그들은 주목의 숙소에서 아무런 수확도 거두지 못했다. 살인자가 모든 증거를 없애 버린 듯 주목이 조사하던 일에 관련된 물건은 단 하나도 발견할 수 없었다. 그의 추측대로 태수가 사실을 알아챈 것이라면 조만간 자신의 부정과 관련된 모든 증거를 없애려 할 것이다. 그렇다면 서둘러야 했다. 이제껏 수집한 증거만으로 흡족하진 않지만 태수와 그 무리들을 잡아들여 실토하게 만든다면 안 될 것도 없었다.

새벽이 지나 곧 동이 터올 것 같았다. 아리에게 잠에서 깨기 전에 돌아간다고 했는데. 왠지 모를 이 섬뜩한 느낌은 어서 빨리 아리를 보고 안아야만 사라질 것 같았다.

"먼저 가겠네."

석천에게 한마디 이르고 유하는 최고 속력으로 말을 몰았다.

가림원의 기운이 심상치 않았다. 대문을 들어서자마자 유하는 불길함을 느꼈다. 문은 열려 있고, 호위병들은 눈에 보이지 않았다. 그리고 집 안은 쥐 죽은 듯 고요했다. 이 시간이면 노비들이 일을 시작할 시간이라 이렇게 조용할 리가 없었다.

"아리—!"

중문을 지나 달려가며 그녀의 이름을 외치던 그가 우뚝 멈춰 섰다. 방문이 열려 있었다. 그를 환영하듯 열린 것이 아니라 마치 사람이 없는 빈 방임을 알리듯이 활짝 열린 문.

방으로 들어서자 깨어진 사기 조각이 발에 밟혔다. 마구 잘려진 채 바닥에 시체처럼 널브러진 아리의 옷가지들. 그 한가운데 마치 살인의 증거물처럼 가위가 떨어져 있었다. 그리고 그녀의 침의……

어디에서도 핏자국이 보이지 않자 유하는 그제야 자신이 숨을 멈추고 있었음을 깨달았다. 괜찮아. 그녀는 다치지 않았어, 아직은…….

등 뒤에서 낯익은 기척이 들릴 때까지 유하는 그 자리에 뿌리박힌 듯 움직이지 않았다.

"주공."

석천이었다. 방금 전에야 도착한 듯 그는 가파른 숨을 몰아쉬고 있었다.

"……아리가 없어졌다."

"집안사람 모두가 약에 중독된 듯합니다. 아무도 깨어나질 않습니다."

"왕마를 데려와."

석천이 방을 나가자 그제야 유하는 돌아섰다. 그의 손에는 아리의 침의가 들려 있었다. 처참한 옷의 잔해 속에서 그 옷만이 무사했다. 아직도 그녀의 온기가 배어 있는 유일한 옷이었다.

잠시 후 석천이 이불로 감싸인 왕마를 안고 돌아왔다. 그녀가 워낙 작은 몸집인지라 아기처럼 가볍게 들려 있었다. 석천은 그녀를 의자에 앉히고 쓰러지지 않도록 붙잡았다. 유하가 차가운 물을 천에 적셔 왕마의 얼굴에 뿌렸다.

"으음."

왕마가 신음 소리를 내며 깨어나기 시작했다.

"왕마, 어서 일어나!"

유하가 다급하게 외쳤다.

"나리……?"

"그래, 나야. 무슨 일이지? 아리가 사라졌어. 그리고 어떻게 해서 모두들 중독된 거지?"

아직 제대로 정신이 돌아오지 않은 듯 왕마는 어리둥절한 얼굴로 유하를 바라봤다. 답답한 마음에 그녀를 흔들자 석천이 제지했다.

"잠시만 기다리십시오."

유하가 방 안을 초조하게 왔다 갔다 하는 동안 석천은 왕마에게 물을 먹여주고 물수건으로 얼굴을 닦아주었다. 그녀의 의식이 완전히 돌아왔다는 판단이 서자 유하가 다시 질문했다.

"왕마, 대체 무슨 일이 일어난 거지?"

"무슨 일인지 저도 모르겠습니다, 나리. 어젯밤 저녁을 먹고 유난히 피곤하다 싶어 일찍 자리에 누운 뒤로는……."

왕마의 대답에 더욱 암담해진 유하는 말을 잃었다.

"주공, 혹시 지난번처럼……."

석천이 조심스레 말을 건넸다. 지난번처럼…… 내게서 도망쳤다고? 유하의 얼굴이 일그러졌다. 언제나 그녀는 내게 뒷모습만 보여. 너 없인 숨조차 쉬고 싶지 않을 정도로 이렇게 사랑하는데, 내가 그렇게 애원했는데, 언제까지 넌 내게서 달아나고 난 그런 널 뒤쫓아야 하는 거지? 그의 심장이 갈가리 찢겨 나가는 듯했다. 너무 고통스러웠다.

"아닐 겁니다."

왕마가 나서자 유하의 황량한 눈빛이 그녀를 돌아보았다.

"이번엔 아닙니다."

불안한 몸을 일으켜 그녀가 엉망으로 흐트러진 옷장 쪽으로 다가갔다.

"여기 있군요."

왕마가 펼쳐든 것은 아직 채 완성되지 않은 흰 비단장포(두루마기)였다. 크기로 미루어 자신의 것인 듯싶었지만 침모의 솜씨가 녹슬었는지 어딘가 모르게 어설퍼 보이는 옷이었다. 게다가 깃 부분에 수를 놓는 중인 듯 살짝 비뚤어진 구름의 형상이 중간에 끊겨 있었다. 이게 어쨌다고? 라는 눈빛으로 그가 묻자 왕마가 설명했다.

"아리는 나리께 이것을 드리고 싶어했답니다. 십여 일 전부터 나리가 안 계실 때마다 만들기 시작했지요. 이걸 끝내지도 않았는데 떠날 리가 없어요."

왕마의 어조는 확고했다. 아니, 사실 그녀는 아리의 눈빛에서 그를 향한 사랑을 보았다고 말하고 싶었다.

아리가 날 위해서 이 옷을 만들었다고?

유하는 왕마의 손에서 옷을 받아들었다. 이런 옷가지 하나에 희망을 거는 것은 분명 어리석었지만 그래도 그는 믿고 싶었다. 아리가 이젠 자신을 향해 웃어주고, 자신을 위한 옷을 만들고 싶어하리만큼 그를 생각한다는 것을 절실히 믿고 싶었다.

아니, 그녀가 스스로 떠나지 않았다면 문제는 더 심각했다. 섬뜩한 자각이 유하의 머리를 강하게 내려쳤다. 그녀가 보이지 않는다는 데서 잠시 이성을 잃고 멈추었던 사고회로가 다시 움직이기 시작했다. 아리가 위험해!

"왕마의 말이 맞아. 아리는 장원 내 모든 사람을 중독시킬 만큼 악하지 못해. 하지만 외부에서 이런 일을 꾸미기는 무리지. 누군가 내통한 자가 있을 것이다. 석천, 없어진 사람이 또 있는지 찾아봐. 그자가 첩자야."

유하의 명령을 받은 그가 즉시 몸을 돌려 나갔다.

"왕마, 아직 제대로 움직이기 힘들 텐데 억지로 깨워 미안해. 쉬도록 해. 아리는 내가 찾을 테니."

그를 모신 긴 세월 동안 이토록 따뜻한 한마디를 들어보기는 처음이었다. 당황스러움과 기쁨에 왕마가 눈물을 글썽였다.

왕마의 상태를 눈치 채지 못한 유하는 석천을 기다리며 초조함에 피가 마르는 것 같았다. 추우영, 네놈이 만약 아리의 머리카락한 올이라도 다치게 한다면 세상에 태어난 걸 후회하게 만들어주겠다. 새하얗게 핏줄이 도드라질 정도로 주먹을 움켜쥔 유하가 스스로에게 다짐했다.

"주공, 노비 여연과 아명도 집 안에 없습니다!"

석천이 뛰어 들어오며 외쳤다. 왕마가 자지러졌다.

"여연, 그 계집이 결국 일을!"

유하가 이를 악물었다. 그 음험한 눈빛을 가진 계집을 그냥 두는 것이 아니었는데! 앙심을 품고 추우영과 손을 잡은 것이 분명했다. 계집 하나라 쉽게 간과한 자신의 탓이었다.

그런데 아명이라면, 그때 그 소년이잖아. 유하의 눈빛이 살기로 더욱 날카로워졌다. 그 소년은 의외의 인물이었다. 아리를 유난히 따른다 싶어 짜증이 난 적이 한 두 번이 아니었지만 그녀의 만류로 그냥 넘겼던 소년. 그 소년은 아리에게 위해를 가할 만한 사람이 아니라 판단했었다. 오히려 그녀를 흠모하는 눈길이라고나 할까. 자신의 판단 착오가 아리를 위험에 빠뜨렸음에 그는 분노했다. 그러나 그녀를 찾는 것이 급선무였다. 그러기 위해선 머릿속을 냉정하게 유지할 필요가 있었다.

"무사들이 아직 깨어나지 못했으니 너와 나만 가야겠군. 석천, 가자."

"나리!"

성급히 방을 뛰쳐나가려는 그들을 왕마가 불렀다.

"……?"

초조함으로 미간을 찌푸린 유하가 나이 든 유모를 돌아보았다.

"나리, 저는 나리의 부친 때부터 대를 이어 모셔왔답니다. 이제 나리의 아드님을 제 손으로 돌볼 수만 있다면 이 늙은 몸, 여한이 없습니다."

아기. 그래, 홑몸도 아닌데 아리가 지금 무슨 일을 겪고 있을지. 자신의 머릿속에 떠오르는 두려운 상상들을 지우기 위해 유하가 머리를 흔들었다. 안 돼, 지금은 어서 그녀를 찾는 일에만 집중해야 해.

"꼭 무사히 찾아오셔야 합니다."

"기필코 되찾아오겠어."

그것은 유하 스스로에게 하는 다짐이었다.

十二章

해가 머리 꼭대기에 이른 것을 보니 정오가 다 된 것 같았다.

이른 새벽 침상 밖으로 끌려 나와 강제로 말에 태워진 후 지금껏 꼬박 달려왔다. 십여 필의 말이 아리가 탄 말을 중심으로 앞뒤로 포위하듯 달리고 있었다. 수많은 감시의 눈길 속에서 아리의 손 역시 여전히 뒤로 묶여 있는 터라 도무지 달아날 방도가 없었다.

아리와 함께 말을 타고 있는 사내의 손이 슬금슬금 허리에서 위쪽으로 옮겨 올라오고 있었다. 처음 말에 오른 지 얼마 되지 않아 사내가 그녀의 가슴을 더듬었을 때, 놀란 아리는 속에 든 것을 그의 옷에 모조리 게워 냈다. 화가 나 내내 퉁명스럽게 아리를 대하던 그는 또다시 음심이 발동한 것이 분명했다.

"다시 옷을 버리고 싶나요?"

아리가 지친 음성으로 물었다.

"그런 게 마음대로 조절이 되는 것인가? 좋으면서 괜히 앙탈 부리지 말라고."

사내는 점점 대담하게 가슴 쪽으로 손을 뻗어왔다.

"우욱."

낯선 손길에 대한 거부 반응으로 또다시 욕지기가 올라왔다. 다 사라진 줄 알았던 입덧이 말의 흔들림과 사내의 불쾌한 행동 탓에 다시 도진 것 같았다. 당황한 사내가 말을 세웠다.

"무슨 일이냐!"

앞쪽에서 달리던 말 한 마리가 돌아서 그들에게 다가왔다. 아리는 힘들게 계속 구역질을 하고 있었다. 더 이상 토할 것도 없건만 고통스러운 헛구역질은 멈춰지지 않았다.

"이 계집이 어디 아픈 것이 아니냐?"

추우영이 핏기가 사라져 새하얗게 된 아리를 보며 사내에게 물었다.

"아, 아닙니다."

놀란 사내가 부정했다.

"그런데 왜 자꾸 이러는 거지? 이러면 목적지에 도착이 늦어지게 된다."

"이, 이 사람에게…… 내 몸에 손대지 말라고 해요……."

아리가 가쁜 호흡 사이로 힘겹게 말을 내뱉었다. 추우영의 눈빛이 매섭게 사내를 힐책했다.

"큰일을 앞두고 계집의 몸에 정신이 팔려 일을 그르치려 했단 말이냐!"

"나리, 그게 아니……."

"시끄럽다! 이 계집을 다른 말로 옮겨 태우도록 하라!"

추우영이 불같이 호령했다.

"나리, 제가 함께 타고 가겠습니다."

그가 돌아보니 아명의 말이 그들 옆에 와 있었다.

"네가? 아직 그리 말을 잘 타지도 못하는 놈이……?"

"그래도 저와 함께 태우시면 더 이상 이런 일로 지체하는 일은 없으시겠지요."

아명이 조용히 대꾸했다. 하긴, 그렇군. 아직 어린놈이니 쓸데없는 짓은 하지 않겠지. 추우영이 곧 결단을 내렸다.

"그럼 네가 저 계집을 태우도록 해라."

"나리, 저는 어찌하구요?"

여연이 불만스레 물었다. 아명의 말에는 이미 여연이 함께 타고 있었던 것이다. 아직 약속한 황금을 손에 넣지 못해 그녀는 화가 나 있었다. 추우영은 모든 일이 끝난 다음에 주겠다며 지불을 미루고 있었다.

"너야, 계집에 미친 저놈과 함께 타면 되지 않겠느냐!"

투덜대는 여연을 무시하고 교환이 이루어졌다. 다시 행군이 시작되고 아명의 품에 안기게 된 아리는 착잡한 심정으로 눈을 들지 않았다. 아명은 최소한의 접촉만으로 아리를 붙들고 있었다. 그의 손길에선 어떠한 불순한 느낌도 들지 않았으므로 아리의 구역질은 다시 시작되지 않았다.

"왜 그랬지……?"

둘 사이로 무겁게 내려앉은 침묵을 깨고 한참 만에 아리가 물었다.

"……처음부터 태수의 첩자로 가림원에 들어간 겁니다. 무시후 나리가 어떤 일을 하는지, 만나는 사람은 누군지, 모든 걸 보고 엿 듣고 보고하는 게 제가 맡은 일이었지요."

아명은 선선히 모든 것을 털어놓았다.

"아니, 내가 알고 싶은 건 그런 게 아냐. 네가 왜 그랬는지 그 이 유를 알고 싶어."

"……."

"아명, 난 네가 나쁜 사람이 아니라는 걸 알아. 네 눈빛이 이렇게 선한걸."

"……하나뿐인 누이가 아픕니다. 약값이 없어서 태수에게 저 자 신을 노비로 팔았어요. 첩자로 가림원에 들어가는 조건으로 누이 를 살릴 수 있었어요."

아리의 얼굴이 이 원치 않은 여행을 시작한 이후 처음으로 펴졌 다. 희미한 미소가 그녀의 얼굴에 떠올랐다.

"아명, 네가 원해서 한 일이 아니란 걸 알게 되어 기뻐."

"저 때문에 이렇게 잡혀가는데도 말인가요?"

소년은 차마 뻔뻔스럽게 고개를 들어 아리를 바라볼 수 없었다.

"그가 올 거야."

"……무시후 나리요?"

"응."

아명 역시 유하가 오길 바랐다. 자신이 설사 그 손에 죽는다 해 도 이 아름다운 사람을 살리고 싶었다. 차마 똑바로 바라보는 것조 차 황송할 만큼 아름답고 선한 사람. 죽기 전에 그녀를 이렇게 가 까이 안을 수 있다니…… 하늘이 주신 마지막 선물인가.

아명의 손에서 땀이 배어나왔다. 아리가 자신에게 머리를 기대어 왔기 때문이었다.

"잠시만 이렇게 있을게."

밤새 긴장으로 굳었던 몸이 풀리면서 힘이 빠졌다. 유하, 어서 와줘요. 당신이 보고 싶어. 유하와 헤어진 것이 겨우 하룻밤일 뿐인데 너무나 그가 그리워 눈물이 났다.

태수의 성을 뒤지는 데에 오전 시간을 몽땅 허비한 유하는 화가 머리끝까지 치밀어 오른 상태였다. 시간이 흐를수록 아리는 점점 더 위험에 빠져들 것이 분명했다. 그러나 미리 태수에게 지시를 받았는지 혹은 자신들의 부정이 탄로 날까 두려웠는지 관리들은 모두 비협조적으로 나왔다. 일부러 시간을 지체하며 수색을 더디게 만들었다. 결국 유하는 성내에 잠입해 있던 호위병들을 모두 불러들여 성을 샅샅이 뒤지게 했다. 아리는 물론 태수의 흔적조차 찾지 못하자 유하의 노기는 하늘을 찔렀다. 그런 그에게서 죽음의 공포를 느낀 관리들이 그제야 벌벌 떨며 태수가 이미 어제부터 외유 중이라고 밝혔다. 아무도 그의 행선지를 아는 이가 없었다.

"어떻게 하시겠습니까, 주공."

석천이 묻자 유하는 앞에 죽 엎드려 그의 눈치만을 살피는 한 무리의 관리들을 보았다.

"다 가줘. 뒤처리는 나중에 돌아와서 하지."

유하가 검을 집어 들고는 돌아서 중정으로 나가려던 참이었다.

"저, 나리."

유하가 날카롭게 돌아보자 말을 꺼낸 여인이 움츠러들었다. 태수의 애첩 중 하나라 했던 여인이었다.

"무슨 일로 날 불렀느냐."

"제가 만약 추 나리의 행선지를 알고 있다 하면, 소첩은 풀어주시겠는지요."

어차피 유하는 여인들까지 벌할 생각은 없었다. 그런데 이 여인은 태수의 부정이 드러나고 자신의 처지도 위험에 처하자 일신의 안전을 도모하는 것이 낫다 판단한 모양이었다.

"좋다. 네가 알고 있는 게 뭐지?"

"추 나리께서 그저께 밤 말하시길, 원하던 것이 곧 손에 들어온다 하더이다. 그리고 천산에서 역사를 이룰 것이라 했사옵니다."

천산! 아리가 살던 곳. 그리고 추우영이 노리는 그 보물이란 것이 있는 장소. 유하의 눈에서 불꽃이 튀었다.

"가자, 석천."

말들이 있는 중정으로 달려가며 유하가 외쳤다. 석천을 비롯한 다섯 명의 호위병들이 순식간에 사라져 가는 비영의 뒤를 쫓아 말들을 재촉했다.

"주공, 잠시 눈을 붙이시지요."

"나는 괜찮으니까 먼저 쉬도록 해."

이틀 동안 말을 달렸는데도 그들은 아직 태수의 무리를 따라잡지 못했다. 태수 역시 자신들에게 잡히면 어찌 될지 잘 알고 있을 테니 필사적으로 길을 재촉하고 있을 터였다. 그러나 아리, 그녀의 몸 상태로 이런 강행군을 하다니. 시간이 지날수록 유하는 아리에 대한 걱정으로 미칠 것만 같았다. 그녀가 아프지나 않을지, 울고 있지나 않을지…….

석천은 걱정스런 눈으로 유하를 바라보았다. 낮 동안의 그는 차라리 이성적이었다. 그러나 이렇게 어둠이 깔려 더 이상 말을 탈수 없는 시간이 오면 유하는 도무지 견딜 수 없어했다. 밤길에 말을 달리는 것은 자살 행위나 다름없었다. 게다가 어차피 지칠 대로 지친 말들도 쉬어야 했기에 휴식은 불가피했다. 그러나 모든 무사들이 피곤에 지쳐 곯아떨어져도 유하는 온밤을 하얗게 지새우며 서성였다. 오직 동이 터오기만을 기다리는 사람 같았다.

"사흘째 한숨도 주무시지 않으셨습니다. 그런 상태론 몸이 견뎌내지 못하십니다."

"잘 수가 없어. 눈을 감으면 끔찍한 상상만 하게 돼."

"그렇게 계셔도 마찬가지시지 않습니까. 지금은 그들도 행군이 불가능합니다. 그러니 제발 눈을 좀 붙이십시오."

"그래."

대답은 했지만 석천은 그가 아리를 다시 보기 전에는 한시도 눈을 감지 않으리라는 것을 알고 있었다.

유하는 등을 땅에 대고 누웠다. 차가운 기운이 올라왔지만 얼어붙은 그의 몸은 그조차 느낄 수 없었다. 그가 품에 손을 집어넣어 무언가를 꺼냈다. 아리의 침의였다. 아직 남아 있는 아리의 체취를 들이마시자 가슴속에 따뜻함이 퍼져 나갔다. 아직 그가 제정신으로 하루하루를 버틸 수 있게 해주는 유일한 물건이었다. 그를 덥혀주던 아리의 체온이 미치게 그리웠다. 제발 내가 갈 때까지 무사하게 있어줘.

아리는 곧 쏟아져 내릴 듯 무수하게 별이 박힌 밤하늘을 올려다보고 있었다. 참으로 오랜만에 별구경을 하는구나. 그도 지금 이 별을 보고 있을까.

방금 전 저녁을 마치고 각자 잠자리를 편 사내들은 보초를 남기고는 이미 다 잠에 빠져들었다. 지나친 여정으로 지친 아리의 몸은 음식을 쉬이 받아들이려 하지 않았다. 그러나 아리는 뱃속 아기를 생각해서 조금이라도 먹으려고 부단히 애를 썼다.

유하가 지금 나를 보았다면 걱정하느라 주위에 있는 모든 사람을 다 괴롭혔을 거야. 그를 떠올리자 아리의 파리한 얼굴에 웃음이 떠올랐다.

아명은 지극 정성으로 아리를 돌보았다. 부드러운 음식을 챙겨주는 것은 물론 아리의 잠자리까지 봐주었으며 혹시라도 그녀가 추울까 싶어 그의 몫인 털가죽까지 아리에게 양보했다. 가을밤의 노숙은 장정들에게도 힘든 것이었다. 뼛속까지 파고드는 추위에 떨면서도 아리는 아명이 걱정되었다. 자신도 이렇게 추운데 겉옷만으로 버티는 아명이 안쓰러웠다. 그러나 아명은 끝까지 아리가 건넨 털가죽을 돌려받기를 거부했다. 그 모습을 본 여연이 한마디 했다.

"흥, 눈물 나는군. 정성이 갸륵하지 않아? 어때, 저 애 소원 한번 들어주는 게. 아직 어려 기교는 무시후 나리 정도는 안 되겠지만 그래도 사내니 구실은 하겠지."

"그만 해, 여연!"

여연의 말에 놀란 아리의 얼굴을 보며 아명이 소리쳤다. 아리에 대한 자신의 마음을 천박하게 이야기하는 여연을 보자 분노가 치밀었다. 아무것도 모르는 아리에게 제 마음을 알게 하고 싶지는 않았다.

"기회를 저버리다니 바보 같은 녀석. 그런다고 저 계집이 네 맘을 알까? 원하는 건 기회가 왔을 때 움켜잡아야 하는 거야. 호호호."

여연이 웃으며 사내 하나와 함께 숲 속으로 사라졌다. 그녀는 벌써 무리 내의 여러 사내와 함께 잠자리를 하고 있었으며 매번 그 상대가 바뀌었다.

"여연의 말에 신경 쓰지 마세요. 그냥 막 하는 말이에요."

"으응."

아리가 가슴을 두근거리게 만드는 미소를 지어 아명을 바라보았다.

이분은 정말 이 세상 사람이 아닌 것 같아. 어쩌면 이토록 선할 수 있는 거지. 나 때문에 이런 고생을 하면서도 저렇게 웃어주다니. 날 증오하는 시선으로 바라본다 해도, 그게 오히려 당연한 것일 텐데. 아명은 아리와 제대로 눈을 마주칠 수가 없었다. 이렇게 아름답고 신비로운 사람에게 해를 끼쳤으니 난 정말 나쁜 놈이야.

어깨 위로 털가죽을 끌어 올리던 아리의 눈에 붉은 자국이 남아 있는 자신의 손목이 들어왔다. 식사할 때와 잠잘 때만은 손목의 결박이 풀렸다.

그러나 이제는 아명 때문에 도망칠 수 없었다. 자신이 도망친다면 분명 아명이 해를 입을 것 같았다. 추우영은 그러고도 남을 사람이었다. 게다가 급격히 체력이 떨어진 자신의 몸이 이 많은 사람들의 추적을 피할 수 있을까 의심스러웠다. 청룡을 부른다 해도 게를 범하지 않고는 이들에게서 헤어나기란 불가능할 듯했다.

계(戒). 바람의 일족에게는 하나의 금기시된 계가 있었다. 사람을 해치는 일에 힘을 사용할 수 없다는 것이 그것이었다. 계를 어기는 자는 일족에서 추방되었다. 자신의 할머니가 예전에 천산으로 피신한 것도 그 이유였다. 그것이 아무리 악인이라 할지라도 인명을 해치는 것은 분명 하늘의 뜻에 위배되는 일이었다, 그것도 하늘이 주신 힘을 사용하는 것이라면 더욱더. 그리하여 맞서 싸우기보다는 보물을 지키기 위해 숨는 쪽을 택한 것이었다. 자칫 비겁해 보일 수도 있는 행동이었으나 그것은 신의 섭리였다. 평범한 인간이 아닌 그들이 힘을 악용한다면 그것은 분명 엄청난 재앙이 될 터였다.

그러니 그들의 힘은 축복이라기보다는 굴레였다. 보물을 지키기 위해 선택된 자들의 숙명. 처음으로 아리는 운명이 자신에게 맡긴 짐이 너무나 버겁게 느껴졌다. 이제껏 자신은 그렇게 사는 게 당연하다고 생각했는데 유하를 만나고, 그를 사랑하게 되면서부터 자신도 평범하게 살고 싶어졌다.

그와 함께 잠이 들고 아이를 기르며 죽는 순간까지 함께하는 것. 꿈속에서라도 그런 꿈을 꾸고 싶었다. 아리는 눈물이 흐르는 눈을 감았다.

"어젯밤 이곳에서 야영을 한 것 같습니다."

석천이 좁은 공터를 둘러보며 말했다. 숲 한가운데 나 있는 평지에는 한 무리의 사람들이 밤을 보낸 표시가 역력했다. 한가운데 불을 피운 흔적이 있었고 여기저기 풀들이 짓눌린 자국, 말발굽이 무수히 찍혀 있었다.

"오늘 내로 따라잡을 수 있을 거야. 가자."

아직 정오가 되지 않았다. 그들은 멀리 가지 못했을 것이다.

모닥불에 비친 아리의 안색이 너무 창백해 보였다. 제길, 유하는
당장에라도 뛰쳐나가 아리를 안고 싶은 마음을 참느라 피가 나도
록 입술을 깨물었다.

벌써 몇 시간째 이런 상태였다.

그들은 오후에 이미 태수의 수하들을 따라잡았고 해가 지기 전
그들보다 앞질러 천산 어귀의 숲에 와 있었다. 유하가 데려온 무사
들은 고작 다섯에 불과했지만 저따위 오합지졸쯤이야 전쟁으로 숙
련된 그의 무사들에 비하면 아무것도 아니었다. 문제는 아리가 인
질로 있는 한 무작정 덤벼들 수 없다는 데 있었다. 전투 중에 아리
가 다치는 불상사가 생겨서는 안 되었다. 그래서 태수와 그 부하들
이 잠들 때까지 기다려 기습할 예정이었다.

불안과 피로로 초췌해진 아리의 얼굴을 보자 유하의 마음이 걱
정으로 가득 찼다. 아기는 괜찮은지, 어디 다친 곳은 없는지 물어
보고 싶었다. 무엇보다 이토록 가까이 있는데도 품에 안을 수 없다
니 미칠 것만 같았다.

"잠시만 참으십시오. 곧 그들도 잠들 겁니다."

석천이 옆에서 조용한 음성으로 속삭였다. 유하는 자신이 얼마
나 검을 세게 쥐고 있었던지 손가락에 피가 통하지 않아 새하얗게
된 것조차 모르는 듯했다. 흉노의 십만 대군 앞에서도 여유롭던 주
공의 철갑 이성이 아리와 관련되기만 하면 새털보다 가볍게 날아

가 버렸다. 지금도 여기 이렇게 가만히 몸을 숨기고 있는 것이 신통할 지경이었다. 그나마 그녀가 무사해 보여 다행이었다. 혹시라도 아리의 신변에 이상이 있었다면 이후에 벌어졌을 일은 생각조차 하고 싶지 않았다.

"저 아명이라는 아이, 하는 행동이 좀 의외입니다."

아리에게만 온통 쏠린 유하의 신경을 누그러뜨리기 위해 석천이 한마디 했다. 그제야 유하의 시선이 아명에게 향했다. 그래, 그도 이상하게 생각되었다.

오후 내내 지켜본 바로는 소년은 끔찍이 아리를 돌봤다. 아리의 곁을 떠나지 않고 사내들의 무례한 시선으로부터 방패막이가 되어 주었으며, 시간이 날 때마다 그녀를 쉬게 해주려 애썼다. 먹을 것은 물론, 지금은 아리의 잠자리를 봐주고 있었다. 그녀를 돌보는 아명의 행동에 다행이라는 마음이 든 것도 잠시, 아리가 소년에게 미소를 짓자 유하는 짜증이 났다. 그 애는 내게서 널 빼앗아간 저 녀석들과 한패야. 어떻게 그런 녀석에게 웃어줄 수 있지. 유하는 도저히 아리를 이해할 수 없었다. 하긴, 한 번도 네 생각을 완벽하게 이해해 본 적이 없었지. 좋아, 뭐 어쨌든 널 웃게 해줬으니까.

유하의 표정이 풀어졌다가 굳어지고 다시 체념하는 얼굴로 다채롭게 변하자 석천은 상황에 어울리지 않게 웃음이 나왔다. 유하를 이토록이나 뒤흔드는 저 여인이 경이롭기조차 했다.

"저 녀석은 죽이지 말도록 해."

"예. 모두에게 전하겠습니다."

내키지 않는다는 듯, 그러나 확고한 어조로 내려진 명령에 석천의 미소가 좀 더 짙어졌다.

그런데 예상치 못한 일이 벌어지고 말았다.

그들이 지켜보는 가운데 모두가 잠자리에 들 준비를 하던 중 여연이 한 사내에게 다가가 귓속말로 뭔가를 속삭였다. 여연이 먼저 숲 안쪽으로 들어가더니 곧 그 사내도 털가죽을 들고 그녀를 뒤따랐다. 문제는 그들이 곧장 유하와 석천 일행이 숨어 있는 곳으로 가까이 오고 있다는 것이었다.

"모두 들키지 않도록 주의해."

유하가 낮은 소리로 빠르게 속삭였다. 지금 그들이 탄로난다면 끝장이었다. 섣불리 둘을 죽일 수도 없었다. 아직 깊은 잠에 빠져들기 전이라 비명 소리라도 새어나간다면 당장 태수의 부하들이 일어날 테고, 그리 되면 아리를 구할 방도를 잃게 되는 것이다. 제발 이쪽으로 오지 않기를.

다행인지 불행인지 여연과 사내는 유하가 숨은 나무 바로 앞에서 멈추었다. 작은 바스락거림도 들을 수 있을 만큼 가까운 위치여서 모두들 숨을 죽였다.

"넌 하룻밤도 사내 없인 지낼 수 없나 보지?"

걸걸한 사내의 음성이 여연에게 말을 걸고 있었다.

"아직까진 날 만족시킬 만한 사내가 여기 없었어요. 어때요, 대장 나리? 당신 물건은 당신 부하들처럼 날 실망시키지 않을 자신이 있나요?"

사내는 추우영의 호위대장이었다. 그가 크게 하하 웃어 젖혔다.

"내게 실망한 계집은 아직 없었지."

그들이 옷을 벗기 시작했다. 숨어 있던 일곱 사람은 눈앞에서 고스란히 그들의 정사를 지켜보게 되었다. 곧이어 사내의 굵은 신음 소리와 여인의 교태 어린 목소리가 조용한 숲 속에 퍼지기 시작했 다.

"헉, 헉, 제법 아랫도리가 쓸 만한 계집이로군."

"하앗…… 어서, 더 빨리…… 앗……."

적나라한 그들의 행위와 음탕한 신음에 난처해진 몇몇 부하가 고개를 돌렸다. 그러나 유하와 석천은 한 치도 시선을 비키지 않고 그들을 지켜보고 있었다. 하나는 차가운 얼음 같은 시선으로, 또 한 명은 무심한 눈빛으로. 만약 그들이 조금이라도 눈치를 채는 낌 새가 있다면 즉시 움직여야 했다. 자신들의 신속한 판단과 행동 하 나에 아리의 목숨이 달려 있는 것이다.

흐린 달빛 아래 희부연 여체와 검은 사내의 몸이 한데 뒤엉켜 바 닥을 구르고 있었다. 작은 여자의 몸집에 비해 사내는 너무 거대했 다. 저러다 여자를 죽이는 게 아닌가 싶을 정도로 거칠게 파고드는 사내의 움직임에도 여연은 오히려 교성을 내지르고 있었다. 그런 데 어느 순간 퍽 하는 소리가 나더니 여연이 비명을 내질렀다.

"아악!"

그녀의 비명 소리에 흥분한 듯 사내의 허리 놀림이 더욱 사나워 졌다. 사내에게 얻어맞은 여연의 코와 입술에서 피가 흘러나왔다. 방금 전까지의 신음과는 확연히 다른 비명이 여연의 입에서 터져 나왔다.

"비켜! 이 미친놈!"

"비명을 질러봐, 어서."

사내가 광기 어린 음성으로 요구하며 여연을 짓눌렀다. 이놈은 미친 게 분명했다. 달빛에 허옇게 번득이는 눈을 보며 여연은 진짜 공포를 느꼈다. 그녀는 팔다리를 휘저어 사내에게서 벗어나려 했다. 그러나 무지막지한 주먹질이 다시 그녀의 얼굴 위로 쏟아졌다.

뭐야, 저 놈은. 눈앞에서 벌어지는 기막힌 일을 바라보던 유하는 역겨움과 분노가 올라오는 것을 참을 수 없었다. 물론 여연을 잡으면 절대 가만두지 않을 생각이었다. 그러나 체구의 반도 안 되는 여인을 폭행하며 성욕을 채우는 저런 더러운 놈에게 당하는 꼴을 보고 싶었던 것은 아니었다.

순간 지척에서 느껴지는 엄청난 살기에 유하는 옆을 돌아보았다. 달빛 아래서도 알아볼 만큼 석천의 안색이 새하얗게 질려 있었다. 왜 저러지? 유하는 지금껏 저런 표정의 석천을 본 적이 한 번도 없었다. 석천은 무표정한 그 얼굴만큼이나 모든 일에 무심한 자였다.

"놔! 아악!"

또 한 차례의 구타와 뒤이은 여연의 짧은 비명을 마지막으로 사내는 그녀의 몸 위로 엎어졌다. 자신의 가슴 위로 무언가 뜨겁고 축축한 것이 뿌려지는 것을 느낀 여연이 눈을 떴다. 눈앞에 석천이 피 묻은 검을 들고 서 있었다. 놀란 여연이 아직도 자신의 몸을 덮고 있는 사내의 몸뚱이를 밀쳤다. 머리가 잘린 사내의 목에서 뿜어져 나온 선혈이 그녀를 적시고 있었다.

석천은 씁쓸한 표정으로 사내의 시신과 벌거벗은 여연을 내려다 보았다. 순식간에 벌어진 일이었다. 여연과 사내의 모습 위로 남월의 장수에게 능욕당하며 그에게 도와달라 울부짖던 아내의 모습이 겹쳤다. 다음 순간 석천은 자기도 모르게 이미 사내의 목을 내려치고 있었다.

"내가 명령을 내리지 않았는데……."

유하가 몸을 숨긴 나무 뒤에서 모습을 드러내며 말했다.

"죄송합니다, 주공."

"아니, 괜찮다. 어차피 네가 먼저 하지 않았으면 내 손에 죽었을 테니까."

갑자기 나타난 사내들에게 둘러싸인 여연은 공포에 질렸다. 무시후, 그가 벌써 여기 와 있었단 말인가. 자신도 곧 저기서 뒹구는 저 시신과 같은 모양이 되리라. 여연이 눈을 질끈 감는데 석천의 목소리가 들렸다.

"옷을 입으시오."

그가 던져 주는 옷을 얼결에 받은 여연이 옷을 입기 시작했다. 왜 날 죽이지 않는 거지?

"괜찮소?"

그 말에 여연은 그들이 자신이 당하는 모습을 모두 보았다는 것을 깨달았다. 그리고 석천이 자신을 구해주기 위해 그 역겨운 놈을 죽였다는 것도. 석천의 눈에 어린 동정을 보자 갑자기 수치심이 치밀었다. 뭐야, 그 눈은. 날 그런 눈으로 보지 마. 네가 뭔데 날 그렇게 보는 거야. 난 살아남기 위해 그렇게 살아야 했어. 당신들이 뭘 알아. 여연의 눈에서 독기가 뿜어져 나왔다.

"흐응, 그 계집을 살리기 위해 여기까지 오셨나요, 무시후 나리?"

방금 전까지 두려움에 떨던 여연의 입에서 표독스런 음성이 흘러나오자 유하가 고개를 돌려 바라봤다.

"당신은 그 계집을 구하지 못할 거예요."

왜 나만 항상 이래야 해. 당신도 원하는 걸 갖지 못할 거야, 나처럼. 여연은 고개를 들며 웃었다.

심상치 않은 여연의 경고에 유하가 곧 제지하려 하였으나 한발 늦고 말았다. 여연은 목구멍이 찢어질 정도로 높은 비명을 내질렀다.

"침입자다ㅡ!"

늦었다. 유하는 여연을 밀쳐 내고 달리기 시작했다. 아리의 잠자리는 야영지 한가운데 태수의 옆자리였다. 추우영보다 먼저 그녀에게 다다르는 것은 사실상 불가능했다. 게다가 여연의 경고로 벌써 그의 앞을 적들이 막아서기 시작했다.

十三章

숲 안쪽에서 들려오는 여인의 비명에 병사들은 그들의 대장이 또 그 괴벽을 발휘하고 있구나 하며 음흉한 미소를 서로 교환했다. 호위대장은 여인들과의 잠자리에서 상대방을 때려야만 만족을 얻는 기벽을 가지고 있었다. 한 번은 상대를 죽일 뻔했었던 적도 있다고 했다. 그러나 태수의 신임을 받는 자라 그 누구도 감히 나서 말리지 못했다.

그러다 갑자기 들려온 침입자라는 외침에 모두 벌떡 일어났다. 붉은 옷을 걸친 장신의 사내를 선두로 한 무리의 무사들이 그들을 향해 달려오고 있었다.

"아리!"

그리운 목소리. 그다!

까무룩 잠이 들던 아리는 소란스러운 분위기에 정신이 들었다.

"무슨 일이지?"

"무시후 나리가 왔어요."

아명이 그녀의 몸을 일으켜 주며 대답했다. 그가, 그가 왔다고? 검과 검이 부딪치는 소리, 비명 소리가 어지럽게 들렸다.

"아리, 어서 피해!"

달빛 아래 너무나 그리워했던 붉은 장포(두루마기) 자락이 펄럭였다. 아리에게 가까이 오기 위해 유하가 길을 가로막는 병사들을 가차없이 베어 내고 있었다. 피를 뿜어내는 그의 검이 마치 춤추는 것처럼 보였다. 유하가 연신 아리의 이름을 애타게 부르고 있었다.

"어서 숨어야 해요."

아명이 팔을 이끌며 재촉했다. 그러나 그들이 숲으로 몇 걸음 옮기기도 전에 커다란 그림자가 앞을 가로막았다.

"어디를 가려 하느냐?"

추우영과 세 명의 부하였다. 그가 한 손에 퍼렇게 번뜩이는 검을 들고 사악한 웃음을 띠고 있었다. 그의 얼굴을 보자 아리의 몸에 오싹한 한기가 들었다.

"가까이 오지 마시오."

아명이 그녀를 보호하듯 두 팔로 앞을 가로막고 나섰다.

"나리가 올 때까지 제가 지켜 드릴게요."

굳은 결심에 찬 소년의 목소리가 귓전을 울렸다.

"역시 어딘가 미심쩍은 구석이 있다 했더니, 이제 와서 배신할 속셈이었더냐? 건방진 놈, 어리석은 짓 말고 비켜라."

"내가 죽어도 이분은 못 넘긴다."

"소원대로 해주지."

아리의 비명 소리가 밤하늘을 찢을 듯 울려 퍼졌다. 유하는 심장이 멈출 것 같은 그 소리에 앞을 가로막는 마지막 병사를 베어버렸다. 정신없이 달려간 유하의 눈에 추우영의 검에 엎드러진 소년과 그 옆에서 오열하는 아리의 모습이 들어왔다.

"아명? 아명!"

아리는 소년의 심장에서 뿜어지는 피를 막아보려 했으나 검에 정확히 관통당한 가슴을 손으로 막아낼 수는 없었다.

"지…… 켜 드리지 못해…… 죄송해요."

너무나 아름다워서 바라보기조차 힘든 사람. 소년의 첫사랑이었다. 그의 시야가 뿌옇게 흐려졌다.

"그런 말 하지 마. 아명, 죽으면 안 돼!"

갑자기 아리의 몸이 일으켜 세워짐과 동시에 차가운 금속이 목에 들이밀어졌다. 추우영이었다.

"생각보다 빨리 따라오셨구려, 유공."

유하가 그들 앞에 서 있었다. 그리고 뒤따라온 석천과 다른 무사들 모두 그의 뒤편에 서서 그들을 포위하고 있었다.

"역시 대단하시군. 겨우 일곱으로 나의 부하 열다섯을 모두 해치우다니 적귀라는 소문이 말하기 좋아하는 세인들의 입소문만은 아니었구려. 실제 눈앞에서 보니 감탄을 금치 못하겠소."

"그녀를 놔줘."

유하가 악다문 잇새로 내뱉었다. 감히 아리의 목에 칼을 들이대다니. 네놈은 결코 쉽게 죽여주지 않겠다.

"하하하. 무리한 걸 요구하시는군. 분위기가 이러하니 그쪽 모두 검을 내려놓고 얘기하는 게 어떻겠소. 이 계집이 뱃속의 자식과 함께 죽는 걸 보고 싶지 않다면 말이오."

"그러지 말아요, 유하. 이자는 날 죽이지 못해요. 알잖아요."

유하가 검을 버릴까 걱정이 된 아리가 황급히 소리쳤다. 이 악독한 사내는 그가 무방비 상태라면 무슨 짓을 할지 몰라. 빈손인 어린 소년조차 저렇게 망설임 없이 죽이는 사람이 아닌가. 아리의 말이 못마땅한 듯 이마를 찌푸린 추우영이 검을 쥔 손에 힘을 주자 아리의 목에 붉은 실금이 생겨났다.

"어차피 이 계집이 내게 보물의 위치를 가르쳐 주지 않는다면 쓸모가 없지. 검을 내려놓으시오, 공."

아리의 새하얀 목을 타고 흐르는 붉은 피를 보자 유하는 아찔한 현기증을 느꼈다. 그는 주저하지 않고 검을 던져 버렸다. 그를 따라 석천과 다른 이들도 모두 무기를 버렸다. 그 순간 그들은 스스로의 생명을 포기한 것과 다름없었다.

"유하!"

사색이 된 아리가 그의 이름을 부르자 유하가 그녀에게 애틋한 눈빛을 보냈다.

"네 목숨을 가지고 도박할 순 없어."

"공이 이 계집에게 싫증을 낼 때까지 기다리려 했건만 도통 그럴 기미가 보이지 않아 설마 했는데……. 이 계집이 이토록 유용한 인질이 될 줄은 몰랐구려. 하하하."

추우영의 파안대소에 유하의 타오르는 분노가 그에게 향했다.

"그녀의 목에 칼을 들이댄 걸 후회하게 해줄 테다."

"아직도 그런 소릴 하다니 대단한 배짱이시군. 그럼 후환은 미리 제거하는 편이 낫겠지?"

추우영이 손짓을 하자 그의 부하들이 앞으로 나섰다.

"황족을 해하고도 무사할 줄 아는가?"

"그것에 대해서는 이미 다 생각해 둔 바가 있지. 황제 폐하는 아끼시던 조카가 달아난 노비를 쫓다 산적들에게 죽임을 당했다는 안타까운 비보를 듣고 슬퍼하실 게요. 그 산적들은 모두 내게 소탕될 것이고. 어차피 공은 이 진번군 내에서 살아나가지 못할 운명이었소. 공이 나를 조사하기 위해 이곳에 왔다는 걸 내가 모를 줄 아시었소? 모든 증거가 내 손에 들어왔으니 이제 공만 죽어주면 되오."

죽음의 위협에도 유하의 표정은 전혀 흔들림이 없었다.

"날 죽여도 네가 저지른 부정은 없어지지 않아. 네 죄는 언젠가 드러날 테고 넌 반드시 죗값을 받을 것이다."

"나는 공이 매우 영리한 줄 알았는데 오늘 보니 어리석기 짝이 없군. 세상에 널린 것이 계집인데 이런 동이족 계집 하나 때문에 죽음을 자초하다니."

추우영이 고개를 끄덕이자 세 개의 검이 유하를 향해 거침없이 돌진해 들어갔다.

"안 돼―!"

아리는 끔찍한 공포에 정신을 잃었다.

유하는 자신의 손을 타고 흐르는 붉은 핏줄기를 멍하니 바라보았다.

"주…… 공."

석천이 그의 품으로 쓰러졌다. 석천의 몸에 난 세 군데의 구멍에서 끊임없이 붉은 피가 쏟아져 유하의 옷을 적시고 있었다.

칼날들이 자신의 몸을 꿰뚫을 거라 생각한 마지막 순간, 석천이 그를 밀치고 대신 칼을 맞았다.

"무슨 짓이야, 석천!"

쓰러지는 와중에도 석천은 고개를 돌려 추우영을 향해 호통 쳤다.

"어리석은 놈, 이분을 죽이면 그녀가 네가 원하는 걸 줄 것 같으냐! 넌 결코 그걸 얻지 못할 것이다."

피를 토하며 비웃는 석천의 말에 추우영이 미간을 찌푸렸다. 기절까지 한 것을 보면 이 계집 또한 무시후를 생각하는 마음이 보통이 아닌 게 분명하군그래. 어떻게 이 계집의 입을 열까 했는데 이걸 이용할 수도 있겠어. 땅에 쓰러져 있는 아리의 핏기 없는 얼굴을 보며 그가 사악한 눈을 번뜩였다. 부하들에게 낮은 목소리로 지시하는 추우영의 얼굴은 악귀의 형상, 바로 그 자체였다.

"왜 이런 짓을?"

석천의 입에서 울컥 하고 피가 솟구쳤다.

"저분을 지키셔야지요……. 아직은 포기하실 때가 아닙니다……. 하아— 이제야 빚을 갚을 수 있겠군요……. 십 년 전 그날부터 생각했습니다. 어차피 한 번 버렸던 목숨, 이후엔 주공을 위해 바치기로 맹세했지요……."

석천의 입가에 편안한 미소가 떠올랐다.

"아내가 기다리고 있을 겁니다……. 왜 이렇게 늦게 왔느냐고 화나 내지 않으면 좋을 텐데요……."

처음으로 보는 환한 미소를 띠며 석천은 그렇게 눈을 감았다. 유하의 눈이 걷잡을 수 없는 분노와 살기로 불타올랐다.

"내 너를 결코 용서치 않을 테다."

"기쁜 소식을 전해주지. 공의 목숨은 잠시 살려두기로 했소. 대신……."

노기로 떨리는 유하의 말에 추우영이 음흉한 미소로 답했다. 그가 손짓하자 일순 타는 듯 쓰라린 통증이 오른쪽 어깨로 밀려들었다. 유하를 포위하고 있던 추우영의 부하들이 그의 어깨와 팔에 검을 찔러 넣은 것이었다.

"이제 팔을 쓸 수 없을 테니 검은 무용지물일 터. 걱정 마시오. 걸어야 하니 다리는 남겨두겠소."

칼이 빠져나간 자리에서 피가 솟구쳐 삽시간에 옷이 흥건히 젖어들었다. 추우영의 부하들이 뒤쪽으로 움직이자 유하는 이를 악물고 내뱉었다.

"내 부하들은 놔둬."

"쓸데없이 증인을 남겨둘 순 없지."

곧이어 외마디 비명 소리가 어두운 숲에 울려 퍼졌다. 그들은 무기를 버린 유하의 호위병들을 가차없이 죽여 버렸다. 내 부하들. 전장에서 일당백으로 적들을 섬멸했던 그들이 이렇게 허무하게 죽다니. 그들의 어이없는 희생에 유하는 피를 토할 것만 같았다. 이마귀 같은 놈, 죽어서라도 널 그냥 두지 않겠다.

너무나도 큰 분노에 상처의 고통마저 잊은 채 유하가 쓰러져 있는 아리에게로 다가갔다. 팔을 움직이려니 끊어질 듯 통증이 밀려왔지만 유하는 아랑곳하지 않고 그녀를 안았다.

"밤이 늦었으니 그만 쉬시오. 내일은 산을 올라가야 하니 그때
가 되면 우리의 여정도 끝이 나겠지."

마치 아무 일도 없었다는 듯 추우영이 하품을 하며 유하를 내려
다보았다.

"나리, 그를 묶을까요?"

무사 하나가 아직도 동료들을 베어내던 유하의 모습이 눈에 선
한 듯 겁에 질린 목소리로 추우영에게 물었다.

"아니, 어차피 도망갈 수 있는 처지도 아닌데 모처럼 만의 해후
일 테니 내버려 두어라. 도망은커녕 지금은 움직일 수조차 없을걸?
보초나 잘 서도록 해라."

"예."

여전히 두려움이 가시지 않는 듯 대답하는 사내의 목소리가 떨
렸다. 추우영의 명에 따라 주섬주섬 자리를 잡은 그들은 내내 유하
에게서 시선을 떼지 못했다.

유하는 움직이지 않는 오른손을 억지로 들어 올려 아리의 뺨에
가져다 대었다.

"아리……?"

무슨 일이 있어도 널 다치게 하진 않을 테다. 내가 죽는다 해도
너만은 반드시 지켜내겠어. 지나치게 많은 피를 흘려 당장이라도
쓰러질 듯 어지러운 와중에도 유하의 머릿속은 온통 아리 생각뿐
이었다.

그의 목소리. 그이가 날 부르고 있어. 캄캄한 어둠 속에서 아리

는 눈을 뜰 수가 없었다. 무언가 너무나 끔찍한 일이 일어났어, 생각조차 하고 싶지 않은 두려운 일이. 유하! 순간적으로 그를 향해 뻗어 가는 날카로운 칼날 위로 반사되던 달빛을 보자 아리가 비명을 질렀다.

"아악!"

"아리? 괜찮아. 진정해."

자신을 안고 달래는 친숙한 목소리에 아리는 정신이 들었다. 유하? 그의 품임을 확인하자 모든 악몽이 사라졌다.

"당신이 죽은 줄 알았어요."

눈물을 가득 담은 음성으로 아리가 속삭였다.

"널 두고 절대 죽지 않아."

유하에게서 풍겨 나는 짙은 피 냄새와 축축한 느낌에 아리의 정신이 점점 더 또렷해졌다. 그래, 그가 날 구하러 왔었어. 주위를 둘러보자 옅은 달빛 속에서도 방금 전까지 이곳이 얼마나 처절한 살육의 현장이었는지를 여실히 보여주는 시신들이 즐비했다.

"어떻게 된 거예요?"

아리가 더 이상 그것을 보지 못하도록 유하가 머리를 끌어안았다.

"모두 죽임을 당했어. 내 잘못이야."

스스로를 자책하는 말투에 흐르는 진한 쓰라림이 고스란히 전해져 아리의 마음을 아프게 했다.

"당신이 아네요. 내 탓이에요. 나 때문에 모두……."

"그런 소리 하지 마. 널 안전하게 구하지 못한 것도, 돌발 상황에 대비하지 못한 것도 모두 내 실수야."

아리가 그의 가슴에 얼굴을 묻고 깊이 끌어안자 유하의 입에서 신음이 새어나왔다. 고통스러워하는 목소리. 이상하다 느낀 아리가 유하의 얼굴을 올려다보았다. 달빛 속에서도 창백해진 유하의 얼굴을 분명하게 알 수 있었다. 그의 옷을 적신 피가 다른 사람의 피라고 생각했는데 그게 아닌 모양이었다.

"다쳤어요?"

"약간 스친 거야."

"보여줘요."

아리가 옷을 벗기려 하자 유하가 가로막았다. 상처는 이제 정신을 흐리게 할 정도로 욱신거렸지만 아리를 걱정시키고 싶지는 않았다.

"별거 아니야."

그러나 제 구실을 하지 못하는 유하의 오른팔은 아리를 제지하기에는 너무 힘이 빠져 있었다. 아리가 겉옷을 모두 벗겨내자 보기에도 처참한 상처가 그녀의 눈앞에 드러났다. 아리의 입에서 질린 신음 소리가 새어나왔다. 오른쪽 어깨와 팔 윗부분에 검으로 관통당한 상처가 깊었다. 옷을 그렇게 적시고도 아직 더 남았는지 끊임없이 피가 흘러나와 유하의 팔과 가슴을 붉게 물들이고 있었다. 이런 팔로 날 안고 있었다니.

유하는 혹시 아리가 다시 기절하는 것은 아닌지 걱정스러웠다. 지난번 그녀가 유하가 저지르는 살인을 목격하고 보인 반응을 생각하면 충분히 가능한 일이었다. 그런데 아리가 그의 품에서 벗어나더니 비단 상(치마)을 길게 찢기 시작했다. 그리고 그 조각들로 유하의 어깨에 정성껏 감아주었다. 어찌나 단단히 매었던지 피는 더 이상 흐르지 않는 것 같았다. 일이 끝날 때까지 입술을 베어 물고 한 마디도 하지 않던 아리가 그에게서 약간 떨어져 앉아 땅만 쳐다보고 있었다.

"이리 와, 아리."

그의 말에도 아리는 고개를 옆으로 저었다.

"내게서 나는 피 냄새가 역해서 그래?"

그녀가 다시 고개를 흔들었다.

"그럼 내가 싫어서 그러는 거야?"

아리는 우는 것 같았다. 그 이유였나? 가슴이 무너져 내리는 듯 참담했다. 아리가 천천히 고개를 내젓자 유하는 안도감에 현기증이 일었다.

"그런데 왜 거기 있는 거야. 내 곁으로 와. 아님 내가 갈까?"

유하가 일어나려 오른팔을 짚자 놀란 아리가 황급히 다가왔다.

"팔 움직이지 말아요."

"그럼 널 안을 수 없는걸."

"내가 할게요."

아리가 양팔을 벌려 가슴에 안겨 들자 유하는 만족스런 한숨을 내쉬었다. 내일 당장 죽어도 좋겠어. 아, 그건 안 되겠군. 아리가 아직 추우영의 손아귀 안에 있으니. 아리를 구할 방법을 먼저 생각해 내야 했다.

"왜 운 거야?"

"……."

"걱정 마. 무슨 일이 있어도 널 구해줄게. 널 다치게 하진 않아."

"……사흘 내내 당신이 오길 기다렸어요. 매일 밤 당신이 보고 싶어서 울었어요. 그런데 이렇게 다친 당신을 보니까 너무 마음이 아파……. 차라리 당신이 오지 않았으면 좋았을걸. 나 같은 건 내버려 두고. 그랬으면 모두 죽지 않았을 테고 당신도……."

말을 끝맺지 못한 채 아리가 어깨를 떨며 흐느끼자 유하가 팔을 들어 올려 그녀를 안았다. 다시 피가 흐르는 것을 느꼈지만 상관없었다. 날 기다렸다고? 그 말 한마디면 충분했다.

"사랑해."

유하가 속삭이자 아리의 울음소리가 더욱 커졌다. 그에게 자신도 사랑한다고 말하고 싶었다. 그러나 할 수가 없었다. 한 번 그 말을 입 밖으로 내뱉으면 영원히 그에게서 벗어날 수 없을 것 같았다.

十四章

한밤중에 깨어난 아리의 귓전에서 낮은 속삭임이 들려왔다.

"이제야 일어나는군, 잠꾸러기."

유하의 품에 안겨 울다 어느새 잠이 들었나 보았다. 상황이 이런데도 잠이 올 수 있다니. 그가 곁에 있어 안심이 되어서일까. 유하를 보니 처음 아리를 무릎에 앉혔던 자세 그대로 꼼짝도 않고 있었다. 아리가 입을 열려 하자 그가 속삭이는 어투로 말했다.

"쉬, 가만히 있어. 잠깐 내 말을 들어."

유하는 일부러 아리를 깨우지 않았다. 연이어 일어난 충격적인 일과 지친 몸을 잠시라도 쉬게 해주고 싶었다. 어차피 밤이 깊어질 때까지는 기다리는 것 외에 할 일이 없었다. 그들에게서 겨우 다섯 발자국 거리에 서 있는 보초와 자신들 앞에 우뚝 서 있는 험준한 봉우리들을 바라보며 유하가 말했다. 아리만이 들을 수 있을 정도로 작은 목소리였다.

"아리, 그때 네가 했던 것, 지금 할 수 있지?"

"⋯⋯?"

"그 목걸이로 했던 것."

"저기 서 있는 저놈을 잠시만 정신없게 만들어. 우리가 산으로 올라갈 수 있게."

도박이었다. 어둠은 산을 오르는데 치명적인 장애였지만 또한 그들의 몸을 숨겨줄 보호막이기도 했다. 산을 올라야 하기 때문에 자신들처럼 그들도 말을 탈 순 없으리라. 하늘이 도와 그곳까지만 갈 수 있다면⋯⋯.

아리가 고개를 끄덕였다. 아리의 손이 목걸이에 닿자마자 삽시간에 작은 돌풍이 그들을 몰아쳤다. 바람에 휩쓸려 펄럭이는 낙엽과 흙 때문에 보초가 눈도 뜨지 못하고 허둥대는 사이 유하는 아리의 손목을 잡고 산으로 달리기 시작했다.

뒤쪽에서 들리는 고함과 그들을 쫓는 소리에도 아랑곳없이 유하는 짙은 어둠에 잠긴 숲을 마치 대낮처럼 헤쳐 나갔다. 사지에서 단련된 그의 뛰어난 육감은 지금 자기 목숨보다 귀한 여인을 지키기 위해 무섭게 발휘되고 있었다.

치맛자락에 걸리는 작은 나뭇가지들과 풀들이 날카롭게 아리의 다리를 스쳐 갔다. 경사진 곳을 오를 때는 나무와 날카로운 돌에 찍혀 손바닥이 찢어졌지만 아픔조차 느낄 수 없었다. 숨이 턱 밑까지 차올랐으나 아리는 정신없이 유하의 손에 이끌려 가고 있었다.

얼마나 더 그렇게 갔을까. 아리는 어느덧 시야가 밝아지고 있음을 깨달았다. 날이 밝아오고 있는 것일까? 아리의 발이 이슬에 젖은 풀 때문에 미끄러졌다. 넘어질 듯 휘청거리는 그녀를 어느새 유하가 잡아주었다. 숨을 몰아쉬며 그에게 매달리자 유하가 왼팔로 안아주었다.

"이, 이젠 쫓아오지 않는 것 같아요."

"잠시 쉴 만한 곳을 찾아보지."

떠오르는 태양빛에 시야가 또렷해지자 낯익은 풍경이 눈에 들어왔다. 아리는 자신들이 서 있는 장소를 새삼 둘러보았다.

"혹시 여기가 어딘지 알겠어?"

"알아요. 이 근처에 작은 시내와 우리가 숨을 만한 장소가 있어요."

아리가 유하를 이끌고 찾아간 곳은 나무 열매를 구하러 다닐 때 발견했던 장소였다. 자연적으로 생겨난 큰 동굴은 가끔 곰 같은 산짐승이 겨울을 나는 장소로 쓰기도 하였으나 다행히 지금은 아무도 거주하고 있지 않은 듯했다. 동굴에 들어가기 전 그들은 냇가에서 목을 축이고 더러워진 얼굴과 손을 씻었다.

햇살 아래 드러난 유하의 얼굴은 매우 창백했다. 강제로 그의 옷을 벗기고 피 묻은 천을 푼 아리는 그의 상처가 어젯밤보다 더 심해진 것을 알았다. 피는 멈추었지만 상처 주위가 붉게 부풀어올랐고 몸에서도 열이 나고 있었다. 피를 과도하게 흘린 데다 제대로 치료조차 못하고 대충 묶어두기만 했으니 어쩌면 당연한 결과였다.

"많이 아파요?"

커다란 눈동자 가득 걱정을 담고 울음을 삼키는 아리에게 유하가 미소를 지어 보였다.

"좀 더 자주 다쳐야 할 것 같아. 네가 이렇게 걱정해 주는 걸 보니."

아리의 걱정을 덜어주기 위해 장난스럽게 말했지만 자신의 상태가 그리 좋지 못하다는 것을 유하도 느끼고 있었다. 눈에 열이 오르면서 아리의 모습이 몽롱하게 보이기 시작한 것이다. 어젯밤까진 그나마 움직일 수 있었던 팔도 지금은 들어 올릴 수조차 없었다. 이래서야 그곳까지 가는 건 도저히 불가능하겠군.

아리는 그의 상처를 물로 닦아내고 새로이 상(치마)을 찢어 다시 묶었다. 그들은 서로의 몸에 기댄 채 동굴 안으로 들어섰다. 안쪽으로 들어가면 갈수록 점점 더 넓어지는 동굴의 천장은 어른 키의 세 배는 족히 넘을 듯 높았다. 적당한 곳이 나타나자 먼저 자리 잡은 유하가 그녀를 품 안으로 끌어당겼다.

"잠시만 쉬었다 가자."

그의 뜨거운 숨결에 고개를 끄덕이며 아리는 눈을 감았다.

잠결에 온기를 찾아 유하의 가슴으로 파고들던 아리는 유난히 뜨거운 그의 체온에 잠이 확 달아났다. 그의 온몸이 불덩이 같았다. 호흡도 얕고 거칠었다.

"유하? 유하, 정신 차려요."

아리의 목소리 때문인지 혹은 뜨겁고 건조한 얼굴에 닿은 차가운 손의 감촉 탓인지 유하가 눈을 떴다.

아리의 모습은 엉망이었다. 붉은 핏자국은 흰옷 여기저기에 묻어 있었고 상(치마)은 얼마나 찢어냈는지 자리마다 너덜거렸다. 뿐만 아니라 머리도 흐트러지고 더러워져 있었다. 그러나 지금 이 순간 유하의 눈에 그녀보다 아름다운 여인은 세상에 존재하지 않았다. 그런 아리가 울고 있었다.

"날 안아주겠어?"

자신의 의지와는 상관없이 잔뜩 쉬어버린 거친 목소리가 튀어나왔다. 움직일 수 없는 자신을 대신해 아리가 그를 안자 낯익은 편안함이 유하에게 찾아들었다.

"네가 태어난 곳이 이곳이라 했지?"

아리가 고개를 끄덕였다.

"예전에 네가 이곳엔 결계가 쳐져 있다고 하지 않았나?"

"내가 살던 계곡과 그 주위에만……."

"그곳은 아무나 못 들어간다고?"

"바람의 일족의 혈통을 계승한 자만이 통과가 가능해요. 다른 사람들은 근처에 간다 해도 그곳에 침입할 수 없어요."

"그럼 넌 그곳에선 안전하겠군."

진의를 파악할 수 없는 대꾸에 아리가 고개를 들어 그를 바라봤다.

"그곳으로 돌아가. 보내줄게."

그토록 원했던 일이었는데 막상 유하의 입에서 자신을 놓아준다는 말이 흘러나오자 아리는 마치 버림받은 느낌이었다. 세상에 홀로 내쳐진 양 허탈한 기분. 하지만 어떻게? 그리고 당신은?

"당신은?"

나? 네가 없는데 살아 있으나 죽으나 무슨 차이가 있겠어. 그러나 유하는 그 말을 입 밖에 내지는 않았다.

"그곳에 돌아가면 두 번 다시 나오지 마. 태수는 원하는 걸 얻을 때까지 결코 포기하지 않을 거야."

"당신은?"

아리가 반복해서 물었다. 유하가 웃었다. 모든 걸 초월한 듯 편안한 웃음이었다.

"너와 우리 아기만 무사하다면 난 괜찮아."

괜찮다고? 뭐가? 이렇게 놔두면 그는 죽고 말 텐데.

"싫어……."

"쉿. 울지 마."

유하가 다시 울기 시작한 아리를 달랬다. 힘껏 안아주고 싶은데 따라주지 않는 자신의 몸이 저주스러웠다.

"이곳에 오래 숨어 있진 못할 거야. 그들이 곧 올 거야. 가야 해."

"당신을 사랑해요."

갑작스런 아리의 고백. 순간 유하는 열에 들떠 자신이 환청을 들은 것이라 생각했다.

"뭐라고?"

"당신을 사랑해요. 두려웠어요. 이 말을 하면 영원히 당신에게서 벗어날 수 없을까 봐……."

유하의 입술이 아리의 말을 삼켜 버렸다. 유하의 입술은 메마르고 뜨거웠지만 상관없었다. 그들은 서로에게 자신을 온통 쏟아 붓듯 격렬한 입맞춤을 나누었다. 유하의 입술과 혀가 절대 아리를 놓아주지 않겠다는 듯이 휘감아왔다.

아리가 날 사랑해. 나를 사랑해. 감히 꿈에서조차 품어보지 못한 유하의 가장 가슴 아픈 소망이 현실로 이루어졌다. 유하는 그렇게 한없이 아리를 안고만 싶었다. 몽롱한 환상 속에 스며든 한줄기 차가운 이성이 그를 재촉하기 전까지.

유하가 그녀에게서 입술을 떼고 강한 어조로 말했다.

"가, 어서!"

"당신을 두고 갈 순 없어요."

"명령이야."

"난 당신의 노비가 아니니 당신의 명령을 듣지 않을 거예요."

고집스럽게 말하는 아리의 단호함에 유하는 다시 애원조로 말했다.

"아리, 제발. 우리 아기를 생각해……."

"당신이 죽으면 나도 살 수 없어요."

유하의 의식이 급격히 흐려지고 있었다. 열이 올라 흐릿한 눈을 깜박이며 유하는 정신을 차리려 안간힘을 썼다.

"아리……. 어서 가……. 그러지 않으면 널 용서하지 않을 거야."

"유하……?"

갑자기 유하의 머리가 아리에게 무겁게 기대어왔다. 이마는 손이 데일 정도로 뜨거워져 있었다. 서둘러 일어난 아리는 동굴을 빠져나가 시냇가로 내달렸다. 더 이상 찢을 만한 곳도 남아 있지 않은 상(치마) 대신에 포(두루마기)를 벗어 차가운 물에 담갔다. 아리는 손으로 쥐어짜 약간의 물기를 제거한 포를 들고 급히 동굴 안으로 돌아왔다. 피 묻은 유하의 옷을 제치고 얼굴과 가슴을 닦아주었

다. 차가운 손에 닿은 그의 살갗은 너무도 뜨겁게 달아올라 있었
다.

"유하, 제발."

"그의 상태가 많이 나쁜가 보지?"

등 뒤에서 들려오는 그 섬뜩한 목소리에 아리의 몸이 얼어붙었
다. 추우영과 그의 부하들이 동굴 안으로 들어서고 있었다. 아리
바로 앞까지 와서 걸음을 멈춘 추우영이 유하의 가쁜 숨결과 붉어
진 얼굴, 동굴 벽에 힘없이 기댄 모습을 훑어보더니 눈썹을 추켜세
웠다.

"네가 냇가로 나오지 않았다면 자칫 이곳을 지나칠 뻔했지. 그
자를 보아하니 더 이상 한 걸음도 움직일 수 없는 지경이 된 것 같
군. 우리 처지에 부상자는 쓸데없는 짐일 뿐이지."

서늘한 아침 공기를 가르는 검 뽑는 소리가 소름 끼치게 들렸다.

"안타깝지만 여기까지가 그자와의 인연인 듯하구나."

"안 돼요!"

아리가 유하의 몸을 감싸며 소리쳤다.

"이 사람을 죽이면 절대 당신에게 보물의 위치를 가르쳐 주지
않겠어."

온몸으로 유하를 보호하며 당당하게 자신을 쏘아보는 아리를 향
해 추우영이 회심의 미소를 지었다. 그래, 바로 이걸 기다리고 있
었지.

"그를 살려주는 대신 내게 보물을 주겠느냐?"

"보물을 가지고 나면 어차피 우릴 죽일 것 아닌가요?"

추우영의 사악한 행동을 익히 보아 온 아리는 그를 쉽게 믿을 수

없었다.

"아닐 수도 있지. 내가 그 보물의 힘을 손에 넣기만 하면 하늘 아래 두려울 것이 없는 존재가 되는 것이다. 그러니 사소한 목숨 둘쯤 살려줄 수도 있지 않겠느냐."

추우영은 너그러운 척 웃었다.

"당신은 어리석어요. 그 보물은 하늘의 것이에요. 인간이 탐낸다고 가질 수 있는 것이 아니에요."

"너희 동이족은 한때 지금의 한나라보다 넓은 영토를 가지고 있었지. 그것이 보물의 힘 때문이라 들었다. 그 보물을 차지하는 자가 하늘의 힘을 얻어 막강한 왕이 될 수 있었기 때문이었다지."

추우영의 눈 속에 십 년간 감추고 기다려 온 추한 욕망과 권세욕이 고스란히 드러났다.

"당신 같은 사람은 그걸 가질 자격이 없어요."

"내가 그것을 가질 수 없다면 너도 그가 피를 토하며 죽는 꼴을 보아야 하겠지. 단숨에 죽이진 않겠다. 천천히 최대한 고통에 허덕이다 죽게 만들겠다. 자, 어찌하겠느냐."

그의 칼끝이 유하의 목에 닿아 있었다. 아리는 추우영의 탐욕에 가득 찬 얼굴을 마주 보았다.

"……당신에게 그걸 가져다주겠어요."

"그래. 어서 그곳으로 가자."

그가 승리감에 가득한 얼굴로 아리를 재촉했다.

"보물이 있는 곳은 결계가 쳐 있어서 어차피 나밖엔 들어갈 수 없어요."

추우영의 눈이 미심쩍은 듯 가늘어졌다.

"너를 혼자 보내라고? 그런 바보짓을 내가 할 것 같은가?"

"당신이나 당신의 수하들은 그곳에 들어가지 못해요. 무엇 때문에 이제껏 당신이 그곳을 찾지 못했다고 생각하죠?"

"네가 돌아온다는 보장이 어디 있지? 안 돌아오면 그뿐 아닌가."

"난 돌아와요."

아리가 유하의 이마를 쓰다듬으며 단호하게 말했다.

추우영은 재빨리 머리를 굴리기 시작했다. 사실이라면 선택의 여지는 없었다. 저 계집의 눈에 가득 들어찬 무시후에 대한 마음에 도박을 걸 수밖에. 저토록 그를 감싸는 것을 보면 돌아올 승산이 컸다. 설령 돌아오지 않는다 하더라도 무시후를 죽이면 최소한 태수 자리는 보전할 수 있었다.

"좋다. 그러나 정말 그 결계라는 것이 있는지는 내 알 수 없으니 부하 하나를 딸려 보내겠다. 그리고 네가 오늘 내로 돌아오지 않으면 이자의 목숨은 끝장이라는 것을 명심해라."

"약이 필요해요."

"그래, 그러니 어서 빨리 보물을 가지고 오는 게 좋겠지? 늦으면 네가 돌아오기 전에 이자가 먼저 죽을 거야."

웃음을 띠며 말하는 잔혹한 추우영의 응답에 아리는 입술을 깨물었다.

"유하, 제발 죽지 말아줘요. 나 기다릴 거죠?"

아리의 목소리에 반응하듯 유하가 신음 소리를 냈다. 태수의 부하 하나가 아리와 유하를 억지로 떼어 놓았다. 돌아서는 아리의 등 뒤로 추우영의 음산한 웃음소리가 뒤따라왔다.

"서두르는 게 좋을 거야."

추우영의 부하는 아리를 힐끔거리며 뒤를 따랐다. 산길을 따라 얼마나 그렇게 걸었을까. 태양이 머리 위에 다다를 무렵 잊을 수 없는 계곡의 입구가 눈앞에 나타났다.

모든 것이 자신이 떠날 때와 다름없었다. 그 좁은 계곡은 일 년 내내 걷히지 않는 짙은 안개로 둘러싸여 있었다. 마치 보이지 않는 벽에 가로막힌 것처럼 어쩔 줄 몰라 하는 사내를 결계 밖에 세워 둔 채 아리는 계곡 안으로 들어섰다.

햇볕이 잘 드는 언덕에 위치한 수십 개의 무덤 가운데 갓 돋아난 풀로 뒤덮인 새로운 자리가 눈에 들어왔다.

할머니. 제가 돌아왔어요. 할머니가 말씀하셨던 첫 번째는 이루어졌지만 아무래도 두 번째는 지키지 못할 것 같아요.

아리의 눈동자가 아련한 그리움과 슬픔으로 흐려졌다.

아리는 자신과 할머니가 살았던 작은 집 안으로 발걸음을 옮겼다. 좁은 침상, 먼지가 내려앉은 이불과 그릇들. 이곳을 떠나 있었던 몇 달이 마치 수십 년의 시간이 흐른 듯 너무나 낯설었다. 아리는 손끝으로 낡은 나무 침상 위를 가만히 쓸어보았다.

혈족을 이을 후손만 생기면 이곳으로 돌아올 수 있을 것이라 생각했다. ……어떻게 그를 떠나 이 외로운 곳에서 살아갈 수 있을 거라 생각했을까. 떨어져 내린 눈물방울이 이불 위에 점점이 얼룩을 만들었다.

아리는 침상 옆의 바구니를 열어 비단에 싸인 물건을 꺼냈다. 철없던 어린 시절 이것을 갖고 놀다 할머니께 혼이 난 적이 있었다. 그때 할머니는 처음으로 그녀에게 체벌을 가했다. 그 이후로는 감히 이것을 들고 집 밖으로 나간 적이 없었다.

계곡을 떠나기 전 아리는 다시 한 번 자신이 태어나고 자란 곳을 둘러보았다. 두 번 다시 이곳으로 돌아오지 못하리라는 것을 잘 안다. 그리고 지금부터 자신이 하려는 일도 결코 용서받지 못하리라.

멀리 동굴이 보이자 아리의 마음에 떨림과 두려움이 더해졌다. 산속이라 해가 빨리 지기 시작했다. 일직선으로 높이 솟아오른 나무들과 저무는 해로 길어진 그림자가 한데 어울려 더욱 음산하였다. 마음이 조급해진 아리는 걸음을 더욱 재촉했다. 동굴 안은 추우영 일당이 불을 피웠는지 붉은빛이 일렁이고 있었다.

"가지고 왔느냐."

아리와 부하의 그림자가 비치고 이내 그 모습이 드러나자 추우영이 반색을 하며 물었다.

"여기 있어요."

아리는 비단에 감싸인 물건을 건네주고 동굴 입구에 있는 유하에게로 다가갔다. 그는 여전히 의식이 없었다. 상태는 나빠지지 않았지만 좋아지지도 않았다. 아리는 유하의 어깨를 살짝 흔들었다.

"유하. 나예요, 아리. 제발 일어나요."

추우영은 벅찬 감격에 휩싸여 손에 든 비단 뭉치를 바라보았다. 드디어 내 손에 들어왔다. 그토록 오랜 세월을 기다려 온 이 손 안에. 그가 떨리는 손으로 비단을 풀어 내리자 풍백의 보물이 수십 년 만에 세상에 그 모습을 드러냈다.

그것은 동경(銅鏡)이었다. 뒤편에 한 마리의 용이 감탄을 자아내리만큼 훌륭한 솜씨로 새겨져 있었다. 마치 살아 꿈틀거리는 듯 생

생한 그 용은 비늘 하나하나까지 세심하게 표현되어 있었고 부릅
뜬 용의 두 눈은 장인의 혼이 살아 있는 듯했다. 그러나 그뿐이었
다. 동경은 돈을 주면 어디서나 구할 수 있는 여인네의 하찮은 장
식품일 뿐이었다.

"이것이 무어냐!"

"당신이 원하던 것이에요. 풍백의 신권(神權)을 상징하는 보물이
죠."

분노한 추우영의 외침에 아리는 조용히 대답했다.

"이따위 물건으로 네가 지금 날 속이려 드는 것이냐!"

추우영이 동경을 바닥에 내팽개쳤다.

"난 거짓말하지 않았어요."

아리의 침착한 대꾸에 화가 폭발한 추우영이 검을 뽑아 들었다.

"네가 내게 가짜를 갖다 주었으니 나도 이자의 목숨을 끊겠다!"

유하를 향해 내리꽂히는 그의 검을 막기 위해 아리가 온몸으로
추우영을 밀쳤다. 목을 노리던 추우영의 검이 빗나가 유하의 허벅
지를 베고 땅에 박혔다.

"으윽!"

새로운 상처를 입은 통증으로 정신이 돌아왔는지 유하의 입에서
신음이 터졌다. 순간 유하의 눈이 떠졌다.

"아리……?"

추우영의 몸을 붙들고 있는 아리의 모습이 의아한지 유하가 눈
을 깜박였다. 이이가 정신을 차렸어. 아리가 유하에게로 다가섰다.

"정신이 들었나 보군, 공. 정말 안타까운 일이 아닐 수 없소. 곧
다시 영원히 잠들어야 할 테니 말이오."

바닥에 박힌 검을 뽑아내며 추우영이 그들을 향해 비릿한 웃음을 흘렸다. 아리가 그의 앞을 가로막아 섰다.

"보물의 힘을 보고 싶나요? 그렇다면 당장 당신의 소원을 이뤄주겠어요."

아리가 목에서 목걸이를 벗겨내 왼손에 쥐었다. 아리의 움켜쥔 손에서 푸른빛이 퍼져 나가기 시작했다. 사방의 동굴 벽에 부딪힌 그 빛이 되돌아와 한곳으로 모였다. 바닥에 떨어져 있는 작은 물건, 그 동경 위로 시릴 정도로 푸른 기운이 집중됐다. 아리가 한 치의 흔들림 없는 또렷한 목소리로 말하기 시작했다.

"창공을 지배하는 푸른 바람이여. 여기 풍백의 피를 이어받은 자가 네게 명하노니, 내 앞에 모습을 드러내라."

아리의 말이 끝나자 거센 돌풍이 동굴 안에 휘몰아쳤다. 웬만한 장정들도 몸을 제대로 지탱하지 못할 정도의 강풍이었다. 추우영과 그의 부하들은 몸을 가누지 못하고 바닥에 쓰러졌다. 어디서 생겨났는지 알 수 없는 회오리바람은 그들이 엎드린 채 꼼짝도 할 수 없을 만큼 거셌다.

동경 위에 모인 푸른 기는 이제 하나의 형태를 갖추며 점점 커지고 있었다. 푸른빛이 그들의 머리를 덮을 만치 커졌을 때 추우영은 쉬익 하는 소리를 들었다. 그것은 거대한 푸른 몸뚱어리 속에 감추어진 머리를 곧장 드러냈다.

용이었다. 조금 전까지 동경 위에 새겨져 있던 청룡이 살아서 움직이고 있었다. 뿔이 달린 머리에 온몸을 푸른 비늘로 감싼 영수(靈獸)가 감겨진 눈꺼풀을 들어 올렸다.

[풍백의 자손이여.]

마치 머릿속에서 울리는 듯싶은 음성이 동굴 안에 메아리쳤다. 그것은 인간의 말도 아니고 인간의 소리도 아니었다. 그러나 듣는 사람들은 모두 그 말뜻을 알아들을 수 있었다.

용은 동굴 전체를 뒤흔드는 바람 속에서 유일하게 온전히 서 있는 존재를 내려다보았다. 유하를 끌어안고 있는 아리를.

[나를 깨운 이유가 무엇인가.]

"금기의 계를 어기려 합니다."

[그대가 진정 원하는 것이 그것인가.]

순간 아리의 몸이 억센 힘에 의해 뒤로 끌어당겨졌다. 추우영이 그녀의 치맛자락을 움켜쥐며 몸을 일으키고 있었다.

"내게 그걸 다오."

추우영의 눈은 광기 어린 탐욕으로 번들거렸다.

"내가 보물의 주인이다. 내게 힘을 다오. 나를 지상의 왕으로 만들어라."

자신의 요구에 아리가 아무런 대답도 하지 않자 추우영은 칼을 치켜들었다.

"그렇지 않으면 널 죽이겠다!"

아리는 매서운 칼날이 자신에게 달려드는 것을 보고도 피하지 않았다. 그녀가 몸을 비키면 유하가 고스란히 그 검을 맞게 된다. 유하는 이미 충분히 중상을 입은 상태였다.

"안 돼!"

유하가 소리치며 그녀를 감싸 안자 아리는 일순 눈을 감았다.

[어리석구나, 인간!]

분노한 청룡의 기운이 동굴 벽을 진동시키자 땅 밑이 깊게 흔들렸다. 중심을 잃은 추우영의 검이 허공을 가른 후 거센 바람에 내동댕이쳐졌다.

걷잡을 수 없는 용의 노여움을 일깨워 주듯 목 아래의 푸른 비늘이 일제히 곤두섰다. 날카로운 창끝처럼 무시무시한 이빨을 드러낸 용의 머리가 눈앞에 닥치자 추우영은 뒷걸음질 쳤다.

"으아아악!"

청룡은 단말마를 내지르는 사내를 한입에 삼켜 버렸다.

쿠오오오—

머리를 쳐든 영수의 몸집은 천장에 닿을 듯 크게 부풀어 올랐고, 그 꼬리는 동굴 벽을 후려쳤다. 쾅 하는 파열음과 함께 돌 벽의 한쪽이 부서져 내렸다. 그러고도 분노가 가라앉지 않는지 용은 이제 동굴을 무너뜨릴 기세였다. 감겨진 똬리를 풀자 푸르게 번쩍이는 몸통이 사방의 벽에 부딪혔다. 바람과 용의 거센 몸부림에 동굴 천장이 갈라지기 시작했다. 여기저기에서 거대한 돌조각들이 떨어져 내렸다.

"으악!"

"살려줘!"

추우영의 부하들에게서 단말마의 비명 소리가 터져 나왔다. 용은 점점 더 세차게 요동치기 시작했고 동굴은 곧 무너져 내릴 것 같았다.

유하는 자신의 눈앞에서 펼쳐지는 일에 아픔을 잊을 정도로 놀라움을 금치 못했다.

"여길 나가야 해요. 곧 무너질 거예요."

아리가 그를 부축하며 말했다. 유하는 그녀의 어깨에 팔을 두르고 초인적인 힘으로 그곳을 빠져나왔다. 냇가에 다다르자 기운이 빠진 그들은 더 이상 움직일 수 없었다. 아리는 유하를 앉게 하고 자신도 그 옆에 앉았다.

곧이어 균열을 일으키던 동굴이 그 압력에 못 이겨 쿠쿵— 하는 요란한 소리를 내며 무너져 내렸다. 흩어지는 돌과 자욱한 먼지 사이로 푸른빛 한줄기가 하늘을 향해 솟구쳐 올라갔다.

유하는 눈으로 보고도 믿을 수가 없었다.

"엄청나군. 그자가 그렇게나 보물을 가지고 싶어한 게 무리도 아니었어."

아리는 아무 대답이 없었다. 돌아보니 아리가 용이 올라간 하늘을 바라보며 눈물을 흘리고 있었다.

"왜 그래?"

아리가 천천히 손바닥을 펼쳤다. 청룡의 비늘이라던 목걸이가 산산이 부서져 있었다.

"금기의 계(戒)를 깨뜨렸어요. 생명을 해치는 데 힘을 사용하면 안 되는데……. 난 이제 돌아갈 수 없어요. 다시는 결계를 넘지 못해요. ……하지만 당신을 죽게 할 순 없었어요."

유하는 아리를 한 팔로 안았다. 아리를 위로하고 싶었지만 어떤 말도 할 수 없었다. 자신을 위해 모든 것을 버린 아리였다. 유하는 그저 마음을 다해 힘껏 아리를 안아주는 수밖에 없었다.

"아리, 내 말 잘 들어."

유하는 다시 그녀를 떼어놓고 단호한 얼굴로 말했다.

"난 이제 걸을 수도 없어. 날 두고 산을 내려가."

"싫어요."

아리가 고개를 흔들었다.

"내 말을 들어야 해. 곧 해가 질 거야. 그러면 산을 내려가는 게 너무 위험해져."

"당신을 두고 갈 수 없어요."

"내려가서 사람들을 데려와. 널 기다릴게."

거짓말이었다. 하지만 아리를 보내야 했다. 해가 지면 피 냄새에 이끌린 산짐승들이 올지 모른다. 움직일 수 없는 유하는 아리를 보호할 수 없었다. 어차피 자신은 피를 너무 많이 흘려 오늘을 넘길 수 있을지도 의심스러웠다. 허벅지에 새로이 난 상처에서 피가 흐르고 있었다. 다시 그의 정신이 어지러워졌다.

"사랑해요. 당신을 사랑해요. 제발 죽지 말아요."

유하의 눈이 감겼다. 아리가 그를 부둥켜안고 오열했다. 할머니, 살려주세요. 제발 이 사람 죽게 그냥 두지 마세요.

아리가 가슴을 에는 고통으로 흐느끼고 있을 때 그들이 그녀 앞에 나타났다.

終章

유하는 낯선 방에서 눈을 떴다. 처음 보는 갈색 휘장과 아무런 장식 없는 벽이 눈에 들어오자 자신이 왜 이런 곳에 있을까 하는 생각이 들었다. 몸을 일으키려다 엄습하는 끔찍한 고통에 그는 저도 모르게 신음을 흘렸다.

"유하!"

가슴을 두근거리게 하는 음성의 주인공을 찾아 그가 고개를 돌렸다. 아리가 침상 옆에 앉아 눈물 어린 미소를 띠고 그를 바라보고 있었다.

"왜 우는 거야? 누가 또 널 아프게 한 거야?"

유하의 화난 말투에 아리가 더욱 밝게 웃으며 그의 얼굴을 쓰다듬었다.

"당신이요."

자신을 만지는 아리의 손길에 담긴 다정함이 유하의 얼굴에도 미소가 떠오르게 했다.

"무슨 일이 있었는지 기억나요?"

기억을 되살리려는 듯 유하의 미간이 찡그려졌다.

"그래."

"사흘이나 잠들어 있었어요. 그중 이틀 동안은 당신이 죽는 줄 알았어요. 열이 너무 높았거든요."

아리의 목소리는 그를 잃을지도 모른다고 생각했을 때의 공포로 약간 떨려 나왔다. 손끝에 닿는 체온에 안도하며 아리는 젖은 눈가를 훔쳤다.

"배고프지 않아요? 곧 먹을 것을……."

일어서는 아리를 유하가 움직일 수 있는 왼팔로 붙잡았다.

"기다려."

유하의 왼팔은 죽을 뻔했던 사람의 그것이라고 하기엔 놀라울 정도로 힘이 셌다. 유하가 아리를 자신의 얼굴 가까이 끌어당겼다.

"열 때문인지, 아니면 진짜였는지 확인하고 싶은 일이 있어."

그의 눈동자가 또 다른 열기로 가득 차올랐다.

"네가 했던 그 말, 한 번만 더 해주겠어?"

"무슨 말이요?"

"날 사랑한다는 말, 진심인가?"

유하는 두려운 듯 불안한 눈으로 아리를 바라보고 있었다. 아리는 미소 지었다.

"사랑해요. 당신 없이는 살고 싶지 않을 만큼. 그러니 두 번 다시 내게 떠나란 말 하지 말아줘요."

격하게 아리를 끌어안은 유하가 입술이 닿는 모든 부분에 입맞춤하기 시작했다. 쿵쿵거리는 그의 심장 소리가 뜨겁게 울렸다.

"사랑해. 사랑해. 두 번 다시 그런 얘긴 하지 않을게."

유하는 아리의 귓불과 목에 입술을 대며 끊임없이 속삭였다. 그의 말소리는 머리카락에 파묻혀 띄엄띄엄 들렸다.

"……나의 아리. 설사 하늘이 가로막는다 해도 다시는 널…… 잃지 않을 거야."

유하의 입술과 애정이 넘치는 손길에 정신을 거의 놓고 있던 아리는 문이 열리는 소리에 화들짝 놀랐다. 어느새 그의 손은 그녀의 앞섶에까지 파고들어 가 있었다. 열기와 민망함이 뒤섞여 붉게 달아오른 아리가 유하의 손을 밀쳐 냈다. 유하의 불만스런 신음 소리에 방을 들어서던 사람이 반색을 했다.

"에구머니나! 나리, 정신이 드셨군요."

"왕마? 여기서 뭐 하는 거지?"

방해꾼의 정체에 놀란 유하의 눈이 커다래졌다.

"우릴 구한 게 왕마예요."

황급히 매무새를 고치고 돌아선 아리가 여전히 홍조 띤 얼굴로 대신 답했다.

아리의 이야기를 빌자면, 그가 다시 의식을 잃고 아리가 어쩔 줄 몰라 하고 있을 때 왕마가 유하의 호위무사들을 이끌고 나타났다고 했다. 그들 체구의 반밖에 안 되는 왕마가 그 거칠고 우락부락한 사내들을 이끌었다고? 믿기지 않는 일이었지만 사실이었다.

유하가 석천과 다섯 명의 호위병만을 거느리고 태수를 뒤쫓아가고 난 후 왕마는 그때까지도 약에 취해 있던 집 안의 모든 사람을 다 깨웠다. 그리고는 주군의 명령 없이 움직일 수 없다는 사내들의 말에, 정작 필요한 때에 멍청하게 잠만 자고 있었던 그들을 한차례 훈계한 뒤 유하를 뒤따라가서 공을 세우지 않는다면 모조리 처벌을 받게 될 것이라 엄포를 놓았다. 작고 늙은 여인 하나에 꼼짝 못하고 이 먼 곳까지 달려온 그들을 동정해야 하나? 하긴, 자신도 아리에게 꼼짝 못하니 남 말할 처지가 아니군. 유하가 피식 웃었다.

"그래서? 어떻게 우릴 찾은 거지?"

"천산 어귀에서 석천과 나머지 사람들의 시신을 발견했지요."

그래, 그들의 희생이 있었지. 유하의 눈이 어둡게 흐려졌다.

"그들의 장례는 어제 치렀습니다."

"……그래."

"천산 방향으로 흔적이 있어 산을 오르긴 했지만 사실 그 넓은 천산 어디에서 나리를 찾을지는 막막했지요."

침통함으로 굳어진 유하의 안색을 본 왕마는 슬쩍 말을 돌렸다.

"그런데……?"

"해질 무렵 엄청난 소리가 들리고 이상한 푸른빛이 하늘로 올라가는 걸 봤지요. 저는 산이 무너지는 줄 알았답니다. 그런데 그 장소에서 나리를 발견할 줄 어찌 알았겠습니까."

"그랬군. ……고마워, 왕마."

"제가 한 건 아무것도 없습니다."

유하가 따뜻한 눈빛으로 바라보자 나이 든 여인은 쑥스러워했다. 그러나 이내 아리에게 시선을 돌린 왕마는 짐짓 나무라는 투로 말을 이었다.

"이제 나리께서 눈뜨는 걸 보셨으니 제 말대로 하시겠지요?"

"왕마."

아리가 난처한 기색으로 그녀를 제지했지만 유하가 이미 들어 버린 후였다.

"무슨 말이지?"

"사흘간 잠도 주무시지 않고 나리를 간호했답니다. 아이에게 해롭다고 제가 그토록 만류했건만……."

"아리!"

유하의 음성에 깃든 분노에 아리는 움츠러들고 말았다.

"화 내지 말아요. 이제부터 자면 되잖아요."

"잘되었습니다. 두 분 모두 잠시 쉬시지요. 저는 음식 준비를 좀 하겠습니다."

말을 마친 왕마가 문을 닫고 나가자 유하가 아리에게 손짓했다.

"이리 와."

아리는 유하의 상처 입은 허벅지에 닿지 않도록 조심하면서 그의 옆에 누웠다. 그가 다치지 않은 팔로 팔베개를 해주었다. 유하가 머리칼을 쓰다듬어 주기 시작하자 아리가 이내 눈을 감았다. 나른한 손길에 그동안의 피로가 한꺼번에 밀려왔다.

"아리, 이제 평생 내 곁에 있을 거지?"

"응, 그래요……."

따뜻하고 편안한 그의 품속에서 아리는 서서히 잠에 빠져들었다.

"우리 혼인하자."

"응……."

설레는 가슴 탓에 유하는 편안한 숨소리를 내는 아리를 바라보
며 잠들 수 없었다.

다음날부터 왕마는 그들의 혼인 준비로 눈코 뜰 새 없이 바빴다.
잠에서 깨어난 유하가 닷새 후에 혼인식을 치르겠다고 선언했기
때문이었다. 그는 자신이 일어설 수 있는 즉시 식을 올리겠다고 선
포하였던 것이다.

월진향의 관리들 또한 정신없이 허둥지둥 뛰어다녔다. 한나라
황제의 조카인 무시후가 이런 조그만 시골에서 혼인을 하겠다니,
혹여 부족한 점이나 실수라도 있을까 조바심에 안달했다.

사람들이 여기저기에 붉은 천을 두르고, 왕마가 작은 몸으로 분
주히 쫓아다니는 모습을 본 아리는 고개를 갸우뚱거리며 유하가
있는 방문을 열었다. 이런 난리 속에서 유하, 그만이 만족한 얼굴
로 웃음을 띤 채 탕약을 마시고 있었다.

"혼인이 뭐예요?"

유하는 사례가 들릴 뻔했다. 겨우 기침을 가라앉히고 올려다보
니 아리가 진지한 얼굴로 그를 바라보고 있는 게 아닌가. 그녀가
농담하는 거겠지?

"정말 몰라서 묻는 건가?"

미심쩍은 마음에 유하는 슬며시 아리의 눈치를 살폈다.

"모르겠어요. 모두 혼인식을 준비한다고 하는데 누가 그 혼인이
란 걸 하는 거예요?"

"너와 나. 어젯밤 승낙했잖아."

"내가요? 그 혼인이란 게 대체 뭔데요?"

그녀가 잠결에 대답한 걸 알았어야 했는데. 유하는 암담함에 한숨을 내쉬었다.

"너와 내가 부부가 되기 위해 하는 거야."

"부부가 뭔데요?"

"남자와 여자가 함께 살면서 함께 자고 아이를 낳고 평.생. 절대 떨어지지 않는 거지."

유하는 자기 나름의 해석을 덧붙여 부부의 의미를 강조했다.

"지금까지 그렇게 했잖아요. 왜 새삼스레 그 식이란 것을 해야 하죠?"

아리는 도대체 이해할 수 없다는 듯 고개를 저었다.

유하는 자신이 난감한 문제에 봉착했음을 깨달았다. 아리에게 설명하려면 예전의 그가 그녀를 한낱 노비로 여겨 함부로 대했음을 다시 되새겨 주어야 했다.

가림원 내에는 모두 임시로 차출된 자들뿐이라 노비 중에도 혼인한 부부가 없었다. 그러니 혼인하지 않은 관계에서 그들처럼 잠자리를 함께하는 것이 여인에겐 수치스런 일이 될 수도 있다는 것을 아리가 알 리 없었다.

그러나 그는 굳이 자신의 허물을 들추고 싶은 생각도 없었고 그녀에게 상처를 주기도 싫었다.

그렇다고 아리에게 거짓말을 하는 것도 내키지 않았다. 그래서 유하는 자신의 마음을 솔직히 얘기하기로 했다.

"그건 내가 이 세상에서 사랑하는 여인은 너뿐이란 걸 모두에게 알리기 위한 거야. 내가 죽는 순간까지 사랑하고, 매일 밤마다 얼

굴을 마주 보고, 내 아이를 낳는 여인은 오직 너 하나만이라는 걸
모든 사람들이 알길 바라."

아리의 맑은 눈동자에 그제야 이해의 빛이 떠올랐다.

"그럼, 이제 우리 혼인하는 거지?"

아리가 환히 웃는 얼굴로 그에게 답했다.

그들의 혼인식은 아름다웠다.

급하게 준비한 탓에 여느 제후의 혼인식처럼 화려하지도 않았고
황족이나 고위 관리 한 명 참석치 않았지만 유하는 만족스러웠다.
왕마가 있었고 월진향의 동이족 사람들 모두가 몰려와 그들을 축
하해 주었다.

그중에는 아리가 처음으로 산을 내려와 만났다는 두막해라는 노
인도 끼어 있었다. 그는 아리가 태수에게 끌려간 뒤 걱정으로 내내
편치 못했다고 했다. 머리가 허연 사내는 다시 만난 아리의 무사한
모습을 보고 매우 기뻐하면서도 미안한 마음에 차마 고개를 들지
못했다. 유하는 그녀가 두막해에게 발견되어 추우영에게 알려지지
않았다면 자신이 아리를 만나지 못했을 거란 생각에 노인에게 감
사했다.

사실 유하는 오늘 모든 것을 용서하고 포용할 수 있을 만큼 한껏
마음이 너그러웠다. 사랑하는 여인을 아내로 맞이하는 날에 사소
한 일 따위에 신경 쓸 사내가 어디 있겠는가. 게다가 신부가 떠오
르는 태양처럼 눈부신 미소로 그에게 미소 짓는 바에야.

옷자락에 자주색 꽃과 흰 꽃이 자잘하게 수놓아진 붉은 비단옷
을 입은 아리는 보는 이의 숨을 앗아 갈 정도였다. 붉은 옷은 늘 아

리에게서 느껴지던 신비로움에 요염함까지 더해주어 하객들의 쉴 새없는 감탄을 자아내게 하였다. 그러나 정작 아리 자신이 그것을 느끼지 못한 탓에 더욱 유하를 안달 나게 만들었다. 윤기 나는 검은 머리칼을 늘어뜨리고 자신을 향해 웃음 짓는 그 입술을 본 순간부터 유하는 아무런 생각도 할 수 없었다.

밤이 되고 두 사람만의 신방에 들고서야 유하는 그들의 공식적인 첫날밤에 문제가 있음을 깨달았다. 자신의 몸이 아리를 향해 불타오르는데도 안을 수가 없었던 것이다. 그의 오른쪽 어깨와 왼쪽 허벅지의 상처는 이제 겨우 상처가 아물기 시작한 터라 그가 원하는 격한 움직임은 불가능했다.

몇 번의 시도 끝에 그에 따른 결과로 신음하며 유하가 침상에 드러누웠다. 걱정스런 눈으로 그를 부축하던 아리가 유하를 나무랐다.

"당신은 지금 그럴 수 있는 상태가 아니라니까요. 제발 상처가 덧나지 않게 가만있어요."

"제길, 오늘은 우리의 첫날밤이야."

그가 계속 투덜댔다.

"네가 내 아내가 된 첫날이라고. 이렇게 보낼 순 없어."

어린애가 투정부리는 것 같은 말투에 아리가 웃었다.

"그게 그렇게 억울해요?"

그녀가 자신에게 미소 지을 때마다 그가 얼마나 고통스러운지 안다면 저렇게 웃진 못할 거야. 유하는 눈을 감아버렸다.

침상의 휘장이 내려지는 소리가 들려왔다. 그리고 곧이어 비단이 사각거리는 소리가 그 뒤를 이었다. 아리가 혼례복을 벗고 침의로 갈아입는 듯했다. 첫날밤 신부의 옷도 벗기지 못하는 한심한 사내가 바로 자신이었다. 유하는 더 이상 스스로를 괴롭히기 싫어 이불을 머리끝까지 덮어버렸다.

따뜻하고 향기로운 몸이 옆자리로 미끄러져 들어오자 유하의 온몸이 저도 모르게 굳어졌다. 도무지 식을 줄 모르는 몸의 열기 때문에 유하는 다시 투덜거렸다. 이래서야 잠자긴 다 그른 일이다. 게다가 그녀의 몸에 닿지 않기 위해 애쓴 보람도 없이 아리가 유하의 얼굴을 덮은 이불을 끌어 내렸다. 원망의 빛을 담고 바라보자 두꺼운 휘장에 투과돼 옅어진 등잔불 아래에서 아리가 하얗게 웃고 있었다.

"약속 하나만 해줘요."

"무슨……?"

"절대 움직이지 말아요."

"맙소사!"

의아해하던 유하는 그녀가 몸을 일으키자 터져 나오는 탄성을 멈출 수 없었다. 아리는 가슴께로 흘러내리는 기다란 머리카락을 제외하고는 아무것도 걸치지 않고 있었다. 농염한 과일처럼 부드러운 아리의 가슴이 유혹하듯 유하 앞에 드러나 있었다. 아리가 그의 옷을 벗기기 시작하자 유하는 그녀를 향해 손을 뻗쳤다.

"당신이 움직이면 그만둘 거예요. 가만히 편안하게 있어요."

아리의 말에 유하는 기가 막혔다. 편안하게? 몸이 활활 타 들어가는 것 같은데 편안하게 있으라고? 불만 어린 항변을 내뱉으려던 유하는 다음 순간 목 안으로 그것을 삼키고 말았다.

가늘고 매끄러운 손가락이 그의 가슴에 스치듯 원을 그리기 시작하자 오싹 소름이 돋았다. 원이 젖꼭지를 향해 점점 좁아질수록 그의 숨결도 거칠어져 갔다. 아리가 그의 젖꼭지를 가볍게 건드린 순간 그 짜릿한 감각에 유하는 신음을 토했다. 손가락에 이어 촉촉한 혀가 그곳에 닿자 그는 자신도 모르게 아리를 안으려 했다. 그녀가 그를 살짝 깨물어 약속을 일깨웠다. 아픔보다도 더한 쾌감이 유하의 전신에 번져 갔다. 마치 자신의 흔적이라도 새기려는 듯 아리는 그의 온몸을 철저하게 입술과 손으로 애무해 나갔다. 그녀의 입술이 닿는 곳마다 유하의 몸은 새로이 깨어났다. 사랑하는 여인의 손끝에 의해 그의 피는 진하게 달궈지고, 상기된 피부는 아리의 입술을 구하며 격렬히 꿈틀거렸다.

완전히 이불을 젖힌 아리는 그의 허벅지 중간 부분을 동여맨 자리를 살폈다. 이대로 유하를 움직이지 못하도록 붙들어 놓을 수만 있다면 그가 다치는 불상사는 생기지 않을 것이다.

유하의 가슴 위로 올라간 아리는 조심스럽게 배에 걸터앉았다. 유하의 남성이 아리의 엉덩이를 압박하고 있었다. 그는 더할 수 없이 부풀어 있었다. 그의 상처를 건드리지 않게 조심하면서 아리는 천천히 몸을 내려 그를 받아들였다. 유하에게서 낮은 신음이 터져 나왔다.

"아파요?"

아리가 그에게서 약간 물러서며 물었다. 유하가 그녀에게 맞추기 위해 허리를 드는 것이 느껴졌다. 아리의 움직임이 멈췄다.

"제발 움직이지 말아요. 당신이 다치는 걸 원치 않아요."

"멈추지 마. 당장 내게로 오지 않으면 이놈의 다리 따위 피투성이가 되든지 말든지 널 안을 거야."

유하는 단번에 깊숙이까지 밀고 들어갔다. 잠시 허벅지에 뜨끔한 통증이 스쳤지만 충분히 감수할 만한 보상이 기다리고 있었다. 아리의 좁고 따스한 내부가 열정의 정수로 매끄럽게 그를 감쌌다. 아리는 한 치의 틈도 없이 그를 둘러싸고 있었다. 탄력 있는 허벅지가 조여들자 정신이 아찔해졌다. 아리의 움직임으로 유하를 둘러싼 조그맣고 부드러운 벽이 그를 누르며 죄어왔다. 뱃속에서 수천 개의 불꽃이 서로 맞부딪치는 것 같은 느낌에 유하는 낮은 비명을 토했다.

　아리의 몸은 감질날 만큼 느리게 다가왔다가 그보다 더 천천히 물러났다. 그러나 아리는 매번 더 깊게 그를 받아들였고 유하는 온몸을 들썩이며 신음을 흘렸다. 그의 몸속 가득 들어찬 환희의 조각들이 유하를 삼키기 직전이었다.

　"사랑해요."

　아리가 속삭인 그 한마디로 유하는 절정에 올랐다. 단 한 번도 겪어보지 못한 해방감이었다. 자신의 몸이 수천 개의 조각으로 찢기는 환희의 정상에서 모든 것들이 사라지고 오직 아리만이 그를 채웠다.

　아리가 사라졌다!

　잠에서 깨어난 유하의 머릿속에 처음으로 떠오른 생각이었다. 무의식적으로 아리를 찾아 헤매던 손에 차디찬 빈자리의 감촉이 느껴지자 유하는 얼음물을 뒤집어쓴 것 같았다.

　아닐 거야. 아니야. 그럴 리 없어.

　그는 필사적으로 혼잣말을 중얼거리며 침상에서 일어나 옷을 찾왔다. 날 떠난 게 아니야. 두 번 다시 떠나지 않겠다고 약속했다고.
그러나 급하게 옷을 대충 걸쳐 입는 동안 머릿속에 떠오른 기억이
유하를 괴롭혔다. 그날도 이랬다. 그를 행복의 정상에 올려놓았던
그 밤의 여운이 채 사라지기도 전에 아리는 자신을 두고 사라졌었
다.

　아냐, 어젯밤은 달랐어. 그녀는 날 사랑한다고 말했다고! 유하는
이를 악물며 뜻대로 움직여 주지 않는 다리를 원망했다.

　어렵게 다리를 끌며 방을 나서자 싸늘한 아침 공기가 유하의 목
덜미를 파고들었다. 초조함을 담은 유하의 눈길이 다급하게 이곳
저곳을 훑었다. 어디로 간 거지?

　그의 상처가 치유될 동안 머물고 있는 이 집은 월진향 소속의 관
리들을 위한 숙소 중 하나였다. 다행히 가림원보다 규모가 작아 유
하는 아리를 금세 찾을 수 있었다. 그들이 머물고 있는 전각의 이
층은 비어 있었다. 그 이층의 난간에 기대선 작고 호리호리한 인영
이 눈에 들어오자 유하는 그제야 숨을 제대로 쉴 수 있었다. 깊은
생각에 잠겨 있는 듯 그가 힘겹게 계단을 올라 뒤에 설 때까지 아
리는 유하의 기척을 알아차리지 못했다. 유하가 왼팔로 뒤에서 아
리를 안았다.

　"새신랑을 외롭게 버려두다니 무정한 신부로군."

　"유하!"

　놀란 아리가 유하를 마주 보며 돌아섰다.

　"여기까지 어떻게 올라왔어요? 당신은 지금 움직이면 안 된다고
요."

　나무라는 말투에도 그에 대한 염려가 묻어났다. 어젯밤 아리의

만류에도 불구하고 무리하게 또다시 그녀를 안다가 결국 상처가 벌어졌던 것이다. 우려한 만큼 심각하지는 않았지만 아리는 유하의 상처가 완전히 나을 때까진 그와 잠자리를 하지 않겠다고 선언했다.

"네가 또 날 떠난 줄 알았어."

쓸쓸한 고백과 함께 유하가 아리의 정수리에 입술을 댔다. 그의 숨결은 꽤 거칠어져 있었다. 한 쪽 다리만으로 계단을 오른다는 것이 결코 쉬운 일은 아니었다.

"떠나지 않는다고 했잖아요."

아리가 유하의 눈을 바라보며 미소 지었다.

"평생 내 곁에서 확인시켜 줘야 할 거야."

유하는 동그랗고 예쁜 이마에 입을 맞추며 속삭였다. 아리 뒤쪽으로 흘긋 시선을 주자 천산의 그 웅장한 자태가 한눈에 들어왔다. 인간의 침입을 거부하듯 깎아지른 봉우리들은 아침 안개에 싸여 그 신비로움을 더하고 있었다.

"무얼 하고 있었지?"

"할머니께 마지막 인사를 하고 있었어요."

아리의 대답에 유하의 눈에 그림자가 드리워졌다. 그녀가 자신의 곁에 있게 되어 미칠 듯이 기쁜 유하였지만 아리가 슬퍼하는 것은 원치 않았다.

"그런 얼굴 하지 말아요. 가슴이 아프긴 하지만 후회하진 않아요. 당신을 구할 수 있었잖아요."

아리는 유하의 얼굴을 감싸며 천천히 고개를 흔들었다. 자신의 의지로 한 선택이었다. 바람의 일족을 버리고 유하를 선택한 것은 타인에 의한 것도 아니었고 하늘의 뜻도 아니었다. 정해진 운명에 순응한 채로 살아온 아리가 최초로 행한 순전한 자기 의지였다.

"이제 그 보물은 안전해. 누구도 다시 가질 순 없겠지만. 넌 네 사명을 완수한 거야."

"그래요."

그래, 이제는 아무에게도 위협받지 않겠지. 영원히 그 속에 파묻혀 버렸으니. 그리고 바람의 일족 또한 이 땅에서 사라져 버렸다. 아리가 유하의 가슴에 얼굴을 묻었다. 가늘게 떨리는 작은 어깨를 유하가 가만히 안아주었다.

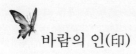

바람의 인(印)

겨우내 차가웠던 바람이 잦아들고 나뭇가지에 새순이 파르라
니 돋아나기 시작하는 봄날 아침이었다. 한단성 내에서 가장 아름
다운 정원이라 일컫는 이희원(梨嘻園)에는 희고 붉은 매화가 한껏
피어나 보는 이의 탄성을 자아내고 있었다.

그러나 이희원의 주인이자 한단성을 다스리는 사내에게 오늘 아
침 그러한 주위의 풍경 따윈 하나도 눈에 들어오지 않았다.

온통 그의 주의를 끌고 있는 것은 방 안에서 들려오는 고통스런
여인의 비명뿐이었다. 비명 소리가 들릴 때마다 점점 더 사색이 되
어가는 주인 나리의 얼굴을 지켜보는 노비들은 저러다가 그가 먼
저 쓰러지는 것은 아닐지 걱정이 되었다. 유난히 아내를 아끼는 그
들의 주인은 출산을 기다리는 밤사이 문 앞에서 한 걸음도 움직이

지 않았던 것이다.

어젯밤부터 시작된 아리의 산고는 날이 밝았는데도 그칠 줄 몰랐다. 한밤중 모든 사람을 깨우고 서둘러 산파와 왕마를 불러오라고 이른 유하는 그 와중에도 그녀에게 다짐 받아내는 것을 잊지 않았다.

"절대 날 떠나지 않는다고 약속해."

"약속할게요."

아리는 엄습해 오는 진통 속에서도 그를 향해 미소 지었다. 자신의 어머니가 그를 낳다 세상을 떠났다는 것을 상기한 유하는 출산전 마지막 한 달을 거의 공포에 질려 보냈던 것이다.

다시 한 번 아리의 비명이 터져 나오자 유하는 그녀의 고통스런 외침에 온몸을 난도질당하는 것 마냥 마음이 끔찍했다. 그녀가 죽어가고 있어. 방문 앞에 서자 왕마가 그를 막기 위해 문에 배치시킨 두 명의 노비가 난처한 얼굴로 유하를 제지했다.

"나리, 들어가시면 안 됩니다."

그들을 제치고 방으로 뛰어 들어가려던 그의 발길을 잡은 것은 곧이어 울려 퍼진 아기의 울음소리였다. 갑자기 문이 벌컥 열리고 왕마가 밖으로 나왔다. 대치 중인 유하와 노비들을 올려다본 그녀는 백발이 성성한 머리를 내젓더니 한마디 던졌다.

"이제 어엿한 아드님도 생기셨으니 좀 차분해지시는 게 어떻습니까."

안채에 모여 있던 사람들 사이에 아리의 출산 소식은 빠르게 퍼져 나갔고 여기저기서 축하의 말을 건네 왔다. 그러나 유하의 귀에는 그 어떤 소리도 들리지 않았다.

"왕마, 아리는? 무사한 거지?"

"초산이라 시간이 좀 걸리기는 했지만 괜찮으십니다. 다만 지금
은 지쳐서 잠이 드셨습니다. 조금만 기다리세요. 잠시 후면 보실
수 있을 겁니다."

당장이라도 아리의 얼굴을 보아야만 안심할 수 있을 것 같았지
만 유하는 또다시 초조함 속에서 얼마간의 시간을 기다려야 했다.
다시 나온 왕마에게서 들어가도 좋다는 말이 떨어지기 무섭게 유
하는 방 안으로 달려 들어갔다.

휘장이 걷힌 침상 위에 아리가 자고 있었다. 피로하고 창백한 얼
굴이기는 했지만 편안한 미소를 띠고 있었다. 유하가 뺨에 달라붙
은 머리칼을 치워주는데 아리가 눈을 떴다.

"유하."

그를 보자 아리의 표정이 밝아졌다. 그러나 아직도 공포의 여운
에서 벗어나지 못한 유하는 불안하게 그녀의 뺨을 만지며 속삭였
다.

"날 용서해. 널 다시는 이런 위험 속에 밀어 넣지 않을게."

"무슨 말이에요?"

"두 번 다시 아이를 갖지 않겠어."

"어떻게요?"

두 달 전까지도 매일 서로를 안았던 그들이었다. 아리의 향기만
으로도 흥분하는 그인데 무슨 수로 아기를 갖지 않는단 말인가.

"날 평생 안지 않기라도 할 거예요?"

장난스럽게 웃으며 아리가 물었다.

"널 잃을 위험을 감수하느니 차라리 그게 나아."

그의 진지한 대답에 기가 막혀 버린 아리는 멍하니 그런 유하를 바라보았다. 그녀와 아기를 위해 막달이 다가오면서 더 이상 잠자리를 하지는 않았지만 그가 힘들어한다는 걸 잘 알고 있었다. 그처럼 강한 욕구를 가진 사내가 평생 금욕하겠다고?

"날 그렇게 사랑해요?"

아리에 대한 사랑으로 이성마저 마비되어 버린 유하였다. 아리의 눈가가 젖어들었다.

"네가 죽을지도 모르는 상황에 노출되는 걸 원치 않아."

"유하."

아리가 유하의 옷자락을 잡아당겨 자신에게 기울이도록 했다. 아리는 악다문 그의 턱 선을 어루만지며 입가에 입을 맞췄다. 보드라운 입술이 아랫입술을 스치자 유하가 굶주린 듯 거칠게 혀를 밀어 넣었다. 이 작은 도발만으로도 순식간에 그의 몸이 뻣뻣하게 굳어져 가는 것을 느낄 수 있었다. 갑자기 유하가 입술을 거둬들였다. 그리고는 아리에게서 한 발짝 물러났다. 유하의 눈동자에는 여전히 두려움과 걱정이 서려 있었다.

"안 돼."

"일평생 그렇게 내게서 떨어져 있을 거예요?"

절대 움직이지 않을 것 같은 유하를 바라보며 아리가 살며시 미소를 떠올렸다.

"이리로 와줘요."

그를 향해 두 팔을 벌리고 애원하는 아리의 모습엔 천하의 무시후도 저항할 수 없었다. 유하는 한숨을 내쉬고 그 옆으로 다가가 다시 침상에 앉았다.

"당신이 얼마나 날 걱정하는지 알아요. 하지만 떠나지 않겠다고 했잖아요. 얼마나 당신을 사랑하는데요."

이어지는 아리의 말에 유하는 정신이 번쩍 들었다.

"그리고 난 몸이 회복되는 대로 당신을 유혹할 거예요."

유하에 대한 자신의 영향력을 확신하는 말이었다. 그녀의 손짓 한번이면 그가 넘어올 것을 알고 하는 말이리라. 유하의 미간이 잔뜩 찌푸려졌다.

"……아리."

"우리는 많은 아이를 갖게 될 거예요. 당신과 나, 그리고 우리 아이들은 가족을 이룰 거예요."

할머니와 단둘이 살았던 아리, 부모 없이 외롭게 자란 유하, 두 사람은 핏줄에 대한 끈끈한 사랑에 목말라 있었다. 아리의 말이 걱정되면서도 어느덧 눈앞에 그려지는 풍경에 가슴이 뿌듯해지는 유하였다. 사랑하는 나만의 아리와 나의 핏줄인 아이들, 그들만 있다면 세상에 부러울 게 없었다. 그런데 아기가 대체 어디 있지? 그제야 어디에도 아이의 모습이 보이지 않는다는 데 유하의 생각이 미쳤다.

"우리 아이는?"

"왕마가 씻기러 갔어요. 너무 예뻐요."

아이에 대한 말이 나오자 아리의 얼굴이 부드러운 모성애로 가득 찼다. 목욕실 쪽의 문이 열리고 왕마가 아기를 감싼 요를 안고 들어왔다.

"자, 아드님과 첫 상봉을 하셔야지요. 나리의 아기 때 모습과 똑같지 뭡니까."

아기는 눈을 감고 있었다. 빨갛고 작은 그 생명체는 경이로움 그
자체였다. 나의 아들. 자부심과 함께 애정이 솟아났다. 자신의 손
에 비해 너무나 작아 보이는 아기의 얼굴에 손을 대자 아리에게서
와 마찬가지로 따뜻함이 유하의 손끝을 타고 흘렀다. 그 접촉에 아
기가 눈을 떴다. 졸린 듯 그를 바라보는 아리와 꼭 닮은 맑은 눈동
자를 보자 유하의 가슴이 두근거렸다.

깨어질까 두려워 조심하는 그의 손길에 왕마가 아기를 아리 옆
에 내려놓고 나가며 웃었다. 나리가 꼼짝 못할 존재가 또 하나 생
겼군. 성안 사람들을 공포에 떨게 만들던 적귀의 명성은 이제 옛일
이 되어버렸다. 유하 옆에 있는 마님의 존재는 사람들에게 그에 대
한 두려움을 덜어주었고, 주인 나리의 마님에 대한 각별한 애정은
그들에게 언제나 즐거운 이야깃거리를 제공해 주었다. 마님이 손
수 만든 흰 장포를 입은 유하의 모습은 사람들에게 이젠 친숙한 존
재로 다가왔다.

"널 닮았어."

유하의 말에 아리는 아기를 다시 한 번 꼼꼼히 살펴보았다. 반듯
한 이마와 콧날이 아무리 봐도 그의 축소판이다.

"당신을 그대로 빼닮았는데요?"

"네 눈을 가졌어. 그리고 날 따뜻하게 해주는 온기도 너랑 똑같
아."

유하의 입술이 다시 아리의 입술에 내려앉았다. 자신의 영혼 가
장 안쪽에까지 와 닿는 그녀의 따뜻함. 부드럽고 가벼운 입맞춤을
즐기던 유하는 갑자기 아리가 몸을 굳히자 눈을 떴다.

"왜……?"

"유하……."

아리의 시선이 향한 곳으로 고개를 돌린 유하는 한줄기 푸른 기운이 천장에서 침상 위까지 이어져 있는 것을 보았다. 마치 지붕이 존재하지 않기라도 하듯이 그 푸른빛은 천장을 뚫고 내려와 곧장 잠든 아기에게 닿아 있었다. 푸른 기운이 점점 더 커져 아기의 몸 전체를 감싸 안았다. 놀란 유하가 아기를 보호하기 위해 손을 뻗었지만 마치 단단한 바위에라도 가로막힌 것처럼 아기에게 닿을 수 없었다. 아리가 그의 소매를 잡고 고개를 저었다.

"기다려요."

푸른색은 점점 두꺼워져 이젠 아기의 모습이 보이지 않을 정도였다. 두 팔로 아리를 꽉 끌어안은 유하는 초조한 마음으로 기다렸다. 갑자기 눈을 뜰 수 없을 정도로 강한 빛이 그 푸른 기운에서 터져 나온다고 생각한 순간 빛과 함께 푸른 기도 사라져 버렸다.

아무 일도 없었다는 듯 색색거리며 잠들어 있는 아기의 가슴 위에 놓여 있는 것은 타원형의 푸른 비늘 조각이었다. 예전에 아리가 가지고 있던 것과 똑같은 것이었다. 대체 이게 무슨 일이지? 유하가 영문을 알 수 없어 아리를 바라보니 아리가 두 눈에 물기를 머금은 채 아기를 내려다보고 있었다.

"바람의 일족 직계 자손은 청룡의 역린을 가지고 태어난다고 들었어요. 하지만 실제로 눈앞에서 그걸 보기는 처음이에요."

아이의 심장 위에서 오묘한 푸른빛을 내뿜고 있는 비늘을 바라보는 아리의 목소리는 떨리고 있었다. 금기의 계를 어겨 일족의 자격을 잃어버렸기에 바람의 일족은 영원히 이 땅에서 사라진 줄 알았다.

"이 아이가 청룡으로부터 비늘을 받았다는 것은 내가 용서를 받았다는 뜻일까요?"

아리가 아기의 보드라운 뺨에 손가락을 가져가 가만가만 쓰다듬었다. 그녀의 손에 유하의 손이 겹쳐졌다.
"이 아이가 자라면 전설 같은 얘기를 듣게 될 거야. 바람을 부리는 신비한 일족의 후예인 아름다운 소녀가 차가운 마음을 가진 사내를 만나 영원히 그에게 사로잡힌 이야기."
온화한 미소를 띤 유하의 눈이 아리를 붙잡았다. 두 사람의 눈과 입술이 다시금 서로에게 얽혀들었다.
"그의 마음은 차갑지 않아요. 얼어붙어 있었을 따름이죠."
"그리고 그녀가 그걸 녹여주었지."

『바람의 딸』終